OETINGER TASCHENBUCH

Julie Chapel, 1977 in Thüringen geboren, ist das Pseudonym der Autorin Juliane Käppler. Sie schreibt, seit sie weiß, was Buchstaben sind, und ist in vielen literarischen Genres zu Hause, so auch im Jugendbuch. In verschiedenen Verlagen hat sie zahlreiche Romane veröffentlicht und leitet neben dem fiktionalen Schreiben die Redaktion eines Print- und Online-Magazins, das sich mit dem Thema Hochzeit befasst. Seit 2013 lebt sie mit ihrem Sohn in Mainz am Rhein.

Julie Chapel

H♥RTBEAT

Truly yours

Oetinger Taschenbuch

Noch mehr Herzklopfen bei Oetinger Taschenbuch

Ira Severin: Heartbeat. More than a kiss (November 2018)
Taylor Fitzgerald: Heartbeat. Wait for me (Januar 2019)
Sandra Wright: Heartbeat. Crush on you (Januar 2019)

FSC
www.fsc.org
MIX
Papier aus verantwortungsvollen Quellen
FSC® C002795

Originalausgabe
1. Auflage 2018

Poppenbütteler Chaussee 53, 22397 Hamburg
November 2018

Text: Julie Chapel
Covergestaltung: Nele Schütz unter Verwendung von Adobe Stock/Vasyl
Druck: Livonia Print SIA,
Ventspils iela 50, LV-1002, Riga, Lettland
978-3-8415-0530-9

www.oetinger-taschenbuch.de

GOTT WÜRFELT NICHT (ALBERT EINSTEIN)

Jubel ertönt, als der Puck ins Tor rauscht. Um mich herum fallen sich Leute in die Arme, recken die Fäuste in die Luft.

Die Hände in die Taschen geschoben, stehe ich reglos da, verstecke mich im Pulk der gegnerischen Fans und verberge mein Gesicht im Schatten der Kapuze meines Sweatshirts. Niemand, insbesondere nicht Sam, soll mich sehen.

Es ist die achtundvierzigste Spielminute. Noch zwölf Minuten bis zum Abpfiff. Nach dem eben erzielten Tor der Gegner führen wir immer noch mit zwei zu eins.

Ich bin unfähig, den Blick von ihm zu nehmen, und beobachte gebannt, wie er sich über das Eis bewegt. Ruhig gleitet er dahin und konzentriert sich völlig auf die Spielzüge des anderen Teams. Er lauert. Plötzlich beschleunigt er, holt sich den Puck und bringt ihn vor zwei Gegenspielern in Sicherheit. Ein dritter kommt von der Seite und drückt ihn derb gegen die Bande, doch da hat er den Puck schon abgegeben. Kaum lässt sein Angreifer von ihm ab, sprintet er wieder los und bringt sich in eine günstige Position in Tornähe.

Ich linse zur Uhr. Noch neun Minuten.

Das Spiel wird so schnell, dass man der kleinen schwarzen Scheibe kaum folgen kann. Ich blinzele nicht und halte den Atem an, als Nummer Dreizehn den Puck vor seinem Schläger stoppt, sich um seine eigene Achse dreht und in kraftvollen, langen Bewegungen zum Tor rast. Zwei Gegner sind ihm auf den Fersen, doch sie holen ihn nicht ein. Nummer Dreizehn holt aus, lässt den Puck neben sich hergleiten und befördert ihn mit einem gezielten Schlag so hart ins Tor, dass sich das Netz unter der Wucht des Treffers strafft.

Mein Herz macht einen Satz und überspringt einen Takt. Eine Träne kitzelt auf meiner Wange. Verstohlen wische ich sie weg, drehe mich dann um und schlängele mich zum Ausgang.

Meine Gedanken bleiben zurück, in der Halle. Er hat mir die schönsten Momente meines Lebens beschert – und auch den schlimmsten. Er hat mich verletzt wie niemand zuvor.

Und trotzdem liebe ich ihn.

EINS

An Weihnachten ist Pittsburgh am schönsten.

Keine andere Zeit im Jahr ist so voll von Magie, von Freude und Liebe. Wie verzaubert von Lichterglanz in der Dunkelheit kommen die Gedanken zur Ruhe, und die Seele atmet durch. Die Düfte von Zimt und Anis, Piment und Vanille schwängern die Luft und verwirbeln sich im Schneegestöber. Wie ein goldener Nebelstrom wabern sie durch die Straßen und lassen uns lächeln.

Seit Anfang Dezember ist Pittsburgh ein funkelndes Lichtermeer. Die eiskalte Steel City ist über Nacht sanft und warm geworden. Downtown funkeln die Wolkenkratzer. Tausend Vorgärten, zehntausend Fenster, hundert Plätze und Millionen Bäume sind erleuchtet, jedes Schaufenster und jede Straße. Inmitten der Eisbahn am PPG Place glitzert der große Weihnachtsbaum, und am Point State Park spiegeln sich die Lichter verheißungsvoll im Flusswasser.

Im Radio besingt George Michael sein einfach so weiterverschenktes Herz, als ich auf die Liberty Street biege und der Bahnhof in Sicht kommt. Auf der Fahrspur zum Parkhaus reihe ich mich in eine kleine Warteschlange und stelle mein Auto wenig später ab. Fünfzehn Uhr zwölf, sagt die Uhr – noch eine Viertelstunde, bis Grannie Carols Zug eintrifft. Bis dahin bin ich locker am Bahnsteig.

Während ich mir den Weg durch die Menschenmassen vor dem Parkhaus bahne, muss ich über die Diskussion grinsen, die meine Eltern heute Mittag geführt haben. Ursprünglich war geplant, dass wir Grannie zu dritt in Empfang nehmen, aber der Weihnachtsbaum hat uns einen Strich durch die Rechnung gemacht.

»Das ist keine Tanne«, höre ich Mom wieder schimpfen. »Das ist eine Fichte, und die nadeln, wenn man sie nur anguckt.«

»Was weiß ich denn?«, verteidigt sich Dad. »Ich bin Arzt, kein Botaniker. Der Kerl hat mir gesagt, es sei eine Tanne.«

»Dann hat er dich verarscht.« Mom rüttelt am Baum und Nadeln rascheln zu Boden. »Das könnte ein Kind, eine Tanne von einer Fichte unterscheiden.«

»Na gut!« Kurzerhand reißt Dad die Terrassentür auf und Mom den schon halb nackten Baum aus der Hand. Mit Schwung befördert er ihn in den Garten und knallt die Tür wieder zu. »Dann haben wir in diesem Jahr eben keinen Baum.«

»Meine Mutter wird in vier Stunden hier sein.« Moms Stimme bebt vor Ärger. »Und dann haben wir sehr wohl einen Baum. Einen fix und fertig geschmückten. Und du wirst dich darum kümmern.«

»Den Teufel werd ich.«

»Du wirst. Und zwar sofort. Ich komme mit und zeige dir, was eine Tanne ist.«

Dad sieht auf die Uhr. »Das schaffen wir nicht, wenn wir rechtzeitig Downtown am Bahnhof sein wollen.«

»Wir schaffen das.« Sie dreht sich zu mir um. »Hol du Grannie allein ab.«

Da bin ich nun. Und mir ist es ganz recht so. Ich glaube, nach der Baumaktion wäre die gemeinsame Fahrt zum Bahnhof nur halb so beschaulich gewesen. Bis ich mit Grannie im Schlepptau zurück bin, sind die Harmonie und der Geist von Weihnachten, die sich vor lauter Schreck verzogen hatten, ganz sicher wieder in unser Haus eingekehrt.

Vor dem Eingang des Bahnhofs hat eine Gruppe als Weihnachtsmänner verkleideter Jungs Aufstellung bezogen. Mehr schlecht als recht, aber mit offenbar einer Menge Spaß, singen sie *Good King Wenceslas* und sammeln Geld, von dem sie sich laut einem Pappschild Tickets für ein Spiel der Penguins leisten wollen. In der Halle tauche ich in einen nach draußen fließenden Strom von Passagieren und zugehörigen Nichtpassagieren ein. Arm in Arm gehende Paare, die beseelte Blicke tauschen und knutschen, Väter in Businesskleidung, die von ihren Kindern umschwärmt werden, und ältere Paare mit ihren erwachsenen Kindern.

Am Bahnsteig angekommen, werfe ich einen Blick auf das Display der Zuganzeige. Grannies Zug hat zehn Minuten Verspätung. Also zurre ich den Reißverschluss meines Parkas bis ganz nach oben, wickele meinen Schal einmal mehr um den Hals und setze mich auf eine Bank.

Aus den Lautsprechern klingt leise Weihnachtsmusik, die sogar der kargen Bahnsteigatmosphäre weihnachtliche Stimmung verleiht. Als ein Zug aus Philadelphia angekündigt wird, hüpft ein kleines Mädchen neben seiner Mutter auf der Stelle und winkt der heranrollenden Bahn aufgeregt mit beiden Armen zu.

Die Bremsen quietschen, bis die Räder nicht mehr rollen, dann öffnen sich die Türen, und Menschen sprudeln heraus. Etwa eine Minute lang bin ich mittendrin im Pulk aus Begrüßungen, Lachen und Umarmungen. Mein Blick huscht über die sich schnell lichtende Masse, von Ankömmling zu Ankömmling – und bleibt an jemandem hängen, der sich suchend umschaut.

Er ist groß. Seine blonden, halblangen Haare locken sich ein bisschen und fallen ihm ins schmale Gesicht. Über seiner Schulter hängt eine große Reisetasche, in der anderen Hand hat er den ausgezogenen Teleskopgriff eines Koffers. Den stellt er jetzt ab, dreht sich um seine eigene Achse und schaut sich weiter um.

Als mich sein Blick streift, schaue ich schnell weg, kann aber nicht anders und beobachte ihn aus den Augenwinkeln weiter.

Unter einer Lederjacke trägt er ein schwarzes Sweatshirt, auf dessen Brust ich das Logo der Philadelphia Flyers erkenne. Seine langen Beine stecken in schmalen grauen Jeans, seine Füße in Industrial Boots. Er holt sein Handy aus der Jackentasche, tippt darauf herum und hebt es ans Ohr. Wenig später steckt er es weg, ohne gesprochen zu haben, und blickt erneut den Bahnsteig auf und ab. Der nächste Zug rollt ein und spuckt seine Passagiere aus. Wie verloren steht er ein paar Sekunden lang im Gewühl der Leute, schließlich rettet er sowohl sich als auch seinen Koffer zu einer

Bank neben meiner. Er stellt die Reisetasche ab und wirft mir einen Blick zu, dem ich ausweiche, indem ich meine Boots, die seinen ziemlich ähnlich sind, inspiziere. Währenddessen leert sich der Bahnsteig. Im Augenwinkel sehe ich, wie er Platz nimmt und noch mal telefoniert.

»Hey, Melissa, ich bin da«, höre ich ihn sagen. Seine Stimme ist tief und ein bisschen rau, Anspannung schwingt darin mit. »Wo bist du?« Ohne eine Antwort abzuwarten, nimmt er das Handy wieder herunter. Mailbox, scheinbar.

Eine halbe Stunde vergeht, in der Züge ein- und abfahren. Grannies ist nicht dabei. Ebenso wenig taucht Melissa auf, was den blonden Typen mehr und mehr zu frustrieren scheint. Er tut mir ein bisschen leid. Ist sicher kein tolles Gefühl, am Bahnsteig auf Abholung zu warten oder gar vergessen worden zu sein. Erst recht nicht an Weihnachten. Vielleicht kommt diese Melissa auch in voller Absicht zu spät. Vielleicht ist sie seine Freundin, und sie haben sich gestritten. Oder sie hat einen miesen Charakter. Zu seinem Aussehen würde eine Freundin mit miesem Charakter gut passen. An seiner Schule oder dem College ist er wahrscheinlich der von allen bewunderte Supertyp, der sich natürlich für Barbie entschieden hat.

Bei diesem Gedanken tut er mir noch mehr leid … wegen meiner Gedanken. Schublade auf, Typ rein, Schublade zu. Nicht nett. Vielleicht ist Melissa auch bloß eine gänzlich uninteressante Bekannte, seine Schwester, eine Cousine oder …

Hör auf, du Nuss!, schimpfe ich im Stillen und schüttele den Kopf, um die bescheuerten Gedanken loszuwerden.

»Hey, ich noch mal«, höre ich zwischen zwei Zügen erneut seine Stimme. Langsam klingt er verärgert. »Ähm ... ja, keine Ahnung. Ich würde ein Cab nehmen, wenn ich sicher wär, dass du nicht hierher unterwegs bist. Ruf mich zurück, wenn du das hörst.«

Diese Melissa müsste sich doch denken können, dass er wartet. Es ist schließlich Weihnachten. Selbst wenn es Streit gab ... heute ist der Tag, zu verzeihen. Vielleicht kann sie nicht. Vielleicht ist Melissa auf dem Weg hierher in einen Unfall verwickelt worden und wird in diesem Moment ins Krankenhaus gebracht. Vielleicht, was absolut schrecklich wäre, ist sie ...

Schluss mit dem Unsinn!, schimpft meine innere Stimme. Ich verschränke die Arme vor der Brust und schüttele mich unter einem Frösteln, das weniger von der Kälte als vielmehr von meinem makabren Kopfkino kommt.

Endlich wird Grannies Zug angekündigt. Erleichtert stehe ich auf und gehe ein paar Schritte über den inzwischen ziemlich leeren Bahnsteig, der gerade von *God Rest You Merry Gentleman* beschallt wird. Dabei huscht mein Blick immer wieder zu ihm. Wie er da so sitzt und auf sein Telefon schaut, fällt mir etwas ein.

Bevor ich zu viel darüber nachdenken und es mir anders überlegen kann, nehme ich meinen Mut zusammen und gehe zu ihm.

»Hey, ich hab ein bisschen was mitbekommen von deinen Telefonaten«, sage ich und komme völlig aus dem Konzept, als er den Kopf hebt und mich ansieht. In seinem Blick liegt irgendetwas, ein Ausdruck, den ich nicht benennen kann, der aber tief in mir etwas zum Schwingen bringt. Was auch immer es ist, es verschwindet, als er blinzelt und das eben noch warme Blau seiner Augen kühl wird. Fragend hebt er die Brauen.

»Ähm, ja, also, und ich hab gedacht …«, stottere ich und reiße mich zusammen. »Ich könnte dich mitnehmen. Ich warte nur noch auf meine Großmutter, deren Zug kommt jeden Moment.«

Fertig. Mund zuklappen. Warten. Er reagiert nicht, schaut mich nur an, als müsste ich noch mehr sagen. Na gut …

»Wohin musst du denn?«

»Bennington Avenue.«

»Cool. Das ist in Squirrel Hill. Dahin muss ich auch. Wenn du willst, kannst du bei mir mitfahren.«

Er schaut noch einmal über den Bahnsteig, zuckt dann mit den Schultern und sieht mich wieder an. »Ähm … danke. Gern.«

Mit knapp eins siebzig bin ich kein Winzling, aber als er aufsteht, ist er gut einen Kopf größer als ich. Irgendwie durcheinander, wende ich mich wieder zum Gleis um und spüre, wie ein merkwürdiges Summen meinen Magen füllt. Grannies Zug fährt ein.

Wenig später falle ich ihr um den Hals. Sie schlingt die Arme um mich, drückt mir einen Kuss auf die Wange und stellt fest, dass ich gewachsen bin. Das tut sie jedes Mal, wenn wir uns sehen. Ginge es nach ihrer Einschätzung, wäre ich inzwischen drei Meter groß. Als ich ihr sage, dass wir jemanden mitnehmen, geht sie zu ihm und stellt sich fröhlich vor.

»Sam«, murmelt er und schickt mir einen unsicheren Blick. Ich nehme Grannie den Trolley ab und schlage die Richtung zum Eingang ein. Grannie und Sam folgen mir. Sie erzählt ihm von ihrer Zugfahrt, wen sie kennenlernt und was sie erfahren hat. Ein Florist aus Troy Hill hat sie heute während der Fahrt unterhalten. Bedauerlicherweise war er fünfzig Jahre zu jung für sie und schwul obendrein. Mir ist das peinlich, aber ich höre ihn lachen. Er hat ein schönes Lachen.

Auf der Fahrt nach Squirrel Hill geht es so weiter. Mit der eifrig schwatzenden Grannie auf dem Beifahrersitz und dem zuhörenden Sam auf der Rückbank komme ich mir vor wie ein Chauffeur, bleibe aber still.

Von der Fair Oaks Street will ich gerade in die Bennington Avenue einbiegen, da meldet sich Sam zu Wort: »Ist okay, lass mich hier raus.«

Ich halte und sehe in den Rückspiegel, wo er meinem Blick begegnet. »Sicher? Wäre kein Ding, dich vor dem Haus abzusetzen.«

»Nein, so ist es perfekt.« Er zieht am Griff und drückt die Tür auf. »Danke noch mal.«

Schulterzuckend öffne ich den Kofferraum über einen Hebel in der Mittelkonsole.

»Frohe Weihnachten, Sam!«, ruft Grannie Carol, als er aussteigt.

Er zögert. »Frohe Weihnachten«, antwortet er dann und wirft die Tür zu. Aus dem Kofferraum holt er sein Gepäck, schließt die Klappe und geht. Ich lasse das Auto den Rest der Fair Oaks Street entlangrollen, bis mir bewusst wird, dass ich eigentlich in die andere Richtung muss.

»Der hat unverschämt gut ausgesehen«, stellt Grannie fest und schmunzelt.

Ich weiß nicht, was ich darauf sagen soll. Also halte ich die Klappe, biege an der nächsten Kreuzung ab und bringe uns dahin, wo inzwischen ganz sicher eine mit roten Kugeln geschmückte Tanne steht und ein Truthahn im Ofen brutzelt.

ZWEI

Stimmen dringen in mein noch schläfriges Bewusstsein. Ich wühle mich aus den Federn und tappe aus dem Zimmer, um nebenan im Bad zur Toilette zu gehen und dann ganz schnell wieder im Bett zu verschwinden. Leider gerate ich dabei in eine Diskussion, die meine Müdigkeit wegpustet.

»An Weihnachten besucht man den Gottesdienst«, stellt Grannie klar. Sie steht im Türrahmen von Mom und Dads Schlafzimmer, aus dem Moms Stimme kommt.

»Ich habe keine Lust auf eine Predigt, aber lass dich nicht aufhalten. Du weißt ja, wo die Kirche ist.«

»Ich soll allein gehen?« Grannie ist empört. Als sie mich erblickt, erhellt sich ihre Miene.

Ich ahne Schlimmes, senke den Kopf und will mich verdrücken, da spricht sie mich schon an.

»Guten Morgen, Darling. Stell dir vor, deine Mutter will nicht zur Kirche. Aber wir zwei, wir gehen doch, oder?«

Stumm schüttele ich den Kopf und schließe die Tür des Badezimmers hinter mir. Draußen geht die Diskussion weiter, verlagert sich aber nach unten. So komme ich immerhin unbehelligt in mein Zimmer zurück, kuschele mich wieder ins Bett und ziehe mir die Decke bis zur Nase. Wie in so mancher Minute am vergangenen Abend denke ich an den Typen vom Bahnhof. *Sam. Sam heißt er*, flüstert mein Geist in den beginnenden Traum hinein. Ich denke an Sam vom Bahnhof, an den merkwürdigen Ausdruck in seinen Augen und seine vergeblichen Versuche, diese Melissa zu erreichen, bis meine Gedanken leichter werden. Im Traum fährt Sam mit Grannie und mir. Wir setzen ihn nicht an der Bennington Avenue ab, sondern nehmen ihn mit zu uns. Er soll an Heiligabend nicht alleine sein. Als wir unser Haus kurze Zeit später betreten, geht er voran, als würde er hier wohnen. Mom und Dad scheinen ausgeflogen zu sein, Grannie zieht sich ins Gästezimmer zurück.

Froh, allein mit Sam zu sein, drehe ich mich zu ihm um, aber er ist nicht mehr da. Dabei hat er eben noch bei der Treppe gestanden. Ich suche ihn in den Schränken der Diele, dann in der Küche und in Moms Büro.

Im Wohnzimmer entdecke ich Sam so wenig wie im Schlafzimmer meiner Eltern. Glücklicherweise ist er auch nicht in meinem Zimmer, wo es aussieht, als hätte eine Bombe eingeschlagen. Bleibt nur mein Bad. Klopfenden Herzens schleiche ich zur Tür, lausche. Sam duscht. Ich will gehen, kann mich aber plötzlich nicht mehr von der Stelle rühren. Meine Sohlen scheinen am Boden festzukleben, und während ich versuche, sie zu lösen, wird drinnen das Wasser abgestellt. Als ich höre, wie die Tür entriegelt wird, starre ich zum Knauf, der sich dreht. Dann öffnet sich die Tür. Sam steht vor mir, nass, mit einem Handtuch um die Hüfte …

Mit einem Ruck setze ich mich im Bett auf, blinzele mich in die Realität zurück und will die Bilder des Traums mit einem Kopfschütteln vertreiben, doch die sind hartnäckig. Als es an der Tür klopft, zucke ich zusammen.

»Harley Walker, jetzt wird es aber Zeit!«, ruft Mom und klopft abermals.

»Schon gut«, gebe ich mit einem genervten Stöhnen zurück und lasse mich zurückfallen, um nach dem Schalter zu tasten, der die Jalousien öffnet. Dann schlage ich die Bettdecke zurück, stehe auf und schlurfe aus dem Zimmer. Nach einem Stopp im Bad tappe ich nach unten und in die Küche, um den Kühlschrank nach zum späten Frühstück Essbarem zu durchforsten.

»Es ist frisches Brot da«, sagt Mom, die mit Grannie Carol im Wohnzimmer sitzt. Dad ist ... irgendwo draußen. Wahrscheinlich schippt er Schnee vom Gehweg und lässt sich Zeit dabei.

»Wieso haust du dem Kind nicht ein paar Eier und Speck in die Pfanne?«, tadelt Grannie. »Pfannkuchen kann sie auch essen. Um diese Uhrzeit muss sie doch vor Hunger halb umkommen. Hat ja ohnehin kaum was auf den Rippen.«

»Ich komme klar, Grannie«, gebe ich zurück.

Mit Weintrauben, Käse und Brot setze ich mich an den Esstisch, wo eines meiner Weihnachtsgeschenke liegt. Seit ich weiß, dass weder Santa noch sonst jemand den Schornstein runtersaust, um mir Geschenke hinzulegen, findet die Bescherung im Hause Walker an Heiligabend nach dem Essen, nicht am Morgen des ersten Weihnachtstages statt. Grannie Carol hat mir den Bildband *Skate The World* geschenkt, den ich mir gewünscht hatte. Von Mom und Dad gab es ein speziell für Sportfotografie entwickeltes Objektiv für meine Nikon. Bis tief in die Nacht habe ich mit den Einstellungsmöglichkeiten experimentiert und deshalb wohl etwas mehr Schlaf gebraucht.

Jetzt schiebe ich mir ein Stück Käse in den Mund und blättere im Buch um, doch Grannie hat von den Gesprächen mit meiner Mutter genug und will sich nun mit mir unterhalten. Sie nimmt mir gegenüber Platz.

»Gut geschlafen?«

Ich nicke, ohne aufzusehen. »Ganz okay.«

»Und? Weißt du noch, was du geträumt hast?«

Und ob. Bei der Erinnerung an Traum-Sam kribbelt es in meinem Bauch. Ich ziehe die Füße auf den Stuhl unter den Po, atme durch und erwidere ihren neugierigen Blick.

»Jepp, bisschen was.«

Grannie Carol hebt den Finger. »Merk dir, was du geträumt hast, denn was man in den Nächten zwischen den Jahren träumt, wird wahr.«

»Behauptet wer?«

»Die alten Kelten und auch die Germanen.«

»Na ja ... die sind ja nun schon längere Zeit tot.«

Im Gegensatz zu Grannie bin ich ziemlich realistisch veranlagt und glaube, dass Träume einfach Träume sind. Überhaupt ist die Vorstellung, dass meine Füße am Boden festkleben, während Sam halb nackt vor mir steht, nicht sonderlich verlockend. Viel schöner wäre es doch, wenn ich einen Schritt auf ihn zu machen könnte und … Zum Glück reißt mich Grannie aus meinen Gedanken. »Dein Hasenfutter hast du ja nun aufgemümmelt. Mach dich langsam mal fertig. Deine Mom sagte, die Gäste kommen um drei.«

Sie hat recht. Wobei unsere Gäste bloß Cassidy und ihre Eltern sind. Jeder von denen hat mich bestimmt hundert Mal im Schlafanzug und mit zerwühlten Haaren gesehen. Nichtsdestotrotz tue ich Grannie den Gefallen und verschwinde ohne Widerworte in meinem Bad, wo ich bei einer ausgiebigen Dusche den Rest des Traums abzuspülen versuche.

***

Das Essen am ersten Weihnachtstag mit Onkel Dave, Tante Katie und Cassidy, die meine einzige Cousine ist, hat schon lange Tradition. Dad und Onkel Dave sind Brüder, und da unsere Familien in derselben Straße wohnen, sind Cassidy und ich praktisch wie Schwestern aufgewachsen. Wie sehr verschiedene Schwestern. Seit ich denken kann, ist sie dic Prinzessin, und ich bin der Rotzlöffel. Mit der Freundschaft, die uns trotzdem verbindet, sind wir der beste Beweis dafür, dass sich Gegensätze anziehen, wobei es immer ein paar Reibungspunkte gab. Aber die gehören dazu. Cassidy lebt damit, dass ich mich auch heute nicht in eine Prinzessin verwandele. Ich lebe mit ihren manchmal ziemlich zickigen Anwandlungen.

Jetzt ist mein Zimmer erfüllt von Cassidys neuem, blumig-orientalischem Duft, den sie neben einem Steppmantel und anderen stylishen Accessoires, auf die sie so abfährt, zu Weihnachten bekommen hat. Wir sitzen uns im Schneidersitz auf meinem Bett gegenüber. Cassidy grinst erwartungsvoll und klatscht in die Hände.

»Na los, du zuerst.«

Seit sie mir vor zwei Jahren einen großformatigen Kalender mit spärlich bekleideten Kerlen geschenkt hat, findet unsere Bescherung nicht mehr vor unseren Eltern statt, sondern in der Abgeschiedenheit meines Zimmers. Eine gute Idee war das insbesondere vergangenes Weihnachten, als sie mir mit spitzbübischer Miene ein Unterwäsche-Set aus roter, teilweise durchscheinender Spitze überreichte. Das winzige Höschen und den balkonettartigen BH hat sie selbst in Schwarz.

Bis heute halte ich das für ein Scherzgeschenk, das ich meinen liberalen Eltern aber trotzdem ungern erklärt hätte. Weil meine Geschenke im Vergleich zu diesen Dingen fast langweilig waren, habe ich mir für dieses Weihnachten etwas Besonderes einfallen lassen.

Um sie nicht länger zappeln zu lassen, greife ich unters Kopfkissen, wo ich ihr diesjähriges Geschenk versteckt habe. Cassidy nimmt es, zerrt das grüne Seidenband ab, reißt das rote Papier auf und zieht das auf alt gemachte Metallschild aus den Papierfetzen.

»Oh, wow!« Sie hebt die Hand vor den Mund und betrachtet ihr Geschenk voller Rührung. »Was für eine coole Idee«, haucht sie und schaut sich an, was auf dem Schild steht, wobei sie mal lächelt und mal seufzt.

Das Remember-when-Schild ist mit Ereignissen unserer Freundschaft personalisiert. In verschiedenfarbigen Schriften stehen sie auf schwarzem Untergrund.

»Erinnere dich daran, als wir *Dirty Dancing* geschaut haben und du mich danach gezwungen hast, mit dir Mambo zu lernen«, liest sie, lacht und sieht auf, wobei Tränen in ihren babyblauen Augen schimmern. »Oh Gott, wie süß, Harley! Das ist so toll.«

Cassidys Rührung ist ansteckend. Ich verdrücke selbst ein Tränchen und freue mich weiter an ihrer Freude, die mit jedem Punkt, den sie liest, größer wird.

Vom Remember-when-Schild angestupst, versinken wir in Erinnerungen: Wie wir zu ihrem siebten Geburtstag so viel Kuchen aßen, dass uns beiden schlecht wurde. Wie sie ihr Fahrrad wütend in ein Gebüsch schleuderte, weil sie keine Lust mehr auf meine blöde Abenteuertour hatte. Und wie sie mir erzählt hat, dass Jason Murdock sie geküsst hat und ich vor lauter Ekel den ganzen Tag nichts mehr gegessen habe.

Neben diesen und anderen süßen Erinnerungen hätte ich ein paar brisantere, aber ähnlich prägende Ereignisse auf dem Schild festhalten können. Beispielsweise den Abend, als Cassidy bei mir aufschlug und erzählte, dass sie und ihr erster Freund miteinander geschlafen hatten. Das war vor zwei Jahren – Cassidy und ich waren fünfzehn, der Junge sechzehn und alles andere als erwachsen oder erfahren, aber so wirkte er damals auf uns. Ich erinnere mich noch, dass mir Cassidy danach eine Zeit lang merkwürdig fremd vorkam, als wäre sie in einem anderen, fernen Land gewesen und verändert zurückgekehrt. Das Gefühl hat sich wieder gelegt. Es ist normal geworden, dass Cassidy Sex hat – und ich nicht.

Sie legt das Schild aufs Bett, nimmt ihre Tasche, kramt darin herum und holt aus dem Gewühl von Lippenstiften, Puderdosen und Thermalwasserspray ein kleines, professionell eingewickeltes Päckchen hervor.

»Das ist für dich«, sagt sie und gibt es mir.

Ich löse die pinkfarbene Schleife und knuppere den Tesastreifen ab, der das rosa Geschenkpapier schließt. Aus einer Schachtel, die sich darin befindet, nehme ich zwei Schlüsselanhänger – einen für mich, einen für Cassidy. Auf den Plaketten, die an den Metallbändern baumeln, sind je zwei Hände eingeprägt, deren kleine Finger miteinander verschränkt sind. BFF, kurz für Best Friends Forever, steht auf den Rückseiten.

»Echt süß! Danke, Cas«, murmele ich gerührt und bin ein bisschen erleichtert, dass sie mir nichts Schweinisches geschenkt hat.

Cassidy breitet die Arme aus. Ich drücke ihr einen Kuss auf die Wange, umschlinge sie und halte sie fest. Sie wiegt mich ein paarmal hin und her, kichert dann und löst sich von mir.

»Hat dich Grannie auch schon nach deinem Traum gefragt?«

Einigermaßen verwundert schaue ich sie an. »Erzähl mir jetzt nicht, du glaubst an solchen Kram. Kelten, Germanen …« Mit einem »Uhhh«, zu dem ich mit den Fingern wackele, lasse ich sie wissen, was ich davon halte, und plumpse rücklings aufs Bett. Cassidy legt sich neben mich.

»Ich find's lustig.« Sie verleiht ihrer Stimme etwas Tadelndes. »Also wirklich, Harley, du musst auch mal an was glauben.«

»Tue ich ja. Ich glaube fest daran, dass die Dragons es in die Play-offs schaffen, wenn sie sich so richtig anstrengen.«

Sie schnaubt. »Du und dein Eishockey.«

Zugegeben, ich liebe diesen Sport, und dass die Mannschaft unserer Schule dieses Jahr endlich wieder Chancen auf den Penguins Cup hat, ist mein Highlight des Jahres. Dennoch denke ich gerade gar nicht so sehr daran, sondern schon wieder an Sam. Ich muss den Gedanken Luft machen, also erzähle ich meiner Cousine, wie Grannie und ich Sam am Bahnhof aufgegabelt und mit nach Squirrel Hill genommen haben.

Sie setzt sich wieder auf, mustert mich eindringlich und sagt: »Oh, oh!«

»Wie, oh, oh?«

»Du findest ihn gut. Hast du dich verknallt?«

»Quatsch!« Verknallt! Tzz! Nach den drei Sekunden, die wir miteinander zu tun hatten?

»Klar hast du. Und das ist gut so.« Cassidy grinst vergnügt. »Irgendwann musst du ja mal damit anfangen. Wie sieht er aus?«

»Ist doch egal, Cas.« Ich setze mich ebenfalls auf. »Es war eine witzige Begegnung. Mehr nicht. Er ist nicht aus Pittsburgh, besucht hier nur irgendwen. Ich werde ihn vermutlich nie wiedersehen und hab Besseres zu tun, als mich in diese Sache hineinzusteigern.«

Einen Moment lang betrachtet Cassidy mich stumm, dann grummelt sie: »Also, mit dieser Einstellung wird das nie was.« Ihr Blick wandert an mir herunter. »Du solltest auch echt langsam was aus dir machen. Immer diese Karohemden.«

»Eigentlich sind es Blusen, keine Hemden, und ich mag Karos.« Streifen und Sternchen auch oder Unifarben. Nur keine Punkte.

»Ich weiß. Genauso gern magst du Jeans, in denen man deinen Arsch nicht sieht, No-Name-Shirts, abgelatschte Chucks und klobige Boots.«

»Vergiss nicht die Bikerjacken.«

»Natürlich nicht.« Plötzlich klingt sie gereizt. »Wie könnte ich deine Lederjacken vergessen, wo du sie doch praktisch jeden Tag trägst.«

»Aktuell nicht. Ist zu kalt dafür.«

Vielleicht ist es gemein, aber ich mache mir einen Spaß aus ihrer Kritik. Erfahrungsgemäß ist es die beste Art, damit umzugehen.

»Du könntest viel besser aussehen«, trotzt Cassidy und hebt die Hände, um in meinen Haaren rumzufummeln. Bald zupft sie an den Spitzen, als würden sie dadurch wachsen. »Du solltest sie länger tragen. Jungs stehen auf Mädchen mit langen Haaren.«

Ich schüttele ihre Hände ab, nehme meine Haare nach hinten und binde sie mit dem Gummi, das ich bis eben ums Handgelenk hatte, zu einem kleinen Zopf, der gerade so möglich ist.

»Und das sieht erst recht furchtbar aus«, lautet Cassidys Kommentar. »Lass sie wachsen und verpass ihnen auch mal etwas Farbe. Braun ist doch langweilig.«

Mir ist klar, dass ich nicht so hübsch bin wie meine Cousine mit ihrem glatten Teint, den mit Schminke zum Strahlen gebrachten Augen und den glänzenden blonden Haaren. Ich falle nicht so sehr auf wie sie in ihren stylishen Klamotten. Aber das stört mich nicht. Wahrscheinlich könnte ich mich mit ein wenig Aufwand an Cassidys Optik anpassen, doch ich werde mich nicht verkleiden, um ihr einen Gefallen zu tun oder Jungs auf mich aufmerksam zu machen, die mich nicht interessieren. Das trifft auf alle Jungs an unserer Highschool zu. Und ganz offenbar ärgert das meine Cousine mit jedem Tag ein bisschen mehr.

»Übrigens, ich hab ein Date mit Will«, sagt sie aus heiterem Himmel und wieder quietschvergnügt.

Einerseits bin ich froh über den Themenwechsel, andererseits prompt besorgt.

»Ich weiß nicht, Cas. Hast du dir das gut überlegt? Will ist Carls bester Freund.«

Sie stöhnt genervt. »Und?«

»So was macht man nicht. Die besten Freunde sind einfach tabu.«

»Wenn es Will nicht stört, warum sollte es mich aufhalten? Carl ist Geschichte. Und Will ist echt süß. Ich habe lange genug darauf hingearbeitet, dass er mich fragt.«

Ein Jahr lang waren Cassidy und Carl, Kapitän des Eishockeyteams, das Traumpaar der Schule. Anfang

November hat sie mit ihm Schluss gemacht, weil ihr die Beziehung zu langweilig wurde. Kurz war sie mit einem Basketballspieler zusammen, hat sich aber auch von ihm getrennt, weil ihr Interesse an Will erwachte. Das geschah in etwa zu der Zeit, als Carl nicht mehr versuchte, sie zurückzugewinnen und mit einem Cheerleader des Eishockeyteams ausging.

»Das gibt sicher Ärger«, murmele ich mehr zu mir selbst und kann mir diesen Ärger sehr bildlich vorstellen.

Sowohl Carl als auch Will, Carls Left Wing auf dem Eis, kenne ich gut. Ich mag sie beide. Als Sportfotografin für die Schülerzeitung bin ich mehrmals im Monat mit ihnen und dem Rest des Teams zu Spielen unterwegs. Kein Typ der Highschool würde sich je mit einem von beiden anlegen, erst recht nicht wegen eines Mädchens. Wenn diese beiden nun wegen Cassidy aneinandergeraten, geht vielleicht nicht nur eine Freundschaft kaputt, sondern auch der Zusammenhalt im Team. Und damit schwinden die Chancen auf den Penguins Cup.

»Wirklich, Cas, ich halte das für keine gute Idee.«

»Ich aber, und es ist meine Entscheidung, mit wem ich mich treffe.« Ein verärgertes Blitzen tritt in ihren Blick.

Nachdenklich stehe ich vom Bett auf und gehe zum Fenster, vor dem es schon dämmert. Dicke Flocken rieseln in unseren geschmückten Vorgarten, dessen Lichterketten sich eben einschalten.

»Hast du demnächst Zeit für ein paar Fotos?«, höre ich von Cassidy.

Zeit schon. Lust nicht wirklich. Aber gut. Reizen wir das nicht aus.

»Was für welche möchtest du denn?«, gebe ich zurück, obwohl ich ihr viel lieber weiter ins Gewissen reden würde. Sie sollte Will einfach nicht daten. Ihr das noch einmal zu sagen, verkneife ich mir erst einmal, um Streit zu vermeiden. Ich kenne Cassidy gut genug, um zu wissen, dass ich sie nicht aufhalten kann. Den Jungen, auf den sie es abgesehen hat, bekommt sie.

DREI

Einer Kamera kannst du nichts vormachen. Du kannst es versuchen und deine, vom pseudocoolen Peace-Zeichen unterstrichene, lässige Miene ziehen, mit der du zeigen willst, wie abgefahren dein Leben ist. Du kannst noch so breit lächeln. Eine Kamera enttarnt dich, wenn du eigentlich traurig bist oder gelangweilt oder wütend. Sie achtet auf deine Körperhaltung und blickt über deine Augen in dein Herz, in deine Seele. Sie sieht, was du liebst, wen du hasst, wer du sein willst und wer du bist.

Zumindest auf meine Kamera trifft das zu. Momentan sieht sie Cassidys Schmollmund und ihre weit geöffneten, gedankenvollen Augen. Dieser Weltschmerz-Ausdruck begegnet mir in letzter Zeit überall. Ich nehme die Kamera runter.

»Was soll der Quatsch, Cas? Das ist überhaupt nicht echt. So guckst du doch nie.«

»Klar gucke ich so!«

»Ja, zu Hause vor dem Spiegel, um zu proben.«

Sie grinst verhalten und seufzt. »Nur das eine Bild, okay? Ich mag den Ausdruck in meinem Blick, wenn ich so gucke.«

»Das bist aber nicht du«, murmele ich, während ich wieder fotografiere. »Und wieso haben wir eigentlich ewig nach einem passenden Baum gesucht, wenn ich nur Close-ups machen soll?«

Sie übergeht meinen Einwurf. »Achtest du bitte darauf, dass man meine Haare nicht sieht? Nur mein Gesicht und die Kapuze.«

Die Kapuze spielt eine große Rolle, denn sie hat einen dicken, besonders flauschigen Webpelz und gehört zum roséfarbenen Steppmantel, Cassidys Weihnachtsgeschenk.

»Hängen Schneeflocken im Fell?«, fragt sie mit steifem Kiefer, um die Pose nicht zu ruinieren.

»Jede Menge.«

»Gut. Das ist total wichtig.«

»Wenn du meinst.« Ich muss grinsen. »Du siehst aus wie ein Angorakaninchen.«

»Echt? Süß. Das sind die mit den vielen Haaren, oder?«

»Das sind die, die vor lauter Fell vorm Gesicht kaum was sehen.«

Sie schnaubt und schickt mir einen giftigen Blick, mit dem ich das erste ehrliche Foto bekomme. Dann verschwindet sie aus dem Fokus.

»Gehen wir zum Teich. Was hältst du von ein paar Aufnahmen vorm Wasser mit der Brücke im Hintergrund? Oder welchen mit den Panthern?«

Schnee knirscht unter unseren Schuhen, mehr dicke Flocken schweben vom Himmel. Eine rauchige Note hängt in der Luft; unser warmer Atem steigt in Wolken auf.

Wir haben den Park beinahe für uns. Heute ist der letzte Sonntag im Dezember, morgen um Mitternacht starten wir in ein neues Jahr.

Als Cassidy ihr Smartphone zückt und vor sich hält, glaube ich zuerst, dass sie ein Selfie macht, zur Sicherheit, falls meine Aufnahmen alle schrecklich sind, aber sie checkt nur ihren Look.

»Oh Gott, wie seh ich aus? Hast du mich so fotografiert?« Sie zieht die Kapuze vom Kopf, zupft sich den Pony und fährt mit den Fingern durch ihre Haare. »Die Bilder musst du alle löschen.«

Sie bleibt stehen.

»Ich bin so hässlich«, konstatiert sie mit einem Kopfschütteln. »Wässrige Glotzaugen und aufgedunsene Lippen. Als wären sie aufgespritzt.«

»Du Arme.« Ich kann den Spott nicht ganz aus meiner Stimme verbannen.

»Und diese Nase …« Mit einem Finger drückt sie auf die Spitze. »Die zeigt doch nach oben.«

»Ja, ganz furchtbar. Die fünfzig Typen, die dir in der Schule sabbernd nachlaufen, können nur blind sein.«

Sie geht weiter und steckt ihr Handy ein. »Mach dich nicht lustig«, quengelt sie.

»Was ist denn heute los mit dir? Warum bist du so nörgelig?«

»Ich nörgele nicht. Ich bin nur ein bisschen kritisch.«

Weil du hören willst, wie gut du aussiehst, antworte ich ihr im Stillen.

Wir gelangen an den Teich. Cassidy zeigt auf die Brücke. »Lass uns zuerst hoch zu den Panthern gehen.«

Die Panther sind vier wie Wächter über Felsen schleichende Bronzeskulpturen. Cassidy lehnt sich gegen eine Figur und verklärt ihren Blick fürs nächste Foto.

So wird das nichts.

»Kannst du mal irgendwie anders gucken? Eine Braue hochziehen, skeptisch schmunzeln, ertappt über deine Schulter schauen. Irgendwas Lebendiges.«

Sie versucht es mit einem Lachen, doch es erreicht ihre Augen nicht. Um ihr zu helfen, erinnere ich sie an die Hamburgerschlacht, die zwei streitende Cheerleader vor ein paar Wochen in der Cafeteria gestartet und bei der sie versehentlich unsere Spanischlehrerin mit einem halben Bun voller Mayo an der Stirn getroffen haben.

Es funktioniert. Mein Cousinchen lacht schallend, und ich bekomme endlich ein paar authentische Bilder.

»Wofür brauchst du die Aufnahmen überhaupt?«, frage ich, als sie sich wieder beruhigt hat.

Sie zuckt mit den Schultern. »Ich weiß nicht, vielleicht schicke ich sie an eine Agentur.«

»An eine Modelagentur?«

»Ja. Wie spät ist es eigentlich?« Abermals fummelt sie ihr Handy hervor und schaut nach. »Mist, schon zwei. Ich muss gleich los.«

»Ähm, okay …« Unschlüssig nehme ich die Kamera herunter. »Soll ich noch fotografieren, oder sind wir fertig?«

»Ach, ich glaube, wir haben genug. Ich komme morgen Vormittag bei dir vorbei, und wir schauen die Bilder an, okay?«

Sie wartet, bis ich die Kamera verstaut habe, dann

überqueren wir die Brücke und schlagen den Weg zum Parkplatz ein.

»Was hast du noch vor?«, frage ich bemüht beiläufig und hoffe, dass es nicht das Date mit Will ist.

»Nichts Besonderes. Liv, Cheryl und ich sind zum Shoppen verabredet. Zur Maniküre wollen wir auch.«

»Hm, cool«, sage ich und bin ziemlich froh, dass Cassidy diese spannenden Dinge lieber mit anderen als mir erledigt. Dann bricht es aus mir heraus: »Was ist eigentlich mit Will? Hast du dir die Sache überlegt?«

»Ich hab ihn gestern Abend getroffen.«

Oh Gott! »Warum hast du nichts gesagt?«

»Ach …« Sie schnaubt.

»Ach was?«

»Den kannst du vergessen.«

»Wieso? Was ist passiert?«

»Gar nichts. Das ist ja das Problem. Beim Essen hat er mir gesagt, dass zwischen uns nichts laufen wird, weil ihm die Freundschaft mit Carl zu wichtig ist.«

Braver Will!

»Na ja«, hebe ich vorsichtig an, »ich kann Will schon verstehen. Ist doch gut, dass er ehrlich ist.«

»Das hätte er sich überlegen sollen, bevor er mich auf das Date eingeladen hat.«

»Stimmt schon, aber jeder ist mal unvernünftig. Er würde bestimmt gern mit dir ausgehen. Wahrscheinlich hat er einfach kurz vorher Gewissensbisse wegen Carl bekommen, wollte dich aber auch nicht versetzen.«

»Wie ehrenhaft von ihm«, spottet sie noch und

klingt plötzlich erstaunlich zufrieden. »Aber Carl hat davon erfahren, also war die Sache am Ende doch für etwas gut.«

Ihre Worte erschrecken mich. »Cas, was soll der Mist? Du hast mit Carl Schluss gemacht, weil dir langweilig war, also spiel keine Spielchen.«

Sie übergeht meine Worte und erzählt mir von Carls Reaktion.

»Angeblich haben er und Will sich heute Morgen beim Training geprügelt. Coach Wilson hat sie beide vom Eis genommen und Strafübungen machen lassen.«

»Und darüber freust du dich jetzt?«

»Natürlich nicht!« Sie schickt mir einen tadelnden Blick. »Aber es hat sich noch nie jemand für mich geprügelt.«

»Also bist du zumindest beeindruckt. Sorry, Cas, aber ich finde das total bescheuert.«

»Was denn?« Ein weiterer, diesmal spöttischer Blick folgt. »Bist du jetzt Pazifistin?«

»Quatsch! Die beiden haben sich wie Höhlenmenschen verhalten, bloß haben sie zum Prügeln ihre Hockeyschläger genommen, keine Keulen. Das ist nicht toll, sondern bloß dämlich.«

Cassidy legt den Arm um mich. »Ach, Harley. Du weißt gar nichts von Liebe. Es wird Zeit, dass du mal in die Gänge kommst, dann verstehst du, was ich meine.«

»Lenk nicht vom Thema ab«, brumme ich, schlinge meinen Arm aber auch um sie. »Wenn du Carl zurückwillst, dann sag es ihm einfach.«

Sie lacht. »Ich soll ihm nachlaufen? Im Leben nicht.«

Wieder ernst, schaut sie mich an. »Ich weiß gar nicht, ob ich ihn wirklich will. Obwohl er schon am besten zu mir passt. Keiner sieht so gut aus wie er, und er ist Kapitän des Hockeyteams. Bestimmt wird er Prom-King.«

Dass Cassidy Prom-Queen wird, stelle ich ebenso wenig infrage wie sie.

»Dann tu wenigstens irgendwas, um herauszufinden, was, oder besser wen, du willst.«

»Alles zu seiner Zeit.« Sie schiebt die Hände in die Manteltaschen. »Will hat mir erzählt, dass sie, wenn die Schule wieder anfängt, Verstärkung auf dem Eis bekommen. Mal gucken, wie der Neue so ist.«

Cassidy geht zu ihrem Auto und öffnet die Tür.

»Ich hoffe, ich finde was Cooles im Waterfront. Mein Kleiderschrank ist voller Schrott, und wenn der Neue heiß ist, will ich ihm besser gleich als später auffallen.«

»Was, wenn er hässlich ist?«, gebe ich zu bedenken.

»Gehen wir davon aus, dass er umwerfend aussieht.«

Damit wirft sie mir eine Kusshand zu, steigt ein und braust davon. Ich krame meinen Autoschlüssel aus der Jackentasche. Einen Moment betrachte ich den Anhänger, den Cassidy mir geschenkt hat. Silbern schimmert die Rückseite mit der BFF-Gravur in der dunkelblauen Wolle meines Fäustlings.

***

Am Straßenrand vor unserm Haus stelle ich das Auto ab und gehe an der Garage vorbei zur Haustür, da vernehme ich ein Kichern und drehe mich um. Das

Garagentor ist geschlossen, aber auf der Rückseite gibt es eine Tür, die offen steht. Ich schleiche an der Seite des Flachbaus entlang, die Kamera im Anschlag.

»Fester, viel fester«, höre ich Dad sagen.

»Mach ich doch«, giggelt Mom.

»Richtig rubbeln. Du machst das doch nicht zum ersten Mal.«

»Ja, aber dieses Zeug …«

Mit einem Satz, die Kamera schon vorm Gesicht, springe ich in die offene Tür und rufe: »Bitte lächeln!« Als meine Eltern überrascht zu mir schauen, drücke ich auf den Auslöser.

Mom schießt in den Stand und stolpert über den umgestülpten Eimer, auf dem sie gerade noch gesessen hat, fängt sich aber und schimpft: »Harley, was soll der Mist? Du hast mir einen Höllenschreck eingejagt.«

Dad lacht. »Wen hast du denn erwartet, Jodi? Das FBI? Ist doch nichts Neues, dass unsere kleine Paparazza hier mit ihrer Kamera herumspringt.«

Grinsend schaue ich mir das eben gemachte Schwarz-Weiß-Bild, das im Funzellicht des Garageninneren entstanden ist, auf dem Display an. Mit einem Lappen und einem Schraubenschlüssel in seinen öligen Händen hockt Dad links vom Chopper im Schneidersitz auf einer Decke. Seine dunklen Haare sprießen unter dem Bandana hervor. Über einem karierten Hemd trägt er eine Lammfellweste. Sein Blick ist hundert Dollar wert. Mom, die bis eben auf der rechten Seite des Motorrads auf einem umgedrehten Eimer saß, hat ihre dunkelblonden Haare zu einem Zopf geflochten; ein paar Strähnen fallen ihr ins Gesicht. Die Ärmel ihrer Strickjacke sind nach oben geschoben, ihre Jeans hat ein paar rußige Flecken. In einer Hand hält sie ebenfalls einen Lappen und starrt in die Kamera, als müsste sie gleich um ihr Leben rennen.

Wenn man sie so sieht, kann man fast nicht glauben, dass sie reichlich gewöhnliche Berufe haben. Mein Vater ist Augenarzt in einer Gemeinschaftspraxis, meine Mutter fertigt im Homeoffice Übersetzungen ins Spanische aus dem Bereich Maschinenbau an. Davon abgesehen sind die beiden alles andere als normal. Andere Eltern kehren jetzt gerade vom Skifahren in den Allegheny Mountains zurück oder relaxen nach der Kirche und dem Lunch auf der Couch. Meine hocken wie Siebzigerjahre-Festival-Rowdys in ihrer Garage und polieren das Motorrad.

Vor mich hin grinsend, stecke ich die Kamera weg und verkrümele mich ins Haus.

VIER

Zwei vor acht. Ich bin spät dran und schnappe mir meine Tasche mitsamt der Kamera, ohne die ich selten aus dem Haus gehe. Die Lunchtüte nehme ich zwischen die Zähne und steige aus. Mit dem Hintern schließe ich die Tür und drücke auf den Schlüssel, um das Auto zu verriegeln.

Ginge es nach mir, würde die Schule nicht vor elf beginnen, ich bin meistens zu spät. Würde ich mit Cassidy fahren, wie sie mir ständig anbietet, wäre ich pünktlich. Sie ist grundsätzlich fünfzehn Minuten vor dem Beginn der ersten Stunde in der Schule, denn sie verschwindet zuerst auf den Toiletten, um ihrem Make-up den letzten Schliff zu geben.

Weil ich schon in den letzten Stunden vor den Ferien knapp nach dem Klingelzeichen in den Raum gepoltert bin, beeile ich mich. Im Gehen werfe ich mir die Tasche über die Schulter, wobei mir die Kamera aus der Hand fällt und ein Stück über den Parkplatz schlittert. Obwohl sie in einer gut gepolsterten Tasche steckt und nichts passieren kann, fluche ich an der Lunchtüte vorbei, da rast ein Wagen um die Ecke. Der wahrscheinlich PS-starke Motor grollt, und aus dem Inneren dröhnt Rockmusik. Mein Blick huscht zur Kamera, die genau in der Fahrspur liegt.

Um sie zu retten, stürze ich hinüber und ergreife sie in dem Moment, als der Wagen mit quietschenden Bremsen zum Stehen kommt. Nur wenige Zentimeter vor mir. Als ich mich aufrichte, zittern mir die Knie vor Schreck. Vollkommen durcheinander starre ich auf die Windschutzscheibe, in der sich der von der Morgendämmerung rötlich gefärbte Himmel spiegelt. Mir wird bewusst, dass ich die Lunchtüte immer noch zwischen den Zähnen habe, also gebe ich mir einen Ruck. Schlotternd werfe ich mir die Kamera über die Schulter, an der schon meine Tasche hängt, und nehme die Tüte aus dem Mund. Dann drehe ich mich um und will zum Eingang der Schule laufen.

»Sag mal, spinnst du komplett?«, höre ich hinter mir.

Mein Schock wird von diesen Worten weggefegt. Plötzlich wütend, fahre ich auf dem Absatz herum und erstarre.

Sam!

Sam vom Bahnhof!

Ach du Scheiße!

Er ist ausgestiegen, hat einen Arm in die Seite gestemmt, den anderen auf den Türrahmen gelegt und wirkt so sauer, wie ich bin. Offenbar ist er sogar zu sauer, um mich zu erkennen. Seine hellen Augen haben einen kühlen, beinahe arroganten Ausdruck. Eine Böe verwirbelt die blonden Locken um sein Gesicht. Jetzt, in der Morgendämmerung, wirken seine Züge hart – seine kantigen Wangenknochen, der spröde, volle Mund, die geraden Brauen in der Farbe seiner Haare. Unter einem grünen Parka trägt er einen dunklen Wollpullover und Jeans. *Er wäre das ideale Model für ein Licht-und-Schatten-Porträt*, schießt es mir durch den Kopf. Insbesondere mit diesem Blick.

»Was jetzt?«, schimpft er weiter, wobei er aber ein wenig irritiert wirkt. Der Herr ist also einen Schritt weiter. Aber noch nicht am Ziel. Okay, ich hatte eine Mütze auf. Trotzdem müsste es bei ihm klingeln. Würde es vielleicht, wenn er kein Arsch wäre. Dass er einer ist, zeigen seine nächsten Worte.

»Bist du stumm oder bloß dämlich?«

»Entschuldige mal«, gebe ich versucht gelassen zurück. »Wer ist denn wie ein Gestörter über den Parkplatz gerast?«

»Du bist mir vors Auto gesprungen. Hätte ich nicht so schnell reagiert, wärst du jetzt mindestens krankenhausreif.«

»Und du einiges an Schmerzensgeld ärmer. Du wärst beinahe über meine Kamera gebrettert. Du warst zu schnell.«

Viel zu schnell. Es war nicht meine Schuld. Ich musste ja meine Kamera retten.

Aber davon abgesehen … Was zum Teufel macht er hier?

»Was ist los?«, schnauzt er und holt mich aus meinen Gedanken. »Schlägst du da jetzt Wurzeln, oder bewegst du deinen Hintern vielleicht mal zur Seite, damit ich einen Parkplatz suchen kann?«

Ich blinzele. Hinter uns ertönt das Klingeln, das den Beginn der Stunde ankündigt.

Mit einem »Mist!« drehe ich mich um und laufe los. Ich höre noch, wie er den Motor startet, und spurte dann durch den Schuleingang. Wenig später poltere ich in den Englischunterricht. Die meisten lachen, als ich außer Atem zu meinem Platz husche, aber Mrs Turner findet meine erneute Verspätung gar nicht lustig.

»Das ist das dritte Mal in Folge, Harley. Du solltest an deiner Attitüde arbeiten.«

»Tut mir wirklich leid, Mrs Turner.« Ich rutsche auf den Stuhl hinter meinen Platz. »Ich wäre pünktlich gewesen, aber dann bin ich auf dem Parkplatz beinahe überfahren worden.«

Wieder Gelächter. Auch von Cassidy, die an dem Tisch neben mir sitzt, höre ich ein Kichern.

»Erspar uns die Einzelheiten, Harley«, murrt Mrs Turner. Dann fordert sie die Klasse auf, *Das Bildnis des Dorian Gray* an der Stelle aufzuschlagen, an der wir vor den Ferien aufgehört haben. Es klopft, und unser Schulleiter betritt den Raum. Ihm folgt Sam.

»Oh. Mein. Gott! Ich sterbe«, wispert Cassidy.

»Wäre ich auch beinahe«, gebe ich grummelnd zurück. »Das ist der Typ, der mich fast über den Haufen gefahren hätte.«

Und ganz offenbar ist er der Neue, von dem Will erzählt hat. Natürlich, dass er Eishockey spielt, hätte ich mir bei seiner Figur und dem Flyers-Sweatshirt denken können.

»Echt?« Cassidy schickt mir einen alarmierten Blick.

»Echt.«

»Na toll. Ganz großes Kino«, raunt sie hinter vorgehaltener Hand. »Wann immer er uns jetzt zusammen sieht, bin ich für ihn die beste Freundin des Trottels, der ihm vors Auto gelaufen ist.«

»Gern geschehen«, frotzele ich. »Du wolltest, dass er sich an dich erinnert. Mit einem Trottel an deiner Seite erhöhen sich deine Chancen.«

Cassidy giggelt, dann schenkt sie Sam ihre ungeteilte Aufmerksamkeit. Mrs Turner begrüßt ihn, stellt ihn uns als Samuel Collins vor und fordert ihn auf, von sich zu erzählen. Er schaut durch den Raum, von einem zum anderen, öffnet den Mund und sagt: »Ich bin Sam.« In einer entweder gelangweilten oder verunsicherten Geste hängt er die Daumen in seine Hosentaschen. »Ich komm aus Philly, na ja und jetzt bin ich …« Als er mich entdeckt, blitzt abermals Ärger in seinen Augen auf, verglimmt aber schnell in Erkenntnis. Ein Schauer rauscht von meinem Nacken den Rücken hinab.

»… hier«, fügt er an und wendet seinen Blick endlich von mir ab.

»Philadelphia«, flüstert Cassidy. »Ich liebe diese Stadt. Echt coole Leute da.«

Wie alle anderen warte ich darauf, dass Sam noch etwas sagt, aber er schweigt und schaut zur Tür, als zöge er in Betracht, einfach wieder zu verschwinden. Mrs Turner bittet ihn, an einem Tisch zwei Reihen vor mir Platz zu nehmen.

Merkwürdig, dass er nicht erzählt hat, wo er wohnt, was seine Eltern so tun, was seine Hobbys sind, dass er nicht einmal Eishockey erwähnt hat. Überhaupt finde ich es seltsam, dass Sam mitten im Halbjahr die Schule wechselt.

***

Nach dem Klingeln lässt sich Cassidy viel Zeit mit dem Zusammenpacken, denn sie beobachtet Sam, der es auch nicht sonderlich eilig zu haben scheint. Obwohl mich der Gedanke, dass sie ihn anspricht, beunruhigt, gehe ich allein zu meinem Spind. Bei einem kurzen Blick über die Schulter sehe ich Cassidy ohne Sam aus dem Englischraum kommen und mache mich auf den Weg in die Redaktion. So nennen wir Raum 111, in dem auch die Schülerzeitung entsteht. In diesem Jahr sind wir zwölf Teilnehmer, acht Redakteure und vier Fotografen.

Anders als in den meisten Klassenräumen gibt es in der Redaktion Doppelschreibtische, die mit Computern und Telefonen ausgestattet sind. Ich teile mir einen Tisch mit Theresa, die alle nur Resa nennen. Sie ist ein bisschen verrückt, dabei aber ein echt toller Mensch mit einem großen Herzen. Wenn sie eine Meinung zu etwas hat oder etwas ungerecht findet, nimmt sie kein Blatt vor den Mund, und obwohl nicht alles, was sie sagt, unbedingt schmeichelhaft ist, mag ich sie einfach.

»Hübscher Pulli«, sage ich und setze mich auf meinen Platz ihr gegenüber. »Ist das deine neueste Kreation?«

Resa steht auf, greift den Saum ihres Pullis und macht einen Knicks wie eine Prinzessin, dann kommt sie zu mir und hockt sich auf die Tischkante. Viele Stücke ihrer Kleidung näht sie selbst. Ihr heutiges Outfit besteht aus besagtem Pulli, der dunkelblau und in Übergröße gestrickt ist. Er reicht ihr bis über den Po, der Ausschnitt sitzt gewollt schief auf den Schultern. Darunter trägt sie braune Strumpfhosen und kniehohe Stiefel. Ihre roten Haare hat sie mit einem ebenfalls blauen Tuch zu einer Art Turban getürmt.

Seit der zehnten Klasse sind wir in der Redaktion – sie als Redakteurin, ich als Fotografin. Während Resa inzwischen Chefredakteurin unserer Schülerzeitung, dem *Forward*, und des Jahrbuchs ist, beauftrage ich die Fotografen und bin selbst mit den Steel Dragons, den Sportteams der Taylor Allderdice Highschool, unterwegs. Im Sommer begleite ich die Footballer zu ihren Matches, jetzt im Winter das Oberliga-Team der Eishockeyspieler.

»Wie waren deine Ferien?«, fragt Resa und schaltet den Computer für mich ein.

»Unspektakulär«, antworte ich und verbinde meine Kamera mit dem Rechner.

»Und das letzte Spiel? Auch unspektakulär?«

»Na ja, wieder verloren halt. Das Team war nicht in Form, und Carl war schräg drauf.«

Und ich weiß genau, wieso.

»Echt blöd.« Resa schnieft verdrossen. »Dabei sind sie im Oktober so gut in die Vorrunde gestartet. Ich dachte wirklich, diesmal schaffen die Dragons den Einzug in die Play-offs. Wie viel Spiele haben sie gleich gewonnen?«

Wie alles, was mit dem Penguins Cup zu tun hat, weiß ich das genau.

»Sechs von zwölf. Sie können es immer noch schaffen. Sie müssen halt nur auch mal wieder gewinnen.«

»Das wär echt gut. Auch für die Motivation.«

»Absolut. Viermal in Folge zu verlieren, ist blöd. Okay, einmal war es gegen den Vorjahressieger, aber dreimal eben auch gegen nicht so starke Teams. Sie haben auf jeden Fall Potenzial für mehr.«

Resa beugt sich zum Bildschirm, als sich die Vorschau der Bilder des Spiels öffnet. Die Bilder von Cassidys Weltschmerzgesicht werden dabei auch angezeigt.

»Die sind ja grauenhaft«, ächzt sie und richtet sich wieder auf. »Warum hast du sie fotografiert?«

Ich kopiere die Bilder vom Spiel auf den Computer. »Einfach so. Warum auch nicht?«

»Ich könnte sie keine Sekunde ertragen. Es ist doch einfach nur anstrengend, wie sie sich hier als Königin aufspielt.«

»Das ist deine Meinung, Resa, und das Thema hatten wir schon. Cas ist nicht nur meine Cousine, sondern eben auch meine Freundin, wie du meine Freundin bist. Ich weiß, dass sie schwierig sein kann. Ich kann damit umgehen. Sie meint es nicht so.«

Resa zieht eine Braue hoch, als würde sie Letzteres infrage stellen, schluckt ihren Kommentar aber runter und belässt es bei: »Na ja, die Familie kann man sich eben nicht aussuchen.«

Diese Worte ärgern mich. Mit dem Stuhl drehe ich mich zu ihr. »Und wie waren deine Ferien? Irgendwas Giftiges gegessen?«

Ohne zu antworten, wechselt sie auf ihre Seite des Tisches. Als Mr Hobs da ist, beginnen wir mit dem Unterricht und recherchieren bald zu unseren aktuellen Themen, da fragt Resa wie aus dem Nichts: »Ist dir der neue Spieler schon über den Weg gelaufen?« Als wären wir nicht gerade aneinandergeraten. Das ist typisch für sie.

»Sagen wir mal so, ich bin ihm über den Weg gestolpert«, antworte ich und schildere, was auf dem Parkplatz passiert ist. Auch von unserer Begegnung am Bahnhof erzähle ich ihr.

»Na großartig«, kichert sie. »Er wird vor Begeisterung in die Luft springen, wenn er erfährt, dass du seine Teamfotos machst.«

Ich will gar nicht daran denken. »Vielleicht kann das jemand anders übernehmen.«

»Blödsinn!«, raunt Resa und runzelt die Stirn. »Ist vielleicht deine Chance, ins Gespräch mit ihm zu kommen.«

»Hast du nicht zugehört? Er hat mich fast über den Haufen gefahren und dafür auch noch *dämlich* genannt. Und obwohl ihm in Englisch klar geworden ist, wer ich bin, ist er in der Pause nicht zu mir gekommen, um sich zu entschuldigen.«

»Meine Güte, Harley, er ist ein Kerl. Er braucht seine Zeit. Wahrscheinlich musste er sich erst mal sortieren. Und trotzdem findest du ihn irgendwie … gut.« Resa gurgelt amüsiert, und in ihren Augen funkelt es schelmisch.

»Unsinn. Er kann mir den Buckel runterrutschen. Und die Teamfotos kann Anton machen.«

In wenig glaubwürdigem Bedauern schüttelt Resa den Kopf. »Das wird nicht passieren. Coach Wilson will garantiert, dass du das machst. Er liebt deine Fotos.«

***

Spanische Dörfer, das sind meine Spanischhausaufgaben heute. Ich habe keine Ahnung, was ich machen soll. Und das liegt in erster Linie daran, dass ich nicht darüber nachdenke. Weil ich mich nicht konzentrieren kann.

Immer wieder habe ich diese bescheuerte Parkplatz-Szene vor Augen, höre Sams miese Worte und ärgere mich über mich selbst, weil ich ihm nicht an Ort und Stelle Kontra gegeben habe. Ich habe ihn bloß dumm angeguckt, von der Erinnerung überrumpelt. Das Summen, das er am Bahnhof in meinem Bauch ausgelöst hat, hat sich heute, warum auch immer, ständig wieder gemeldet. Leiser zwar, aber es war da.

In Politik wären wir beinahe ineinandergerannt, als ich zu meinem Platz wollte und er nicht wusste, wohin er sich setzen sollte. Er hat sich entschuldigt, ja, aber nur dafür, dass er mir für eine Sekunde im Weg gestanden hat. Für sonst nichts. Auch nicht in Kunst, als er wirklich jede Menge Gelegenheit dazu gehabt hätte, denn dieser Unterricht ist total locker, und Gespräche sind erlaubt.

Um in der Mittagspause Ruhe zu haben, auch vor Cassidys Schwärmerei, bin ich nicht in die Cafeteria gegangen, sondern habe Nathan, dem stellvertretenden Chefredakteur des *Forward*, Gesellschaft geleistet. Im Innenhof der Schule haben wir uns auf eine in der Wintersonne stehende Bank gesetzt und die Chancen für das nächste Spiel der Penguins ausgelotet. Gegen Ende der Pause habe ich beobachtet, wie Sam durch den Flur an der Fensterfront entlang in Richtung der Schließfächer ging. Auf den ersten Schritten hat er vor sich hin geschaut, seinen Blick dann über den Hof geschickt, wobei er mich und Nathan entdeckte. Bis er das Ende der Fensterfront erreichte und dahinter verschwand, hat er mich gemustert – und ich ihn. Wenn er dachte, dass ich verschämt wegschauen würde, hat er sich geirrt.

Soll er ruhig gucken, so lange er will, und sich in Grund und Boden schämen für sein blödes Verhalten.

Mit einem Grummeln klappe ich die Spanischhausaufgaben zu, da klingelt es. Ich gehe nach unten und werfe einen Blick auf das Display, das anzeigt, wer vor der Tür steht. Es ist Cassidy.

Ich öffne, sie spaziert herein und stellt mit bedeutungsschwangerer Stimme klar: »Samuel Collins ist eine Granate. Eine absolute Granate, Harley, und er gehört so was von mir.«

Abwartend schaut sie mich an, doch ich weiß nicht, was ich erwidern soll. Eine Frage rotiert wie eine Laufzeile vor meinem geistigen Auge: *Warum gehört er dir?*

»Hast du seine Schultern gesehen?«, schwärmt sie, als ich die Tür schließe und die Treppe hinauf vorangehe. »Stell ihn dir mal ohne Pullover vor. Er hat die Figur eines Olympioniken aus der Antike.«

»Die waren aber viel kleiner«, gebe ich grinsend zurück. »Mindestens zwei Köpfe.«

»Du Schlaumeierin!« Cassidy gibt mir von hinten einen Knuff. »Proportional gedacht natürlich. Jetzt sag schon. Er sieht doch wirklich umwerfend aus. Nicht nur der Body, auch das Gesicht. Boah, diese Augen und seine coolen Haare.«

»Weiß nicht. Hab nicht so genau hingesehen.«

Was eine glatte Lüge ist.

»Meine Güte, Harley«, höre ich sie schnauben. »Wie kannst du bei dem Typen nicht hinsehen?«

In meinem Zimmer geht Cassidy sofort zum Wandspiegel, stellt sich davor und stemmt die Arme in die Seiten.

»Jetzt mal ehrlich«, grübelt sie und dreht sich ein bisschen zur Seite, »das ist doch ein geniales Outfit. Praktisch extra für Sam gekauft, aber er hat mich nicht einmal angesehen. Nicht wirklich zumindest.«

Das Outfit, das Cassidy mit Liv und Cheryl gekauft hat, besteht aus einem schmal geschnittenen schwarzen Stehkragentop mit eng geschlossenen Schnüren, die vom Hals bis zur Brustmitte führen, und dreiviertellangen Ärmeln. Darunter trägt sie eine grüne Hose mit hohem Bund und leicht ausgestellten Beinen, die bis auf Schienbeinhöhe über ihre hochhackigen Stiefel fallen. Wenn nicht schon der Pulli ein Eyecatcher ist, dann ist es die Hose auf jeden Fall. Erst recht an der megaschlanken Cassidy.

Sie wirft ihre blonden Haare über die Schultern und dreht sich zu mir.

»Meinst du, Sam steht auf einen anderen Style? Vielleicht eher ein Schlampen-Outfit?«

Ich habe keine Ahnung, was ein Schlampen-Outfit ist.

»Weiß ich nicht.« Mit verschränkten Armen lehne ich mich in den Türrahmen. »Ich bin ja nicht Sam.«

Cassidy schaut mich weiter an und scheint nachzudenken. Mit einem Finger klopft sie sich gegen die rosé gefärbten Lippen, dann fällt ihr etwas ein, und sie lächelt. »Du bist nicht er, aber du könntest so tun als ob.«

»Wie bitte?« Was hat sie denn nun vor?

»Ich muss üben«, beschließt sie. »Wahrscheinlich wird er mich nicht ansprechen, weil er irgendein Brett vor dem Kopf hat, also muss ich einmal über meinen Schatten springen und das tun. Einer wie Sam ist diese Mühe wert.«

»Dann sprich ihn eben einfach an.«

»Nicht ohne Übung.« Sie holt tief Luft und schlendert zur hinteren Seite meines Bettes. »Wir tun jetzt so, als wären wir auf dem Parkplatz, bevor die Schule anfängt.« Sie setzt sich auf die Bettkante. »So. Das hier ist jetzt mein Auto. Ich habe eben eingeparkt.« Sie nickt zur anderen Bettseite. »Du bist Sam, und das ist dein Auto. Du parkst auch gerade ein.«

»Ich bin Harley, das ist mein Bett, und ich denke nicht im Traum daran, so einen Quatsch zu machen.«

Cassidy zieht einen Schmollmund, ihr Ton wird flehender. »Bitte! Harley-Schatz. Ich brauche deine Hilfe. Vielleicht ist Sam einfach sehr schüchtern.«

Damit bringt sie mich zum Lachen. »Sorry, Cas. Der Typ ist alles andere als schüchtern. Er ist gelangweilt. Er ist überheblich. Aber er ist sicher nicht schüchtern.«

»Glaub ich nicht. Du solltest nicht so schnell urteilen. Also, halten wir es wie in dem Sprichwort: Wenn der Pharao nicht zum Berg kommt, geht der Berg zum Pharao.«

»Der Prophet, nicht der Pharao.«

»Ja, wie auch immer. Du bist jetzt Sam und begegnest mir auf dem Parkplatz.« Sie steht auf, kommt zu mir und verleiht ihrer Stimme etwas Süße. »Hey, du bist der Neue, oder?«

Ich beiße die Zähne zusammen. Mir gefällt nicht, wie sie mich alias Sam anschaut.

»Ich bin Cassidy. Cas für meine Freunde.«

»Interessiert mich nicht«, knurre ich, da schlägt sie mir vor den Bauch.

»Hey, doch nicht so. Gib dir Mühe. Er soll mich doch interessant finden.«

»Ich kann mir noch so viel Mühe geben«, sage ich ihr und trete zurück, »sein Verhalten kann ich aber nicht lenken, indem ich ihn jetzt nachmache. Er ist ein harter Brocken, stell dich darauf ein.«

Cassidy zieht ihr Weltschmerzgesicht mit dem glasigen Blick und säuselt. »Sam, ganz ehrlich, ich finde dich ziemlich interessant. Du bist nicht wie die anderen Jungs hier an der Schule. Das war mir sofort klar.«

Inzwischen bin ich so irritiert, dass ich kein Wort mehr über die Lippen bringe.

»Du siehst ein bisschen aus wie Alex Pettyfer.« Cassidy zupft an einer meiner Strähnen, als wäre es eine von Sams blonden Locken. »Den find ich echt toll.«

Alex Pettyfer kennst du nur, weil ich dich praktisch genötigt hab, Beastly *und* Ich bin Nummer Vier *mit mir anzuschauen*, grummele ich im Stillen und spüre Trotz in mir aufsteigen.

Ich will nicht, dass Cassidy mich so ansieht, mich so anmacht. Noch viel weniger will ich, dass sie Sam so ansieht ... so anmacht. Zu gern will ich ihr sagen, dass er der Junge vom Bahnhof ist, und habe ihn im Geiste sofort wieder vor mir. Wie er da saß, so verloren. Ein Schauer kriecht mir über die Haut.

»Ich will den Scheiß nicht spielen«, murre ich und verdränge das Bild, um Cassidy wieder im Fokus zu haben.

Sie seufzt und tritt erneut vor den Spiegel. Während sie sich abermals begutachtet, überlegt sie, wie sie ganz realistisch an Sam herankommt. Ich kann ihr dabei nicht helfen. Und ich finde es auch nicht richtig, dass sie es versucht.

FÜNF

Für die Dragons der Taylor Allderdice Highschool wird es am Dienstag der zweiten Januarwoche wieder ernst. Zum zweiten Mal in dieser Saison heißt der Gegner Mount Lebanon Devils – das Team, mit dem die Pechsträhne ausgerechnet in einem Heimspiel begann. Auswärts müssen die Dragons nun beweisen, dass sie es besser können.

Die Eishalle, in der die Devils spielen, ist eine halbe Stunde entfernt. Spielbeginn ist um neunzehn Uhr, Abfahrt dementsprechend rechtzeitig um siebzehn Uhr. Getreu meiner Natur parke ich zwei Minuten vorher vor der Schule, steige aus und will zum Mannschaftsbus spurten, dessen Motor bereits läuft, da klingelt mein Handy. Cassidy ruft an.

Ich kann mir denken, wieso. Nach dem Training am Freitag wurde bekannt, dass Coach Wilson Sam anstelle eines zuletzt schwächelnden Feldspielers in den Starting Six aufgestellt hat.

Weil Cassidy Cheerleadingtraining für Basketball hat, kann sie beim Spiel nicht dabei sein, worüber sie schon den ganzen Morgen gejammert hat. Prinzipiell jammert sie seit einer Woche, denn weder auf dem Parkplatz noch anderswo hat sie Sam angesprochen. Seine eiskalte Schulter, die er nicht nur ihr, sondern jedem Mädchen an der Highschool zeigt, war nicht gerade einladend. Lediglich mit den anderen Jungs des Teams scheint er inzwischen warm geworden zu sein.

»Ich könnte heulen«, stöhnt sie jetzt ins Telefon.

»Cas, mach kein Drama draus. Es ist nur ein Spiel.«

»Die nächsten sind auch alle dienstags, ich hab nachgeschaut. Bis mal montags gespielt wird, ist es vielleicht schon zu spät.«

Mein Blick fliegt zu Coach Wilson, der in der offenen Bustür steht, zu mir schaut und winkt, was so viel heißt wie: *Mädel, was quatschst du am Telefon? Mach hinne!* Ich werfe mir die Kameratasche über die Schulter und laufe los.

»Cas, es ist gerade echt schlecht. Wir fahren gleich los.«

»Du musst auf die Cheerleader aufpassen, hörst du. Auf Debby insbesondere. Sie ist eine Schlange. Sie hat sich an Carl rangemacht und wird es ganz sicher auch bei Sam versuchen.«

»Cas, ich muss einsteigen«, murmele ich, als ich beim Bus ankomme und dem Coach einen entschuldigenden Blick schicke.

»Auf Kim und Nola musst du auch ein Auge haben. Denen traue ich auch nicht. Die beiden machen immer auf Freundin, aber ich wette …«

»Ich muss auflegen. Morgen erzähle ich dir, wie es war, okay?«

Ohne ihre Antwort abzuwarten, beende ich das Gespräch und stelle das Handy auf Flugmodus. Cassidy wird sicherlich noch einmal anrufen, um sich darüber zu beschweren, dass ich sie einfach so abgewürgt habe.

Die Türen schließen sich, der Bus setzt sich in Bewegung.

»Hey, Harley. Alles gut bei dir?«, begrüßt mich Will, als ich an seinem Platz vorbeigehe. Er klingt schlecht gelaunt, müde irgendwie. Ganz anders Felix, unser Top-Goalie, der neben ihm sitzt und wie immer gut drauf ist. Hinter ihm sitzen Duane und Jacob, dann Carl.

»Können wir auf der Rückfahrt kurz reden?«, fragt Carl leise und wirft einen Blick zu Will, um sicherzugehen, dass er es nicht gehört hat.

Ich nicke und gehe weiter. Bestimmt geht es um Cassidy.

Ein paar Reihen weiter sitzt Sam allein auf einem Platz am Fenster. Er hat Kopfhörer auf und starrt in die Dämmerung. Mein eigenwilliges Herz, dem es egal ist, dass er in über einer Woche keine Entschuldigung über die Lippen gebracht hat, macht einen Sprung. Ich beruhige es und will mit gleicher Ignoranz an ihm vorbei. Ohnehin entdecke ich Resa auf der letzten Bank, vor den Plätzen, auf denen unsere sechs Cheerleader sitzen. Ich bin überrascht, denn eigentlich schreibt sie keine Sportreportagen. Da dreht Sam den Kopf. Er sieht mich an, als wäre er gerade aus einer anderen Galaxie hergebeamt worden und ich sei der erste Mensch, der ihm begegnet. In seinen Augen schimmert derselbe Ausdruck wie an Heiligabend, am Bahnhof. Etwas Dunkles, Schweres, als hätte er Schmerzen, liegt darin. Keine Schmerzen, wie man sie bei einem gebrochenen Bein oder verstimmten Magen spürt, sondern solche, die man vielleicht bei Liebeskummer hat. Abermals klärt sich sein Blick schnell, und das Blau wird schärfer. Ich will wegsehen, kann aber nicht, und mit einem Mal summt es wieder in meinem Magen. Als er völlig überraschend »Hey« sagt, wird das Summen lauter, als würde ein Schwarm Glühwürmchen dadrinnen Karussell fahren.

Ich schlucke und würge ein »Hey« raus, das ziemlich unfreundlich klingt. Dann gehe ich weiter und versuche mich zu sortieren, höre aber immer wieder sein »Hey« und habe seinen Blick dabei vor Augen. Die restlichen Jungs und die Cheerleader sehe ich im Vorbeigehen kaum und plumpse neben Resa.

»Bescheuert, wegen eines *Heys* so rumzuspinnen«, brummele ich zu mir selbst und winke ab, als Resa fragt, was ich gesagt habe.

»Wie kommt's, dass du dabei bist?«, frage ich sie dann.

»Nathan ist total erkältet«, sagt sie.

»Warum hast du nicht Josh geschickt?«

»Ach ...« Resa schüttelt den Kopf. »Er hat noch nicht so oft Sportberichte geschrieben, und ich wollte einfach selbst mal dabei sein.«

Das ist eigenartig. Sie hat sich nie sonderlich für Eishockey interessiert. Für die Spielergebnisse schon, aber um die zu erfahren, wollte sie nie zwei Stunden lang in einer kalten Halle herumstehen. Ob sie auf Sam neugierig ist?

Verstohlen linse ich zu ihm. Er schaut wieder aus

dem Fester. Seine blonden Locken schimmern golden im Licht der Straßenbeleuchtung. Mit einer Hand fährt er hindurch und ballt die Finger zur Faust.

***

Bis zum Spielbeginn dudelt Musik durch die Halle. Rundherum an der Bande stehen knapp hundert Schüler der Mount Lebanon Highschool. Um die Stimmung anzuheizen, tanzen die Cheerleader auf dem Eis. Resa und ich haben hinter der Bande bei der linken Spielerbank Stellung bezogen. Dort werden unsere Dragons bald neben Coach Wilson und dem Co-Trainer sitzen.

Kurz vor neunzehn Uhr ebbt die Musik ab, die Cheerleader schwirren hinter die Bande, um dort in normalen Schuhen weiterzumachen. Der Kommentator kündigt den Einzug der Devils an. Wenig später gleiten die zweiundzwanzig aufs Eis und werden namentlich vorgestellt. Als gegnerisches Team werden unsere Spieler nicht einzeln genannt, nur der Teamname *Dragons* wird erwähnt. Normalerweise ist ihr Einzug bei Auswärtsspielen von Buhrufen begleitet. Irgendwas läuft beim Kommentator heute aber schief, denn während unser Team aufs Eis rauscht, schallt neue Musik durch die Halle. Ironischerweise ist es der Refrain von *Thunder*, einem Song von Imagine Dragons, der in Sound und Text gerade in diesem Moment wie eine Kampfansage klingt. Unsere Jungs tauschen Blicke und zucken mit den Schultern, bis die Musik vom Fluchen des Kommentators unterbrochen wird. Das Buh der Devils-Anhänger ist kurz wieder hörbar, doch dann geht die Musik weiter.

Resa und ich sehen uns an und müssen lachen. Coach Wilson wendet sich zu uns um und feixt von einem Ohr zum anderen.

»War das geplant?«, rufe ich ihm zu, aber er schüttelt den Kopf und hebt die Hände in einer ahnungslosen Geste.

Mit einem Knacken bricht der Song endgültig ab. Der Kommentator murmelt eine Entschuldigung ins Mikro und ist nun derjenige, der ausgebuht wird. Währenddessen nehmen die Starting Six der Dragons und der Devils ihre Positionen ein. Die beiden Goalies, Felix für die Dragons, machen sich zu ihren Toren auf, während die anderen fünf im neutralen Drittel Aufstellung beziehen. Duane und Jacob sind unsere Verteidiger. Für den Angriff zuständig sind Carl im Center, Will im Left Wing und Sam im Right Wing. Er trägt die Nummer Dreizehn – kein Spieler vor ihm wollte unter dieser Zahl spielen.

Verhaltener Jubel ertönt, als der Puck eingeworfen wird, einer der Devils sich ihn schnappt und an einen anderen weitergibt, der damit auf das Tor der Dragons zurast. Ich hebe meine Kamera vors Gesicht und beginne zu fotografieren. Unsere Verteidigung steht, holt sich den Puck und befördert ihn zu Will, der an Sam abgibt. Es kommt zum ersten Gerangel, bei dem Sam hart an die Bande gedrückt wird, den Puck aber behält und zu Carl schießt. Der Kapitän gleitet ums Tor der Devils herum, versucht ihn reinzumachen, doch der Goalie hält.

Noch einen weiteren Angriff unternehmen die Starting Six, dann folgt der fliegende Wechsel, und die Spieler der zweiten Reihe sind dran. Sie verlieren den Puck und müssen ihn vor unserem Tor verteidigen, bis die dritte Reihe aufs Eis kommt. Immerhin bringen sie den Puck wieder ins Drittel unserer Gegner, und auch die vierte, prinzipiell schwächste Reihe hält ihn dort.

Dann wird es abermals Zeit für die Starting Six. Kaum sind sie auf dem Eis, gewinnt das Spiel wieder an Geschwindigkeit und wird aggressiver. Will holt sich den Puck und gibt an Carl ab, doch der ist von den Devils-Verteidigern belagert und schießt zu Sam, der im Gleitflug übernimmt und das Ding zwischen den Beinen des Devil-Goalies hindurch ins Tor knallt.

Resas Jubel geht im »*Buh!*« der Devil-Fans unter. Ich triumphiere im Stillen, freue mich sowohl über den Punkt als auch darüber, dass ich den Moment im Kasten habe. Sams Schuss war perfekt.

Überhaupt spielt er ziemlich gut, wann immer er auf dem Eis ist. In ihrer Ausrüstung, die wie Panzer wirken, sehen die Spieler beinahe gleich aus, aber nach einer Weile erkenne ich Sam nicht nur an seiner Nummer, sondern auch an seinem Lauf. Er bewegt sich, als hätte er nie etwas anderes als Kufen unter den Füßen, führt seinen Schläger geschickt und holt sich den Puck in manchen Momenten so schnell, dass man es verpasst, wenn man gerade blinzelt. Ich ertappe mich dabei, wie ich immer ein bisschen mehr darauf hinfiebere und ziemlich aufgeregt bin, wenn er wieder aufs Eis gleitet.

Drei Mal ist das im zweiten Drittel der Fall. Doch so gut Sam und die anderen auch spielen, ein Tor erzielen sie nicht, und die Spannung wird unerträglich. Ein Eins zu Null würde für einen Sieg natürlich genügen, doch das muss erst einmal gehalten werden. Die Devils wollen schließlich auch punkten und starten richtig bissig ins letzte Drittel.

Anders als bei anderen Sportarten ist Körperkontakt im Eishockey völlig normal, nur bestimmte Praktiken werden mit einer Strafe geahndet, wie der Stockschlag, den einer der Devils zwei Minuten vor Schluss auf Wills Wade austeilt. Der Schiedsrichter sieht es und verhängt dafür eine zweiminütige Strafe.

Unsere Chance. Während der Devil zur Strafbank schlittert, nimmt Coach Wilson Goalie Felix aus dem Tor und setzt dafür einen weiteren Spieler ein, denn mit dem Einwurf des Pucks im Angriffsdrittel haben wir beste Chancen auf ein Tor.

Es geschieht binnen Sekunden, die vom ängstlichen Raunen der Devils-Fans begleitet werden: Will gibt den Puck an Sam. Sam schießt ihn zu Carl, der schon auf dem Weg zum Tor ist. Und der macht ihn sauber rein.

Die Devil-Anhänger schimpfen. Resa und ich freuen uns.

»Sam ist echt gut«, höre ich von Resa und nehme die Kamera herunter. »Er macht Carl ganz schön Konkurrenz«, fügt sie an.

»Jepp, und das passt dem vermutlich nicht so ganz.«

»Und Felix ist auch klasse. Keine Chance, dass er den Puck durchlässt.«

Täusche ich mich, oder höre ich so etwas wie Bewunderung für unseren Goalie von Resa?

Ich komme nicht dazu, den Gedanken weiterzuverfolgen, denn das Spiel wird abgepfiffen, und ich muss die Freude unserer Sieger in Bildern einfangen.

***

Auf der Rückfahrt im Bus setze ich mich, wie versprochen, zu Carl.

»Es ist wegen Cas, oder?«, frage ich ihn leise, damit uns die anderen rundherum nicht hören.

»Will schwört, dass nichts läuft zwischen ihm und Cas«, raunt Carl und schaut mich ehrlich besorgt an.

»Hast du mal mit Cas gesprochen?«

Er schüttelt den Kopf. »Nicht so richtig. Ich sehe sie gerade kaum, sie ist immer so beschäftigt. Deshalb glaube ich Will auch nicht.« Das fügt er mit einem Knurren an und schickt seinem eigentlich besten Freund einen düsteren Blick. »Ich weiß nicht, was das soll. Erst macht sie sich wieder an mich ran, dann datet sie auf einmal Will. War das nur, weil ich mit Debby ausgegangen bin?«

Er tut mir wirklich leid. Ich nehme mir vor, mit Cassidy zu sprechen. So kann sie nicht mit Carl umgehen. Aber fürs Erste will ich, dass er aufhört zu grübeln und sich wieder mit Will verträgt. Deshalb erzähle ich ihm leise, dass Will und Cassidy halt einfach mal so zusammen was essen waren, aber nie etwas miteinander anfangen würden.

Als ich diesen Satz ausspreche, beschleicht mich

ein merkwürdiges Gefühl, denn mir wird klar, dass ich bloß für Will spreche, während ich für Cassidy lüge.

Carl ist zwar erleichtert, das zu hören, aber dennoch enttäuscht, weil ich ihm keine Tipps geben kann, die ihm helfen könnten, Cassidy wieder auf sich aufmerksam zu machen. Armer Carl.

Von seiner Unzufriedenheit angesteckt, setze ich mich für den Rest der Fahrt zu Resa und helfe ihr mit ein paar Fachbegriffen, die sie für den Spielbericht braucht. Sie hat gehört, dass sich ein paar Spieler und Cheerleader gleich in einem Café in Squirrel Hill treffen wollen, und will mich überreden, mitzugehen und den Sieg zu feiern. Die Vorstellung ist einerseits schön, andererseits wird Sam sicherlich auch dort sein, und ich möchte auf keinen Fall den Anschein erwecken, dass ich ihm nachlaufe. Also fahre ich, nachdem wir wieder vor der Schule angekommen sind, nach Hause.

Dort finde ich Dad auf der Couch. Er schaltet den Fernseher aus und rekelt sich.

»Hey, wie war das Spiel?«, fragt er nach einem Gähnen.

»Gut.« Ich lege die Kamera ab und ziehe die Jacke aus. »Wir haben gewonnen.«

»Cool. Dann ist die Pechsträhne hoffentlich vorbei.«

»Hoffentlich, ja. Wo ist Mom?«

»Was trinken. Mit Brenda und den anderen Mädels.« Er klopft neben sich auf die Couch. »Zeig mal deine Fotos.«

Ich hole den Laptop aus meinem Zimmer und setze mich zu Dad. Nachdem ich die Kamera mit dem Gerät verbunden habe, öffne ich den Ordner und klicke durch die Bilder. Nahaufnahmen von Zweikämpfen, Bilder von sprintenden und fallenden Spielern und unter scharfen Kufen stäubendem Eis. Zu beinahe jedem Foto lässt Dad ein »Wow!« hören, und nach einer Weile legt er den Arm um meine Schultern und drückt mir einen Kuss auf den Kopf.

»Als du klein warst, hätte ich schwören können, dass du E-Gitarre spielen und eine Rockband gründen wirst, aber diesen Traum muss ich wohl begraben«, murmelt er.

»Sorry, dass ich dich so schwer enttäusche«, schmunzele ich mit dem Blick auf dem Bildschirm und klicke weiter.

»Wirst du Bilder an den *Print* und die *Post-Gazette* schicken?«

»Klar, die Redaktion des *Print* hat sogar schon angefragt.«

»Sehr gut. Was bekommst du pro Bild?«

»Na ja, nur zehn Dollar. Aber es ist ja auch eine Lokalzeitung.«

Dad stößt mich aufmunternd in die Seite. »Hey, nicht so bescheiden. Du kannst immerhin von dir behaupten, dass deine Bilder veröffentlicht werden. Welche Siebzehnjährige kann das schon?«

»Klar ist es cool«, gebe ich zu. »Aber die *Post-Gazette* wäre echt was anderes. Stell dir vor, die zahlen für eine Sportaufnahme bis zu fünfzig Dollar.«

Leider haben sie aber auch eigene Freelancer – ohnehin berichten sie kaum über die Dragons-Spiele. Highschool-Teams werden für die großen Zeitungen erst dann interessant, wenn sie es in die Play-offs des Penguins Cup schaffen.

Ich gebe die Hoffnung aber nicht auf. Sollte eines meiner Bilder auf dem Titel der *PG* landen oder auf der Eingangsseite der Sportrubrik, würde ich vor Freude wahrscheinlich kreischen – obwohl ich nie kreische. Kreischen ist eher was für Liv und Cheryl.

Dads Frage holt mich aus meiner Träumerei. »Wer ist die Dreizehn? Ein Neuer? Die Dragons hatten doch bisher keine Nummer Dreizehn.«

»Stimmt, die wollte keiner.« Ich klicke zum nächsten Bild. Eine Nahaufnahme von Sam. Die folgenden zeigen ihn bei einem Sprint auf das gegnerische Tor und mit Carl.

»Der ist dir aber oft vor die Linse gelaufen.«

Das hat er charmant ausgedrückt. Als ich Dad ansehe, feixt er und zwinkert. Ich spüre, dass ich rote Wangen bekomme, und schaue wieder auf den Bildschirm. Schnell klicke ich zu einem Bild, auf dem Sam nicht zu sehen ist.

»Er ist neu an der Schule und wurde gleich in den Starting Six aufgestellt«, erkläre ich nebenbei. »Klar, dass sich alle gerade besonders für ihn interessieren.«

»Alle. Klar.«

»Dabei ist er arrogant und echt unfreundlich.«

»Das hat deine Mutter anfangs auch von mir behauptet.«

»Er ist es wirklich. Er hätte mich beinahe angefahren und hat sich nicht mal entschuldigt.«

»Frechheit!«

»Dad!«

Ich schicke ihm einen verärgerten Blick, doch er schmunzelt nur. Als könnte er das Flattern in meinem Bauch spüren, diese leise, unerklärliche Euphorie, die mich bei der Erinnerung an Sam auf dem Eis packt. Es ist ein ziemlich abgefahrenes, eigenartig gutes Gefühl.

Um von Sam und meinen roten Wangen abzulenken, erzähle ich meinem Vater vom musikalischen Patzer des Kommentators. Auf der Rückfahrt haben die Dragons beschlossen, ab sofort bei jedem Heimspiel während des Einlaufs *Thunder* zu spielen. Eine grandiose Idee. Das findet auch Coach Wilson – er ist eben nicht nur Trainer, sondern auch Fan.

SECHS

Auf der Fahrt zur Trainingshalle im Alpha Ice Complex rumort mein Magen, als hätte ich etwas Schlechtes gegessen. Dabei habe ich seit dem Gespräch mit Resa nichts mehr runtergekriegt.

»Coach Wilson hat erzählt, dass du heute nach dem Training die Teamfotos von Sam machst«, hat sie in Journalismus gesagt. Auch ohne das, was sie mir dann aufgebrummt hat, war ich nervös genug. Sam und ich ... allein. Dieser Gedanke hatte mich schon den ganzen Tag beschäftigt. Den Zettel, den sie mir in die Hand drückte, starrte ich entsprechend entsetzt an und hörte ihre Bitte wie durch ein Rauschen.

»Mach auch ein oder zwei Bilder für die Schülerzeitung. Wir wollen Sam in der nächsten Ausgabe vorstellen. Und wenn du schon dabei bist, wäre es toll, wenn du gleich das Interview führen könntest.«

Ich habe sie daran erinnert, dass ich keine Redakteurin bin, sondern ausschließlich fotografiere, aber sie hat es abgetan und behauptet, es sei kein Akt, die paar Fragen abzulesen und Stichpunkte zu machen. Eigentlich hat sie recht, doch in diesem speziellen Fall sind die Teamfotos definitiv eine größere Herausforderung als sonst. Weil es Sam ist, den ich fotografieren soll. Und weil mir Sam seit diesem »Hey« im Bus nicht mehr aus dem Kopf geht.

Ich öffne das Autofenster einen Spalt, lasse kalte,

frische Winterluft ins Wageninnere und atme durch. Als ich über die Highland-Park-Brücke fahre und mich in den Freitagabendverkehr auf dem Expressway einordne, kehrt das Flattern in meinem Bauch zurück und leistet der Übelkeit Gesellschaft. Im Geiste sehe ich mich Sam gegenüber. Ich sehe die Gleichgültigkeit in seiner Miene, wie er die Arme vor der Brust verschränkt und mit dieser Geste demonstriert, dass er völlig genervt ist. Und plötzlich sehe ich ihn lachen – obwohl ich keine Ahnung habe, wie er aussieht, wenn er lacht. Ich höre ihn Fragen zu meiner Fotografie stellen – obwohl ich mich kaum an seine Stimme erinnere. Schließlich höre ich mich selbst auf seine Einladung zu einem Burger antworten.

»Gute Idee«, sage ich laut vor mich hin und zucke mit den Schultern. »Ich hab nichts weiter vor.«

Nichts weiter vor! Tzz! *Blöde Antwort, Harley*. Nur Spinner und Spießer haben an einem Freitagabend nichts vor.

»Gute Idee«, antworte ich also im zweiten Versuch. »Ich hab sowieso Mordshunger. Muss nur Cas Bescheid sagen, dass ich später zu Cheryls Party komme.«

Viel besser! Cheryl feiert heute tatsächlich eine Party. Ich hatte zwar nicht vor, hinzugehen, aber ...

Du Nuss, hör auf, solchen Mist zu denken! Mit einem Kopfschütteln vertreibe ich die unsinnigen Gedanken, atme noch einmal durch und schließe das Fenster. Der Alpha Ice Complex kommt in Sicht. Mein Magen krampft sich zusammen. Ich lege eine Hand auf meinen Bauch und lenke das Auto auf den Parkplatz.

Es sind nur Fotos, ermahne ich mich im Stillen. *Fotos und ein paar einfache Fragen.* Eigentlich sind die gar nicht so schlecht. Nichts ist schlimmer, als jemanden verbissen schweigend zu fotografieren.

***

Die letzten Minuten des Trainings laufen, als ich die Eishalle betrete. Coach Wilson ist bei den Spielern, die gerade auf der Bank sitzen, und gibt von dort aus lautstark Anweisungen. Als ich mich hinter ihn stelle, krachen Carl und Sam im Kampf um den Puck so hart gegen die Bande, dass sie wackelt. Kaum sind sie wieder in Fahrt, holt Carl mit dem Schläger aus und trifft Sam in der Kniekehle. Sam lässt das nicht auf sich sitzen und teilt ebenfalls aus. Sekunden später haben sich die beiden richtig in den Haaren. Sie lassen ihre Schläger fallen, ziehen sich die Helme vom Kopf und sind kurz davor, sich zu prügeln, da geht Coach Wilson beherzt dazwischen.

»Was soll der Mist?«, brüllt er und hält die beiden auf doppelter Armlänge auseinander. »Lebt eure Rivalität anderswo aus! Auf dem Eis seid ihr gefälligst ein Team, oder ihr spielt demnächst in vierter Reihe. Da dürft ihr euch gern prügeln.«

»Die machen mich wahnsinnig, diese beiden«, murmelt der Coach, als er wieder bei mir ist, sodass es die anderen nicht hören. »Carl sieht seinen Starspieler-Status bedroht, und Sam kann sich nicht unterordnen. In seinem alten Team war er Kapitän und will sich von Carl nichts sagen lassen.«

»Echt doof«, gebe ich zurück und schaue zu Sam und Carl, die sich gerade geflissentlich ignorieren. »Dabei haben die beiden beim Spiel gegen die Devils so gut zusammengearbeitet.«

Der Coach nickt. »Wenn sie wollen, dann können sie. Mit den beiden im Sturm und Felix im Tor haben wir eine echte Chance. So stark waren die Dragons lange nicht.«

Er nimmt die Trillerpfeife zwischen die Lippen und pfeift das Training ab. »Schluss für heute, Jungs. Sonntag sehen wir uns hier zur gleichen Zeit. Ab mit euch unter die Dusche. Collins, du bleibst für die Fotos.«

Um mich herum entsteht ein Tumult aus zum Ausgang drängelnden Spielern, Wortfetzen von Wochenendplänen fliegen umher. Dann sind sie verschwunden, und es ist still. Sam gleitet gemächlich über das von den vielen Kufen aufgeraute, im Licht glitzernde Eis und schiebt den Puck vor sich her. Als ich zur Bande gehe, kommt er heran, und mein Herz schlägt schneller.

»Also gut, was soll ich machen?«, will er wissen. »Mich auf dem Eis bewegen wie in einem Spiel?«

»Ähm, ich habe schon einige Fotos aus dem letzten Spiel«, antworte ich ihm mit vor Nervosität zitternder Stimme. Nach einem Räuspern sende ich einen stillen Gruß an mein Hirn mit der Bitte, langsam mal wieder die Kontrolle zu übernehmen.

Ich will gegenüber Sam nicht wie ein schüchternes Mäuschen piepsen. Fragend sieht er mich an. Zur Antwort zucke ich mit den Schultern, als hätte ich ihm eigentlich schon gesagt, was ich will, und als sei er bloß schwer von Begriff.

»Jetzt brauche ich ein Porträt.« Das klingt schon deutlich selbstbewusster. *Sehr gut, Harley. Weiter so.* »Einfach du in Uniform, auf dem Eis, ohne Helm. Später noch ein paar Mood-Fotos am besten in der Umkleide, dann haben wir noch ein anderes Motiv.«

Das kam so leicht über meine Lippen. Dabei muss ich beim Gedanken an Sam in der Umkleide unwillkürlich schlucken.

Ohne ein Wort, ohne ein genicktes Okay, ohne die Miene zu verziehen, gleitet Sam wieder ein paar Meter aufs Eis. Ich hebe die einsatzbereite Kamera vors Gesicht, hole ihn in den Fokus und mache ein paar Probeaufnahmen, bis Lichtfilter und Verschlusszeit perfekt eingestellt sind.

»Okay, bleib da«, sage ich und drücke ein paarmal auf den Auslöser. »Nimm den Helm ab.«

Als er es tut, schleicht sich ein Grinsen auf meine Lippen.

Ich senke die Kamera.

»Deine Haare …«

Sam ist nicht im Geringsten amüsiert. »Was erwartest du? Ich habe gerade trainiert. Zwischen dem Training und diesem spannenden Fotoshoot hier blieb leider keine Zeit für einen Friseurtermin.«

»Du brauchst nur … wuschel dir einfach kurz durch die Haare. Dann liegen sie bestimmt besser.«

Mit einem Schnauben lehnt Sam den Schläger gegen seinen Körper und fährt sich durch die Haare. Besser macht er es damit leider nicht. Ein paar der lockigen blonden Strähnen, die eben noch an seinem Kopf klebten, stehen jetzt ziemlich wild ab.

»Zufrieden?«, knurrt er und nimmt den Schläger wieder in die Hand.

Trotz seiner schlechten Laune muss ich lachen. »Nicht wirklich.«

»Ah, verdammt. Ist doch egal. Mach einfach das Bild. Sonst frier ich hier fest.«

Als ich mich nicht rühre, ihn nur abwartend ansehe, gleitet er wieder zu mir herüber. Zuerst denke ich, er will sich an mir vorbeidrücken und verschwinden, doch dann bleibt er dicht vor mir stehen. Die Kufen seiner Schlittschuhe machen ihn noch größer, als er sowieso ist. Ich muss den Kopf heben, um ihm ins Gesicht zu sehen, und will intuitiv einen Schritt zurückweichen. Doch ich bleibe, wo ich bin.

»Mach du«, sagt er und sieht mir in die Augen. Sein Blick lässt mein Herz einmal holpern, dann startet es in einen Galopp. Nach kurzem Zögern recke ich mich und hebe den Arm, schiebe die Hand in seine Haare und schaffe es dabei kaum, meinen Blick aus seinem zu lösen. Seine Haare sind warm und feucht vom Training, nach ein paar unsicheren Griffen liegen sie ganz passabel.

»Okay«, murmele ich und sehe ihn wieder an. Seine Nähe verunsichert mich. Nie zuvor hat mich ein Junge verunsichert. Sie waren einfach ... Jungs eben. Albern, wichtigtuerisch, laut, ungeschickt, nicht wirklich ernst zu nehmen. Nicht interessant. Und Sam? Sam ist unfreundlich, unnahbar, unausstehlich ... ungewöhnlich.

»Nimm einfach den Helm unter den Arm«, sage ich nach einer geistigen Ohrfeige für mich selbst, »und den Schläger in die andere Hand. Ganz easy.«

Ich hebe die Kamera vors Gesicht, als er sich wie gewünscht in Stellung bringt. »Aber lächeln könntest du schon.«

Ich hole sein Gesicht in den Fokus und sehe daher genau, wie ein Anflug von Ärger durch seine hellen Augen geht. Er schüttelt den Kopf.

»Ich will nicht lächeln. Du hast gesagt, du magst es easy. Also fotografier mich so, wie ich eben gucke.«

Ich drücke auf den Auslöser, gehe dann wieder aus dem Zoom und mache ein paar Halb- und Ganzkörperaufnahmen. Was meine Kamera, die nicht anlügbare Kamera, sieht, lässt mich frösteln. Sie sieht einen Hockeyspieler.

Er akzeptiert, dass er gerade fotografiert wird. Mehr nicht.

Durch den Sucher meiner Kamera sehe ich den Hockeyspieler, der bloß spielen will. Er würde das lieber an einem anderen Ort tun, kann es aber nicht. Und das Spiel ist sein einziger Trost.

»Okay, fertig.« Ich nehme die Kamera herunter. Der erste Teil wäre erledigt. Im Bewusstsein der nun folgenden Aufgabe spüre ich wieder das altbekannte Flattern im Magen. »Jetzt die Mood-Fotos.«

Sam schnaubt abermals und gleitet heran. Diesmal geht er an mir vorbei und stelzt auf den Kufen vorweg in Richtung der Umkleide. Ich folge ihm und habe die Bilder, die mir meine Kamera gerade gezeigt hat, noch im Kopf.

Die Umkleide ist leer. Die anderen Spieler hatten es offenbar eilig, in ihr Wochenende zu verschwinden.

Sam öffnet seinen Spind. »Was jetzt?«, fragt er, ohne sich zu mir umzudrehen.

»Mach einfach, was du immer so tust.«

Über die Schulter schaut er zu mir und zieht eine Augenbraue hoch. »Ich soll mich ausziehen?«

»Quatsch!« Hat er sich die Bilder der anderen nicht angeschaut? »Leg einfach den Schulterschutz ab, darin seht ihr alle so quadratisch aus. Dann setzt du dich auf die Bank, öffnest die Schlittschuhe.«

Ohne etwas aus dem Spind genommen zu haben, dreht sich Sam zu mir um. Mit einem Blick, von dem ich nicht weiß, ob er mehr gelangweilter oder provokanter Natur ist, zieht er sich zuerst das Teamshirt über den Kopf. Einen Moment lang hält er es noch in der Hand, dann wirft er es auf die Bank.

Wie ein Panzer sitzt die weiß-blaue Schutzkleidung an seinem Körper und lässt ihn aussehen wie einen durchtrainierten Actionhelden. Ich mache die ersten Bilder. Als Sam auf der Bank Platz nimmt und an seinen Schlittschuhen nestelt, entsinne ich mich Resas Auftrag.

»Okay, also neben den Fotos werde ich dir ein paar Fragen für den *Forward* stellen.«

Sam hält inne, hebt den Kopf und schickt mir einen Blick voller Skepsis – ein grandioses Bild.

»Der *Forward*?«

»Das ist unsere Schülerzeitung. Resa … also, die Chefredakteurin will ein Interview mit dir bringen …« Ähm, ja. Er guckt nicht so, als würde ihm das gefallen. Mist. »Ja, also ich frag dann einfach mal: Wie gefällt's dir so an der Schule?«

Er schaut wieder auf seine Schlittschuhe, schnürt sie weiter auf. »Willst du das wirklich wissen?«, murmelt er.

»Klar.«

»Überhaupt nicht.«

Er schlüpft aus den Schlittschuhen und kickt sie beiseite. Diese Frage muss Resa wohl streichen. Die nächste also.

»Hast du in Philadelphia für den Einzug in den Flyers Cup gespielt?«

Während es für uns hier im Westen von Pennsylvania um den von den Pittsburgh Penguins unterstützten Penguins Cup geht, kämpfen die Hockeyteams im Osten des Staates unter der Schirmherrschaft der Philadelphia Flyers gegeneinander. Die Gewinner beider Cups treffen am Schluss der Saison aufeinander. Die Frage ist also ziemlich interessant, denn gesetzt den Fall, dass die Dragons wirklich den Penguins Cup holen, könnte Sam im letzten Spiel auf sein ehemaliges Team treffen.

Sam schüttelt den Kopf.

»Warum nicht?«

Abermals schaut er auf. Ungeduld flackert in seinen Augen. »Weil ich auf einem Internat war.« Er zerrt sich die Halskrause ab. »Und um den Cup dürfen nur Highschool-Teams spielen.«

Das sagt er in einem Ton, als wäre ich schwer von Begriff.

Wegen dieser Fragerei fühle ich mich tatsächlich

fast so und bin froh, dass mein Gesicht größtenteils von der Kamera verdeckt ist. Resa schuldet mir was.

»Vermisst du deine ehemaligen Mitschüler?«

»Nein.« Sam öffnet den Brustschutz. »Noch was?«

Ja, eine Sache noch, dann mache ich einen Haken hinter das Ganze. So eine Quälerei. »Seid ihr wegen der Jobs deiner Eltern nach Pittsburgh gezogen?«

Sam klatscht die Ellenbogenschützer auf den Boden. »Wer hat behauptet, dass ich mit meinen Eltern hergezogen bin?«

Jetzt ist er sauer. Ich nehme die Kamera herunter.

»Na ja, ich dachte ...«

»Das sind bescheuerte Fragen«, spuckt er aus und feuert die Beinschützer dem Brustschutz hinterher.

Als er aufsteht und mir entgegenkommt, trägt er nur noch die schwarze Thermounterwäsche, bestehend aus einem Langarmshirt und langer Unterhose. Jeder Muskel zeichnet sich darunter ab; ich habe ihn praktisch nackt in schwarzer Hülle vor mir. Eine Tatsache, die mich ein bisschen durcheinanderbringt, bis er unmittelbar vor mir steht und die Arme vor der Brust verschränkt.

»Vergiss dieses dämliche Interview«, knurrt er.

Seine Worte überraschen und erschrecken mich, aber das will ich auf keinen Fall zeigen. Dieswegen hebe ich das Kinn, um mich größer zu machen.

»Du willst das nicht? Okay.« Mir reicht es jetzt, und mit jedem Wort wird meine Stimme härter. »Dann lassen wir es. Es wäre eine nette Geste gewesen. Die Leute an der Schule hätten dich ein bisschen kennengelernt und ...«

»Ich möchte niemanden kennenlernen«, unterbricht er mich. »Und in eurer Zeitung erscheint weder ein Bild von mir noch ein Text über mich, denn ich habe keinen Bock auf all die Idioten, die sich dadurch ermutigt sehen, noch mehr blöde Fragen zu stellen.«

Unfassbar, was er da sagt!

»Stimmt, wir alle sind Idioten«, gebe ich tonlos zurück. »Sich um einen Arsch wie dich zu bemühen, um dir die Eingewöhnung zu erleichtern, ist wirklich völlig idiotisch.«

Es zuckt um Sams Mund, als wolle er etwas sagen, doch er schluckt die Worte hinunter und starrt mich nur an. Ich halte seine Nähe so wenig aus wie seinen Blick und bringe mit einem Schritt zurück wieder etwas Distanz zwischen uns. Dann verstaue ich meine Kamera in ihrer Tasche.

»Ich bin fertig.« So was von fertig! »Die Fotos sende ich Coach Wilson, sobald ich die Auswahl bearbeitet habe.«

Damit drehe ich mich um und verlasse die Umkleide. Als Sam hinter mir seinen Spind zuschlägt und es kracht, zucke ich zusammen.

Innerlich brodelnd vor Ärger, sehe ich zu, dass ich auf kürzestem Weg aus der Halle komme. Bilder von Sam im Bahnhof und im Bus flackern durch mein Hirn – und sind absolut nicht vereinbar mit dem Scheusal, das sich mir eben gezeigt hat. Mit Schwung drücke ich die Tür der Halle mit der Schulter auf und eile durch den Graupelschauer zu meinem Auto. Hinter mir vernehme ich Schritte, ignoriere sie aber und entriegele im Gehen die Türen meines Autos.

»Harley, warte!«

Ich erstarre innerlich, doch meine Füße tragen mich weiter voran.

»Bitte, Harley!«

Ich fahre zu ihm herum.

Er ist mir so, wie er gerade war, gefolgt. Barfuß und nur in seiner Funktionsunterwäsche. Er hält inne, wie gebremst von meiner Drehung, die ich in seine Richtung hingelegt habe.

Ich hätte dich auf dem Bahnsteig sitzen lassen sollen, schießt es mir durch den Kopf. *Ich hätte dich da sitzen lassen sollen, bis du schwarz geworden wärst vor lauter Warterei auf Wer-auch-immer-Melissa-ist.*

»Es tut mir leid«, sagt er dann.

Mein Herz verkrampft sich bei dem Ton, mit dem er diese Worte hervorbringt.

»Das war ... das kam überraschend mit dem Interview. Und ich bin ...« Tatsächlich ringt er um Worte. »Ich will das einfach nicht. Sorry, aber ich möchte nicht in eurer Zeitung sein. Ich will ...« Er macht noch einen Schritt in meine Richtung, dann bleibt er erneut stehen. »Ich will hier bloß Eishockey spielen. Sonst nichts.«

Sonst nichts. Sams letzter Satz hallt in meinem Kopf nach. Ich fühle mich wie betäubt, als ich nicke. »Ich richte es Resa aus.«

Ich will ihn trösten, was auch immer es zu betrösten gibt, und zugleich möchte ich ihm einen Stoß geben, der ihn zurück in die Halle befördert.

»Ich wollte dir nicht ...« Schon wieder stammelt er. »Ich hätte das netter sagen können. Ich wollte dich nicht verletzen oder ...«

»Hast du nicht, keine Sorge«, falle ich ihm ins Wort und wende mich zu meinem Auto um. »Ich sag's Resa. Es wird kein Interview mit dir geben. Alles klar.«

Damit steige ich ein, ziehe die Tür zu und starte den Motor. Ohne einen weiteren Blick auf Sam zu riskieren, mache ich mich auf den Heimweg.

SIEBEN

Auf Cheryls Party hat Cassidy herausgefunden, dass Sam vor dem Training öfter ins Commonhouse geht. Das ist ein Café an der Forbes Avenue, in dem wir nun, zwei Stunden vor Trainingsbeginn, sitzen und die Party besprechen. Während ich im Stillen bete, dass Sam heute nicht herkommt, schimpft Cassidy darüber, dass er nicht bei Cheryl aufgetaucht ist, obwohl sie ihn eingeladen hatte.

»Er hätte wenigstens absagen können.« Sie pustet in ihren heißen Kaffee. »Das wäre höflich gewesen.«

»Falls du es noch nicht gemerkt hast«, gebe ich zurück und nehme einen Schluck von meinem Tee, »Sam ist nicht gerade die Höflichkeit in Person. Ich glaube, Partys sind ihm ziemlich egal.« *Weil ihm alles und jeder hier ziemlich egal ist*, füge ich in Gedanken hinzu und schaudere unter dem Bedauern, dass ich bei diesen Worten empfinde. Genau das hat Sam mir beim Fotoshooting an den Kopf geworfen.

Aber wenn ich ihm wirklich ganz egal bin – warum ist er mir dann in den Graupelschauer nachgelaufen?

»Es gehört sich einfach nicht«, schimpft Cassidy weiter. »Stell dir vor, ich habe mir extra ein neues Outfit gekauft. Und gewartet und gewartet. Irgendwann hatte ich nur noch schlechte Laune.«

»Selber schuld.«

Sie übergeht meine Bemerkung, weil sie auf drei Mädchen aus unserem Jahrgang aufmerksam wird. Sie sind Basketball-Cheerleader und nicht gerade ihre Freundinnen. Cassidys Miene verdüstert sich.

»Was zum Teufel wollen die denn hier?«

»Wohnen die nicht hier in der Nähe?«

»Nicht mal annähernd.«

»Hm. Vielleicht haben sie auch gehört, dass Sam ab und zu hier ist.«

Cassidy sieht mich wieder an. »Was soll das denn heißen? Dass ich Sam nachlaufe?«

Ich erspare mir die Antwort und beobachte die Mädchen beim Bestellen. Mit ihren Getränken in den Händen machen sie sich auf die Suche nach einem freien Tisch und entdecken uns.

»Hey, ihr zwei. Das ist ja eine Überraschung«, zwitschert eine von ihnen.

»Echt mal, euch haben wir hier ja noch nie gesehen«, sagt eine andere, während uns die Dritte gelangweilt mustert.

Es wird immer alberner. Ich nehme meinen Tee und überlasse Cassidy das Antworten. Als würde sie sich freuen, die drei zu sehen, erzählt sie etwas von Zufällig-vorbeigekommen-Sein und Sah-so-gemütlich-aus. Die drei nehmen es hin und gehen weiter. Cassidy schaut ihnen grimmig nach und zischelt: »Als würde ihnen der Laden gehören. Das hätten sie wohl gern, dass sie sich hier in aller Ruhe an Sam ranmachen können.«

Ich kann darauf nichts erwidern. In meinem Kopf

herrscht ein einziges wildes Durcheinander. Was mir in diesem Moment jedoch klar wird: Für Cassidy ist Sam der Alex Pettyfer der Taylor Allderdice Highschool. Er ist der aufstrebende Eishockeystar, der Carl die Krone des Prom Kings abspenstig machen könnte. Mehr ist er für sie nicht. Mehr kann er gar nicht für sie sein. Weil sie ihn nicht erlebt hat, wie ich ihn erlebt habe. Einsam, zornig, verträumt, arrogant, bedauernd.

Für Cassidy ist Sam der zweidimensionale Traumtyp, während ich ihn in der dritten Dimension erlebe. Von Anfang an – und zwar lange bevor Cassidy auch nur einen Blick auf ihn geworfen hatte. In Anbetracht dessen regt es mich ziemlich auf, dass sie wie selbstverständlich mit meiner Unterstützung bei ihrer Jagd auf Sam rechnet. Im Gegensatz zu Resa weiß sie nicht, wie mein Fotoshooting mit ihm gelaufen ist. Denn sie hat nicht einmal gefragt. Der Gedanke, es ihr zu sagen, reizt mich so sehr, wie er mich ängstigt. Allein die Vorstellung, Cassidy von dem Shooting mit Sam zu erzählen, fühlt sich an, als würde ich ihr den Krieg erklären. Dabci will ich mich weder über sie stellen noch ihr in den Rücken fallen. Ich wünschte, ich könnte mit ihr über Sam sprechen, wie ich mit Resa über ihn spreche – ohne den leisesten Hoffnungsschimmer, dass das je möglich sein wird. Ich glaube vielmehr, sie würde mir auf der Stelle die Freundschaft kündigen.

»Ich bin total verknallt, Harley«, raunt Cassidy in meine Stille. »Du weißt ja nicht, wie das ist, aber wenn man verliebt ist, tut man verrückte Dinge. Das Gehirn macht einfach …« Sie findet keine Worte für das Verhalten ihres Hirns und deutet mir mit einer Handbewegung vor ihrem Kopf an, dass es ganz schön durcheinander ist. Ich weiß genau, wie sie sich fühlt …

»Tut mir leid, wenn ich dir damit auf den Geist gehe«, sagt sie dann.

Ich knicke ein, schlage einen versöhnlichen Ton an und brummele: »Ganz ehrlich, ich fände es besser, wir würden verschwinden, bevor Sam …« Mitten im Satz fliegt mein Blick zur Tür, und meine Stimme bricht ab. »Zu spät«, knirsche ich zwischen den Zähnen hindurch. »Er ist da.«

Da schlägt es wieder wie blöd, mein Herz.

Cassidy linst in seine Richtung und hebt ihre Tasse an den Mund. »Er ist so verdammt heiß«, murmelt sie. Dann trinkt sie, verbrennt sich die Zunge und zuckt mit einem »Autsch!« zusammen.

Ich muss lachen und betrachte sie, während sie sich Luft zufächert. »Heiß. Das hast du doch gerade erst gesagt.«

»Ich meinte doch nicht … Oh mein Gott, er sieht rüber.«

Tatsächlich. Sam schaut zu uns. Und dann – ich kann es nicht glauben – hebt sich sein Mundwinkel zu einem schiefen Grinsen.

»Oh Gott! Hast du das gesehen?«, wispert Cassidy. »Er hat mich angelächelt.«

Während sie ihre Miene mit dem breitesten Lächeln flutet, kümmere ich mich wieder um meinen Tee. Natürlich hält sie es nicht im Mindesten für möglich, dass Sams Grinsen nicht ihr galt, sondern mir.

»Mist, er haut wieder ab«, kommentiert sie. »Einen Kaffee und irgendeinen Muffin hat er bestellt. Jetzt zieht er die Tür auf. Und weg ist er.« Sie seufzt und lehnt sich zurück. »Ich war sicher, er guckt noch mal her. Aber er hat gelächelt.«

»Ich würde das nicht überbewerten.« Schlechte Laune schwingt in meiner Stimme mit. Mit einem tiefen Atemzug versuche ich sie zu vertreiben, doch es klappt nicht.

»Wir müssen jetzt wirklich aktiv werden«, beschließt Cassidy. »Nächsten Freitag ist das Trainingscamp, stimmt's?«

Ein Alarm schrillt in mir. Was immer sie vorhat, diesen Plan hat sie bestimmt nicht eben in ein paar Sekunden gemacht.

»Du fährst mit, oder?«, fragt sie weiter. »Um den Trip zu dokumentieren?«

»Leider«, schiebe ich zwischen den Zähnen hindurch.

Am Freitag nach Schulschluss geht es für die Dragons nach Harrisburgh. Den Samstag über findet zur Vorbereitung auf die Play-offs ein besonderes Training statt, im Anschluss gibt es im Hotel, in dem Coach Wilson Zimmer reserviert hat, einen Vortrag von einem Ernährungsexperten mit anschließendem gemeinsamen Kochen und Essen. Am Sonntag geht es zurück.

»Sieh zu, dass du an diesem Wochenende mit Sam ins Gespräch kommst. Was weiß ich, beim Frühstück oder so. Da kannst du dich ja einfach mal neben ihn setzen.«

Jetzt wird's spannend. »Und dann?«

»Dann erzählst du ihm von mir. Dass ich total nett bin und ein riesiger Eishockeyfan, dass ich normalerweise kein Spiel verpasse, aber …«

»Cas, du hasst Eishockey.«

»Stimmt gar nicht. Wegen Carl war ich andauernd bei den Spielen.«

»Wegen Carl, genau. Und du hast jedes Mal genörgelt, wie langweilig Eishockey ist.«

»Es ist bestimmt spannender, wenn Sam dabei ist.«

»Mag sein, aber ich kann dir trotzdem nicht helfen.« Vor allen Dingen will ich nicht. »Vielleicht solltest du Sam einfach vergessen. Ich glaube, wenn er dich interessant fände, hätte er längst was unternommen, irgendwie das Gespräch zu dir gesucht.« So wie er zu mir im Bus *Hey* gesagt hat und wie er mir nach dem Training nachgelaufen ist …

Diese Vorstellung gefällt Cassidy überhaupt nicht. Ärger blitzt in ihrem Blick. »Ach ja, und das weißt du so genau, weil du eine Expertin in Sachen Beziehung bist?«

Ich beiße mir auf die Unterlippe, weil ich mit meinem Kommentar etwas übermütig war, und knüpfe an eine andere Sache an. »Was ist denn eigentlich mit Carl?«

Sie verschränkt die Arme, zuckt wie ein bockiges Kind mit den Schultern. »Was soll mit ihm sein?«

»Ach, komm schon, du weißt, was ich meine. Du hattest überlegt, ob du ihm noch eine Chance gibst.«

»Carl ist langweilig.«

Bei ihren Worten und der Erinnerung an das kurze

Gespräch mit Carl köchelt neuer Ärger in mir. »Als er über dich hinweg war und sich mit Debby getroffen hat, war er plötzlich wieder interessant, oder nicht?«

»Was genau willst du mir eigentlich sagen?«, zischelt sie und wirft einen verstohlenen Blick zu ihren drei Cheerleader-Kolleginnen. »Und schrei nicht so rum. Diese Gänse müssen den Schwachsinn, den du erzählst, nicht hören.«

»Lass doch einfach die Spielchen«, gebe ich etwas leiser zurück. »Du verletzt Carl damit und dich auch. Rede endlich mal mit ihm, sag ihm, was Sache ist. Und mach die Entscheidung, ob du und er wieder zusammenkommt, nicht von Sam abhängig.«

Meine Worte prallen an ihr ab. »Also sprichst du am Wochenende definitiv nicht mit Sam?«, fragt sie nur und macht mich damit einigermaßen fassungslos.

***

Weil sie mit Schmollen nicht weiterkommt, versucht Cassidy es mit einem Angebot. Das Carnegie Museum of Art veranstaltet am Donnerstagabend eine Entdeckungsreise durch die Welt der Fotografie. Cassidy will mich dahin einladen. Nicht nur weil ich mich nicht verpflichten lassen will, lehne ich ab, sondern auch weil ich schon mit Resa verabredet bin.

Resa und ich verbinden dabei Pflicht mit Spaß, denn das Museum besuchen wir mit dem Kunstkurs am Donnerstagnachmittag sowieso. Einige Originalwerke des Amerikanischen Realismus, den wir im Unterricht gerade behandeln, sind dort dauerhaft ausgestellt.

»Das ist so ein grandioses Bild«, raunt Resa neben mir, tief in die Betrachtung von Edward Hoppers *Sailing* versunken.

Ich bin ganz ihrer Meinung. Der Anblick des kleinen Segelbootes auf dem tiefblauen Wasser macht Lust auf Sommer.

»Wusstest du, dass sich unter den Farbschichten ein Selbstporträt von Hopper verbirgt?«, frage ich sie.

Resa lacht und schüttelt den Kopf. »Ernsthaft?«

»Ja, steht im Kunstbuch. Das Gemälde wurde mit Röntgenstrahlen untersucht, und dabei hat man es entdeckt.«

Ich gehe weiter zum nächsten Bild, das im Vergleich weniger eindrucksvoll ist und mich nicht lange hält. Durch eine offene Flügeltür gelange ich in die Hall of Sculptures. Das Licht der Dämmerung, das durch die gläserne Decke fällt, verleiht dem Raum einen sanften Schimmer. In der Mitte befindet sich eine gigantische weiße Plastik der britischen Bildhauerin Rachel Whiteread. Es ist ein an die vier Meter hohes Treppengebilde und, wie ich auf der daneben stehenden Tafel lese, das Negativ der Feuertreppe eines alten Hauses. Ehrfürchtig umrunde ich das Kunstwerk und lege den Kopf in den Nacken, um die Details zu betrachten, da spüre ich, dass ich weder die Halle noch die Plastik länger für mich allein habe.

»Abgefahren, oder?«, höre ich von jemandem, und meine Nackenhaare stellen sich auf.

Sam!

Ich werfe einen Blick über die Schulter. Er steht direkt hinter mir und schaut ebenfalls zu den Stufen.

»Ja«, gebe ich mit plötzlich staubtrockener Kehle zurück und drehe mich zu ihm um, weil ich das Kribbeln, das seine Nähe auslöst, nicht länger ertrage.

Er senkt den Kopf, sieht zu mir herab und kommt weiter heran. So nah, dass ich die Struktur des Blaus seiner Augen erkenne und seine fein geschwungenen Wimpern zählen könnte. Als ich einen Schritt zurücktrete, streicht er sich ein paar widerspenstige blonde Locken hinter die Ohren und schiebt die Hände dann in die Taschen seiner Jeans.

»Was ich noch loswerden wollte ...«, sagt er mit museumsgerecht gedämpfter Stimme, während mein Blick zu seinem Mund gleitet und dann zu seinem Hals, der auf meiner Augenhöhe ist. Scheinbar weiß er nicht weiter und schluckt, was seinen Kehlkopf hüpfen lässt.

Harley, zusammenreißen!, ermahne ich mich und blinzele einmal. Dann sehe ich Sam wieder in die Augen.

»Was wolltest du loswerden?«

Er verzieht kurz den Mund und bringt es dann heraus. »Dass es mir leidtut. Die Sache auf dem Parkplatz. Das war nicht besonders nett. Schätze, ich hatte einen ziemlich schlechten Tag.«

»Hattest du je einen guten, seit du hier bist?«

Es zuckt um seinen Mund. Ein kurzes, leises Lachen steigt aus seiner Kehle. »Schon«, gibt er zu. »Heute ist beispielsweise einer.«

»Oh, na, da hab ich aber Glück.«

Mein bissiger Kommentar weckt ein amüsiertes Funkeln in Sams Augen, das wiederum das altbekannte Summen in meinem Bauch auslöst. Unmöglich, das abzustellen, wenn er mich so ansieht.

»Nimmst du die Entschuldigung an?«, brummelt er. »Oder muss ich mich dafür irgendwie zum Affen machen? Falls ja, singen werde ich nicht, und Blumen gibt's auch keine.«

Ich muss lachen. »Ist okay.«

»Gut.« Sams Brust hebt und senkt sich unter einem tiefen Atemzug. »Danke. Das war mir irgendwie wichtig. Besonders, weil du mich an Weihnachten mitgenommen hast. Das war echt nett. Wer weiß, wie lange ich sonst noch am Bahnhof herumgesessen hätte.«

»Schon gut …« Unter seinem Blick wird mir warm, und das Blut schießt mir in die Wangen.

»Hat ein bisschen gedauert, bis ich dich erkannt habe.«

Oh Gott, wohin führt das? Ich muss hier weg. Irgendwie.

»Wie geht's deiner Omi?«

Meiner Omi?

»Ähm, gut. Am zweiten Weihnachtstag ist sie zurück nach Ohio gefahren.«

»Und? Hat sie im Zug wieder einen homosexuellen Mittzwanziger angebaggert?«

Wieder muss ich lachen. »Weiß nicht. Vielleicht.«

Sam scheint etwas erwidern zu wollen, doch die Stimme unserer Kunstlehrerin lässt es nicht dazu kommen.

»Harley? Sam? Seid ihr hier?«, ruft sie.

Sam löst den Blick von mir und tritt einen Schritt zurück, sodass sie ihn sehen kann.

»Wir sind hier, Mrs Beseau«, antwortet er und geht ohne einen weiteren Blick zu mir in Richtung Tür.

Ich kehre ebenfalls zurück in den Raum mit den Gemälden.

Resa steht vor Hoppers *Roofs*, das eine Reihe alter Dächer mit Schornsteinen zeigt.

»Wo warst du denn?«, wundert sie sich.

Ich bin noch nicht wieder ganz bei mir, schüttele den Kopf und murmele: »Keine Ahnung.«

ACHT

Am Freitag haben Sam und ich nicht miteinander gesprochen, doch wann immer wir uns in der Schule begegnet sind, hat er mich mit seinem Blick gestreift und mir damit jedes Mal Herzklopfen beschert. Aufgewühlt und nervös bin ich am Abend in den Mannschaftsbus gestiegen und habe versucht, mich mit Nathan zu unterhalten, der mir neben sich einen Platz reserviert hatte. Mit meinen geistesabwesenden »Hms« und dem wiederholen »Sorry, was hast du gesagt?« ist dem Armen aber irgendwann die Lust auf ein Gespräch vergangen, und er hat lieber gelesen.

Kurz nach einundzwanzig Uhr erreichten wir das Hotel in Harrisburgh und checkten in unsere Zimmer ein. Als einziges Mädchen schlafe ich in einem Single Bedroom unmittelbar neben dem Zimmer, das sich Sam und Felix teilen. Carl und Will, die ihr Kriegsbeil begraben haben, bezogen den Raum auf der anderen Seite.

Obwohl ich hundemüde war, war an Schlaf nicht zu denken. Die Vorstellung, dass mich nur eine Wand von Sam trennte, hielt mich putzmunter und ließ meinen Geist die wildesten Geschichten erfinden.

Entsprechend müde stehe ich heute in der zuschauerlosen Hersheypark Arena, die Coach Wilson für das Training ausgewählt hat, um seinen Spielern ein Gefühl für die Location zu geben, in der sie übers Eis gleiten werden, wenn sie es ins Endspiel schaffen.

In drei Stunden mache ich knapp dreihundert Aufnahmen, friere wegen des Schlafmangels aber ziemlich und bin froh, als es zurück zum Hotel geht. Während des Vortrags, den der Ernährungsexperte in einem kleinen Veranstaltungsraum hält, überwinde ich meine Müdigkeit. Ab und zu huschen meine Blicke zu Sam, der mit verschränkten Armen und ausgestreckten Beinen dasitzt und wirkt, als würde er gleich einschlafen. Amüsiert beobachte ich, wie sein Kopf auf die Brust fällt und Felix ihn in die Seite stößt, damit er wach bleibt.

Immer wieder machen sich meine Gedanken selbstständig und lassen mich an die seltsame Unterhaltung mit Sam im Museum denken. Resa habe ich bisher nicht davon erzählt, Cassidy natürlich erst recht nicht.

Beim Essen holt mich meine Müdigkeit wieder ein. Ständig fallen mir die Augen zu, und ich fotografiere kaum noch. Total erledigt verabschiede ich mich nach dem Dessert auf mein Zimmer, wo ich, ohne mich auszuziehen, ins Bett falle und sofort eindöse.

***

Zweiundzwanzig Uhr drei, verkündet das Display meines Handys, als ich die Augen wieder aufmache. Da an Einschlafen erst einmal nicht mehr zu denken ist, suche ich aus meiner Reisetasche Bikini, Schwimmbrille und Badeschlappen heraus. Eines der großen Handtücher aus dem Bad lege ich um meine Schultern und bin wenig später auf dem Weg zum Indoorpool, der sich im obersten Stockwerk des Hotels befindet.

Die Umkleide ist leer. Rasch wechsele ich in den Bikini. Das Handtuch schlinge ich mir um die Hüften, schiebe meine Füße in die Latschen und gehe durch zwei Türen in die Schwimmhalle.

Im Becken, das, von Liegen und Säulen flankiert, inmitten eines hellen Raumes liegt, schwimmt bereits jemand. Im Schmetterlingsstil durchkämmt er das Wasser, seine kräftigen Arme und der breite Rücken strotzen vor Kraft, wann immer er auftaucht. Ich bringe mein Handtuch zu einer Liege vor den großen Fenstern, durch die man in die Nacht schaut, schlüpfe aus den Latschen und gehe zum Pool. Mein Blick wandert zu dem einsamen Schwimmer, der das Ende der rechten Bahn erreicht hat, unter Wasser wendet und in einem neuen Schwimmzug auftaucht. Es ist Sam.

Vor lauter Schreck bin ich drauf und dran, wieder abzuhauen, da wird mir klar, dass das noch dümmer aussehen würde als mein Auftauchen hier. Außerdem wusste ich nicht, dass er hier sein würde. Also gebe ich mir einen Ruck und setze mich auf den Beckenrand über der linken Bahn. Kurz halte ich die Füße ins angenehm warme Wasser und linse zu Sam hinüber, der keine Notiz von mir nimmt und unbeirrt in eine neue Runde startet. Dann lasse ich die Brille über meine Augen schnalzen, gleite ins Wasser und schwimme ebenfalls los.

Sechs Bahnen lege ich kraulend zurück und verdränge Sams Anwesenheit mit jedem Meter ein bisschen mehr. Ab und zu sehe ich ihn aus den Augenwinkeln, doch irgendwann habe ich das Becken für mich und schwimme, meinen allmählich schmerzenden Armmuskeln zum Trotz, noch ein paar Bahnen, um sicherzugehen, dass ich allein bin, wenn ich aus dem Wasser steige.

Prustend stoppe ich schließlich am Beckenrand, ziehe mir die Brille vom Kopf und tauche noch einmal unter, damit meine Haare nicht wild vom Kopf abstehen. Dann schwimme ich zur Treppe und klettere aus dem Becken.

Erst auf den zweiten Blick sehe ich, dass Sam sich eine Liege direkt vors Fenster gezogen hat, dorthin, wo ich es mir auch gemütlich machen wollte. Die Liege steht mit dem Rücken zu mir, darum kann er mich nicht sehen. Ohne recht zu wissen, wie ich mich verhalten soll, gehe ich zu meiner Liege, nehme mein Handtuch und reibe mir das Gesicht trocken.

»Du schwimmst gut«, höre ich von Sam und drehe mich nach kurzem Zögern zu ihm um.

Seine nassen Locken kringeln sich um sein Gesicht.

»Du auch«, gebe ich zurück und werfe mir das Handtuch über die Schultern.

»Machst du das professionell?«

»Bis voriges Jahr.«

»Warum hast du aufgehört?«

»Na ja. Seit ich die Spiele der Dragons fotografiere, bleibt dafür nicht mehr wirklich viel Zeit. Ich würde das Training ständig verpassen.«

»Schade.«

Er greift in die Tüte, die ich jetzt in seiner Hand bemerke, nimmt etwas heraus, steckt es sich in den Mund, kaut und mustert mich weiter. Von meinem Gesicht wandert sein Blick zu meinen Brüsten, deren nicht gerade wahnsinnige Größe das Bikinioberteil nur zu genau verrät, und fliegt zurück zu meinen Augen, als ich mich ans Antworten erinnere.

»Es ist schon okay. Ich fotografiere viel lieber, als dass ich schwimme.«

Sam hält mir die Tüte hin. »Magst du?«

Weil ich wohl so unschlüssig wirke, wie ich tatsächlich bin, grinst er. »Gummibärchen. Nicht vergiftet.«

Ich könnte schon wieder lachen. Zwei Mal hat er das im Museum schon mit solchen schlagfertigen Bemerkungen geschafft. Diesmal verkneife ich es mir, gehe aber zu ihm und fische zwei Bärchen aus der Tüte.

»Ich mag nur die weißen«, sage ich, setze mich auf die Liege neben seiner und lasse eins der Gummitiere in meinem Mund verschwinden.

Sein Grinsen wird breiter. »Mir schmecken die roten am besten, aber ich esse sie alle.«

Wahllos greift er in die Tüte. »Keiner wird verschont.«

»Wenn das Coach Wilson und der Typ von heute Nachmittag wüssten … alles umsonst, würden sie denken. Hopfen und Malz verloren bei dem Jungen.«

Sam lacht leise, dann lässt er die ersten Bärchen im Mund verschwinden. Während er kaut, gleitet sein Blick über mein Gesicht, so als würde er Detail um

Detail feststellen. Irgendwann halte ich dem nicht mehr stand und schaue auf das zweite Gummibärchen, fahre mit der Fingerspitze über die vier Gummitatzen.

»Coach Wilson hat mir übrigens deine Bilder gezeigt«, höre ich als Nächstes und sehe wieder auf. »Die sind echt gut.«

»Danke.«

»Du hast ziemlich viel Ahnung von Eishockey, oder? Spielst du auch?«

»Ich bin nicht lebensmüde und auch nicht besonders gut im Eislaufen. Aber ich fotografiere die Spiele echt gern. Hin und wieder schaue ich die Matches der Penguins an.«

»Die Penguins sind top diese Saison. Platz zwei bislang in der Metropolitan Division. Nur die Washington Capitols sind besser. Die Flyers werden sich wohl nicht für die Play-offs qualifizieren.«

Ehe ich michs versehe, bin ich mittendrin in einer mal kritischen, mal spaßigen Unterhaltung über Eishockey. Sam ist wie ausgewechselt. Von dem distanzierten, muffeligen, feindseligen Fremden ist keine Spur mehr vorhanden, und ich ertappe mich dabei, wie ich ihn manchmal einfach reden lasse, nur um seine Begeisterung aufzusaugen. Mal schimpfen wir gemeinsam über eine Fehlentscheidung des Schiedsrichters, mal ärgern wir uns über das Verhalten eines Spielers oder amüsieren uns über Gags der in den Pausen eingeblendeten Werbung. Es ist irgendwie wunderbar.

Als das Thema durch und die Tüte Gummibärchen

leer gefuttert ist, schweigen wir. Inzwischen sind wir beide getrocknet. Während Sam auf seiner Liege entspannt und sich wohlzufühlen scheint, denke ich an Cassidy. Jetzt, in diesem Moment, könnte ich das Thema auf sie bringen und erwähnen, wie nett und eishockeyinteressiert sie ist – wahrscheinlich würde Sam das ziemlich verwundern, wenn nicht sogar irritieren. Sie passt nicht hierher, passt nicht zu Sams und meinen Themen. Ich wünschte bloß, ich hätte kein so verdammt schlechtes Gewissen, weil ich mit ihm hier sitze.

»Die Dragons sind eine gute Mannschaft«, sagt Sam in meine Gedanken hinein.

Ich sehe ihn an und warte auf die Worte, die scheinbar schon auf seiner Zunge liegen.

»Mein ehemaliges Team hätten sie nur so weggefrühstückt.« Er zuckt mit den Schultern. »Aber verständlich. Mit der Möglichkeit auf den Cup hat denen die Motivation gefehlt.«

»War dein Internat in Philly?«

Die Frage bringe ich vorsichtig an, schließlich hat Sam Gift und Galle gespuckt, als ich zuletzt etwas über seine ehemalige Schule wissen wollte. Heute reagiert er gelassen und mit einem fast schon resigniert klingenden Schnauben.

»Schön wär's gewesen. Es liegt am Arsch der Welt, im äußersten Nordosten von Pennsylvania. Drei Autostunden von Philly entfernt. Ich war nur an den Wochenenden zu Hause. Auch nicht an allen. Einoder zweimal im Monat.«

»Und deine Eltern? Wollten sie nicht, dass …«

»Sie waren viel unterwegs. Beruflich. Sie hatten eine eigene Firma.«

Mir fällt auf, dass er die Vergangenheitsform verwendet, und ich erinnere mich auch an seine harsche Andeutung, dass er nicht mit seinen Eltern nach Pittsburgh gezogen ist. Von plötzlichem Unwohlsein gepackt, fröstele ich und verschränke die Arme. Sams Blick wird leer. Kälte glitzert im eben noch warmen Blau seiner Augen, sein Mund ist eine harte Linie. Ich rechne schon damit, dass er aufsteht und mich mit einem knappen Gruß sitzen lässt, doch dann spricht er weiter.

»Sie sind tot. Deshalb bin ich hier.«

Vor Schreck stockt mein Atem. Ich klappe den Mund auf, um etwas zu sagen, doch Sam kommt mir zuvor.

»War ein Unfall. Im November.«

»Das tut mir sehr leid«, bringe ich endlich hervor und schüttele mich unter einem Frösteln.

»Schon okay.«

»Nein, ehrlich. Es muss furchtbar sein, beide Eltern auf einmal zu verlieren. Wahrscheinlich bist du ...«

»Wir müssen das wirklich nicht vertiefen.«

»Okay.« Ich nicke und blinzele die Tränen weg, die das Mitgefühl in meine Augen getrieben hat. »Tut mir jedenfalls leid.«

»Das sagtest du bereits. Einmal reicht.«

Die Schärfe seiner Stimme verletzt mich, und plötzlich ist mir kalt. Einen Moment noch halte ich Sams Blick stand, dann sehe ich weg und schaue auf die Lichter der Stadt vor dem Fenster. Je länger ich über sein Schicksal und das seiner Eltern nachdenke, desto trauriger werde ich und desto besser kann ich verstehen, warum er sich so biestig verhalten hat.

»Lebst du hier bei Verwandten?«, höre ich mich fragen.

»Bei der Schwester meines Vaters.«

Melissa! Wieso nennt er sie die Schwester seines Vaters? »Bei deiner Tante also?«

Sam antwortet nicht. Aus dem Augenwinkel sehe ich, wie er nun ebenfalls aus dem Fenster schaut, und versuche es mit einem neuen Thema.

»Hat eigentlich alles geklappt an Heiligabend? Bist du zu Hause reingekommen?«

»Ja.«

»Gut. War sie da, deine Tante ...?«

»War sie. Sie hatte noch Besuch, wurde ihn nicht los und hatte vergessen, dass ihr Handy auf lautlos geschaltet war.«

»Ah, okay ...« Sie hat ihn tatsächlich an Heiligabend vergessen.

Minuten vergehen. Die Stille zwischen uns dehnt sich aus. Als ich es nicht länger aushalte, stehe ich auf.

»Es ist spät. Ich sollte langsam schlafen gehen.«

Sam reagiert nicht sofort. Noch ein paar Sekunden lang starrt er aus dem Fenster, dann dreht er mir den Kopf zu und sieht mich an. Schließlich nickt er, setzt sich auf und stellt die Füße auf den Boden. Dann steht er vor mir. Wie schon im Museum viel zu nahe. Die paar Zentimeter zwischen uns ... sind zu wenig. Ich senke den Blick. Mein Herz schlägt schneller, und in meinen Ohren summt es leise.

Zur Seite, Harley, mach einfach einen Schritt zur Seite und geh!

Ehe ich dem Rat meiner Vernunft folgen kann, legt Sam einen Finger unter mein Kinn und hebt es an, damit ich ihn wieder ansehe.

Beim Anblick des nun wieder warmen Blaus seiner Augen rieselt ein Schauer über meinen Rücken. Von meinen Augen huscht sein Blick zu meinem Mund und wieder zurück. Seine Hand wandert tiefer, streicht meinen Arm entlang und landet auf meiner Taille.

Wie gebannt und unfähig, mich zu bewegen, sehe ich Sam an. Als er die andere Hand hebt, um mir ein paar wahrscheinlich unglücklich getrocknete Strähnen aus dem Gesicht zu streichen, blinzele ich, denn seine Berührung ist unerwartet zärtlich. Ich bin nicht fähig, nur einen klaren Gedanken zu fassen. Mein Kopf, mein Herz, mein Bauch, mein ganzes Ich spielen verrückt, als Sam mich küsst.

NEUN

Die Bande bebt, als Dragon Nummer Dreizehn zusammen mit einem Highlander dagegendonnert. In einem geschickten Manöver schnappt Sam sich den Puck und schießt ihn zu Carl, der ihn durch die Beine des Goalies ins gegnerische Tor befördert. Protest und Enttäuschung schwappen durch die Reihen der Zuschauer. Resas und mein Jubel gehen darin unter.

Am heutigen Dienstag spielen die Dragons gegen die Highlander von Canon McMillan auswärts und liegen mit vier zu eins in Führung. Noch vier Spiele stehen nach diesem hier an, dann beginnen die Playoffs. Wir haben nichts zu verschenken. Die Dragons ziehen ihr Ding ganz in diesem Bewusstsein durch. Und Sam ist ... unfassbar gut.

Resa ist erneut mitgefahren, obwohl Nathan für die Redaktion dabei ist. Sie schmunzelt, als Sam sich in einem Zweikampf durchsetzt.

»Ich wette, er ist ein verdammt guter Küsser.«

Es ist nicht so, als lägen mir viele Vergleichswerte vor, aber bei der Erinnerung an Sams Kuss werden meine Knie wieder so weich wie in dem Moment, als es passierte. Jedes Mal aufs Neue. Da ich reichlich oft daran denke, fühle ich mich wie ein wandelnder Gummibaum.

»Habt ihr euch vor dem Spiel gesehen?«

Ich habe ihn gesehen und er mich, ja. Das ist wohl nicht das, was Resa wissen will.

»Wir haben seit Samstag nicht geredet.«

»Hm.«

»Na ja. Er wollte sich auf das Spiel konzentrieren, denke ich.« Hoffe ich.

»Hm!«

»Was denn?« Resas Argwohn kann ich gar nicht gebrauchen. Mein eigener wurmt mich genug.

Sie bringt es auf den Punkt: »Er sollte dich nicht einfach so küssen und dann links liegen lassen.«

»Was soll er denn tun? In der Schule mit mir Händchen halten und mich in jeder freien Minute gegen meinen Spind knutschen? Das will ich nicht. Außerdem, ich hab es Cas noch nicht erzählt.«

Und keine Ahnung, wie ich das tun soll.

Resas Stimme bekommt einen abwertenden Ton. »Bist du ihr Rechenschaft schuldig? Oder muss sie dir erst ihre Erlaubnis geben?«

»Natürlich nicht. Aber sie ist total verknallt in Sam.«

Seit dem Kuss plagt mich mein schlechtes Gewissen noch mehr. In mancher Sekunde nagt es so heftig an mir, dass ich Cassidy nicht mal richtig ansehen kann. Wenn sie von Sam redet, was sie nach wie vor beinahe ununterbrochen tut, liegt es mir oft auf der Zunge, und ich muss draufbeißen, um ihr nicht von dem Kuss zu erzählen, ihr die Tatsache, dass Sam nicht auf sie steht, einfach hinzuschmettern, damit sie endlich Ruhe gibt. Das wäre wie eine Ohrfeige für sie. Aber sogar, wenn ich ihr schonend beibrächte, dass Sam schon an Heiligabend, am Bahnhof, Gefühle in mir geweckt hat, würde sie sich von mir hintergangen fühlen. Ich glaube, jedem Mädchen an der Schule traut sie zu, dass sie ihr Sam wegschnappt. Nur mir nicht.

»Dann hat sie ausnahmsweise mal Pech«, knurrt Resa und verstummt, als die Highlander den Puck vor unser Tor bringen. Nicht zum ersten Mal an diesem Abend fällt mir auf, dass sie besonders aufgeregt ist, wenn Felix gefragt ist. Diesmal versagt er. Sechs Minuten vor Spielende schlittert der Puck an ihm vorbei ins Netz.

Resas Kommentar dazu lautet: »Den hätte er gar nicht halten können.«

»Klar hätte er das. Wenn er sich der Länge nach hingeworfen hätte.«

»Fall du mal einfach so um mit dieser ganzen Polsterung.«

»Das geht schon. Der Goalie …«, hebe ich an, verstumme aber, als Resa abwinkt. Meinem forschenden Blick weicht sie aus, indem sie sich geflissentlich auf das Spielgeschehen konzentriert. So entgeht ihr auch mein Grinsen.

Wer hätte das gedacht! Die schlaue Resa, unsere Intellektuelle, steht auf Felix. Und Felix hat natürlich keinen blassen Schimmer. Vielleicht sollte ich die beiden bei Gelegenheit miteinander bekannt machen.

Bei Resas nächstem Kommentar vergeht mir das Grinsen.

»Wie auch immer, ich hoffe nur, dass Nummer Dreizehn nicht nur mit dir gespielt hat.«

Allein beim Gedanken daran wird mir schlecht. Auf der Rückfahrt am Sonntag, gestern und auch heute habe ich vergeblich auf ein Zeichen von ihm gewartet. Auf irgendeine freundliche Geste.

»Genug davon«, flüstere ich Resa zu, als ich Nathan sehe. Er kommt zu uns.

»Das Ding haben wir im Sack«, freut er sich und steckt den Block, an dem sein Stift klemmt, in die Brusttasche seiner Jacke.

Dann tritt er zwischen mich und Resa, legt einen Arm auf meine Schultern und den anderen auf Resas.

»Mädels, ich sag euch jetzt was: Dieses Jahr spielen wir in den Play-offs. Unsere Jungs sind topfit, und Samuel Collins tut diesem Team echt gut.«

»Obwohl er sich ständig mit Carl zofft?«, frotzelt Resa.

Nathans Antwort geht im auf den Schlusspfiff folgenden Jubel unter. Ich mache mich von ihm los und hebe die Kamera vors Gesicht, um noch ein paar Fotos von unseren Gewinnern zu schießen.

***

Wer nichts erwartet, kann nicht enttäuscht werden, besagt eine Redewendung. Damit bin ich enttäuschungsfrei durch die restliche Woche gekommen. Meine Knie werden nicht mehr weich beim Gedanken an Sam. Ich grinse nicht mehr unwillkürlich. Es fühlt sich an, als hätte ich unseren Kuss bloß geträumt, als hätte er nie stattgefunden. Mit der Erinnerung an den Kuss schwindet auch mein schlechtes Gewissen gegenüber Cassidy. Ich weiche ihr nicht mehr aus, wenn sie das Thema auf Sam bringt und einen neuen Plan ankündigt. Um diesen Plan auszuarbeiten, bin ich heute mit ihr in unserem Lieblingscafé verabredet.

Zehn Minuten lang sitze ich allein an unserem Tisch am Fenster, rühre in meiner heißen Schokolade und warte. Fünf Minuten später hat meine Schokolade Trinktemperatur, und ich rufe Cassidy an. Sie klingt überrascht, als ich frage, wo sie bleibt, und ich ärgere mich, weil ich sie an unsere Verabredung erinnern muss.

»Ah, Mist, das habe ich völlig vergessen«, antwortet sie. »Können wir uns morgen treffen?«

»Morgen? Nein.« Und zwar aus Prinzip nicht.

»Ich schaffe es heute aber nicht. Cheryl und ich sind in die Tanger Outlets gefahren, weil es bei Guess fünfzig Prozent Rabatt gibt.«

»Unglaublich«, grummele ich ins Telefon.

»Ja, stell dir nur vor, noch mal fünfzig Prozent auf den Outlet-Preis! Wir hätten dich mitgenommen, aber du magst Shoppen ja nicht so.«

»Eine Nachricht wäre trotzdem nett gewesen.«

»Stimmt, sorry.« Ihr Seufzen klingt genervt, so als hätte sie sich zu ihrer Entschuldigung durchringen müssen. »Also dann morgen, okay?«

»Wie gesagt, Cas, morgen hab ich keine Zeit.«

»Wieso nicht? Was machst du denn? Ist doch bloß Sonntag. Du bist jetzt nicht sauer, oder?«

»Quatsch, warum sollte ich?« Mir platzt nur gleich der Kragen. »Viel Spaß beim Shoppen. Bis Montag, Cas.«

Ich lege auf, ohne ihre Antwort abzuwarten, trinke den jetzt fast kalten Kakao in einem Zug aus und stehe auf. Im Gehen werfe ich mir meinen Parka über und gebe der Tür einen wütenden Schubs, damit sie sich öffnet. Kurz stehe ich auf dem Gehweg vor meinem Auto, dessen Parkuhr ich für zwei Stunden gefüttert hatte, dann fummele ich den Schlüssel aus der Manteltasche.

»Hey«, ertönt eine vertraute Stimme hinter mir. Wie ein Lufthauch prickelt Freude in meinem Nacken und kitzelt in meinen Ohrläppchen. So viel zum Thema: Keine Erwartungen haben. Ich wende mich um und gebe den Gruß an Sam zurück.

»Was treibst du?« Er kommt näher.

»Nichts Besonderes. Mir war nach heißer Schokolade. Und du so?«

Er weist auf den Karton unter seinem Arm. »Brauchte neue Schlittschuhe.«

»Fürs Training?« Kaum ist es über meine Lippen, möchte ich mich schon ohrfeigen. »Blöde Frage«, brumme ich. »Du bekommst sie als Teil der Uniform gestellt.«

»Meine Füße sind über Nacht eine Nummer größer geworden.« Er grinst, als sei ihm diese persönliche Information ein bisschen unangenehm. »Na, jedenfalls wollte ich ein paar Runden irgendwo auf dem Eis drehen. Wie schaut's aus, hast du Lust?«

Ja. Jaaaaa. Jaaaaaaaaa!

Immer mit der Ruhe, Harley. Jetzt dreh nicht durch.

»Klar, gern. Aber ich warn dich, ich bin nicht gut.«

»Sagtest du schon. Wir können üben.«

»Ich brauche noch meine Schlittschuhe. Also muss ich schnell zu mir.«

»Nimmst du mich mit? Ich bin mit dem Cab gekommen. Mein Auto ist in der Werkstatt.«

Wie praktisch. Hielte Sams Wagen vor unserem Haus, würden meinen Eltern ihn vielleicht hereinbitten und mit peinlichen Fragen löchern.

Es fühlt sich unwirklich an, als Sam in mein Auto steigt. Auf den Beifahrersitz neben mir diesmal. *Schlüssel in Zündung, Motor starten!*, befehle ich mir selbst und bekomme meine Aufregung auf der Fahrt in den Griff, indem ich ein Gespräch über den Test in Politik anstupse, mit dem uns Mrs Leight gestern überrascht hat.

Zu Hause diskutieren Mom und Dad in der Küche über Dads Versäumnis, den Geschirrspüler auszuräumen. Mit einem beiläufigen Gruß husche ich die Treppe hinauf in mein Zimmer, wo ich den Karton mit meinen Schlittschuhen vom Schrank hole und den Staub abpuste. Ein Paar Handschuhe, einen dicken Schal und eine Mütze schnappe ich mir noch, dann bin ich auf dem Rückweg und sitze wenig später wieder hinter dem Lenkrad.

»Welche Eisbahn? Schenley Park oder PPG Place?«

Insgeheim hoffe ich auf die zweite. Die Atmosphäre auf dieser Bahn ist wegen der Hochhäuser, die sie umgeben, einfach am schönsten. Vielleicht steht sogar der Weihnachtsbaum noch.

Sam wiegt den Kopf. »Sind die nicht beide samstags ziemlich überlaufen? Ich will mich schon ein bisschen bewegen und nicht auf dem Eis parken.«

Damit hat er natürlich recht.

»Dann sollten wir vielleicht zum Penguins Pond.«

Mit dem ehemaligen Stadion der Pittsburgh Penguins ist Sam einverstanden.

***

Mit Sam auf dem Eis verbringe ich einen der besten Samstagnachmittage der letzten Jahre. Auf den ersten Schritten war ich ein bisschen unsicher, aber inzwischen gleite ich sicher neben Sam her. Seine Hand umschließt meine, während er mir Tipps gibt, die ich eigentlich nicht brauche, denn die Theorie des Laufens ist mir durchaus vertraut. Aber ich höre ihm gern zu. Außerdem will ich nicht, dass er meine Hand loslässt.

»So schlecht bist du gar nicht«, stellt er nach einer Weile fest.

»Aber lange nicht so gut wie du.«

Er lotst uns um eine Gruppe Kinder herum. Mit ihnen, ein paar anderen Kids und drei älteren Paaren teilen wir uns die Eisfläche.

»Wann bist du zuletzt gelaufen?«

»Anfang Dezember. Auf der PPG-Bahn. Da hatten sie den Baum gerade aufgestellt und die Lichterdeko rundherum angebracht.«

»Wie romantisch.« Sam wirft mir einen amüsierten Blick zu. »Mit wem warst du da?«

»Mit Cassidy und ein paar anderen. Wir wollten Cas das Eislaufen beibringen. War ihr einziger Versuch.«

»Cas, das ist diese Blonde, mit der du manchmal in der Pause zusammensitzt?«

»Meine Cousine und beste Freundin ... eigentlich.«

»Eigentlich?« Abermals schaut er mich an. »Habt ihr gerade Streit oder bloß festgestellt, dass ihr ziemlich verschieden seid?«

»Wie meinst du das?«

»Na ja, sie legt ziemlich viel Wert auf Äußerlichkeiten und braucht scheinbar nichts so sehr wie Aufmerksamkeit. Während du ...«

Er lässt meine Hand los, um sich umzudrehen und rückwärts vor mir zu fahren. In Schlangenlinien gleitet er vor mir her und schmunzelt.

»Was?« Mit einem Lachen überspiele ich meine Unsicherheit. Was will er sagen? Dass ich so normal und unscheinbar bin?

»Du bist ungewöhnlich.«

Ungewöhnlich? »Bin ich absolut nicht.«

»In meinen Augen schon.«

Zufrieden mit seiner Feststellung, kommt Sam wieder herum, um an meiner Seite weiterzufahren. Ohne mir seine Hand zu geben, allerdings. Außerdem wird er schneller.

»Jetzt ein bisschen Tempo«, beschließt er und legt den Oberkörper nach vorn, um der Luft weniger Widerstand zu bieten. Mit Leichtigkeit gewinnt er noch mehr Geschwindigkeit, doch ich halte mit ihm mit.

Plötzlich stolpern zwei der Kinder in unsere Bahn. Sie albern herum, plumpsen hin und bringen mich damit in Schwierigkeiten. Während Sam eine erstklassige Bremsung hinlegt, rudere ich mit den Armen und schlittere mit einem »Aaaaaaah, verdaaaaaaaammt!« auf die Kids zu. Meine Geschwindigkeit und das Hindernis überfordern mein Hirn für den Moment.

»Mach einen halben Schneepflug!«, ruft Sam. »Gewicht aufs Standbein. Das Bremsbein zurück und mit wenig Belastung mitlaufen lassen.«

Aber ja! Natürlich! »Was?«

»Standbein Druck. Bremsbein vor, nach innen eindrehen, die Kufe übers Eis schaben lassen.«

Das kann ich nur, wenn ich langsam fahre. Wie gesagt ... in der Theorie des Eislaufens bin ich fit. In der Praxis hingegen ...

Nur wenige Meter vor den Kids setze ich mich auf den Hintern. Das hilft immer. Sam ist gleich bei mir.

»Alles okay?«

Ich nicke. »Klar.«

Er reicht mir die Hand. »Bremsen müssen wir wirklich üben. Du kannst dich nicht jedes Mal hinsetzen.«

Als er mich in den Stand zieht, gleiten meine Füße auf den Kufen weg. Lachend lande ich erneut auf dem Po.

»Lass es mich allein versuchen. Sonst werfe ich dich mit um.«

Sam grinst. »Keine Sorge. Dazu müsstest du ein paar Kilo mehr auf die Waage bringen.«

Er greift sich auch meine andere Hand und stellt mich im zweiten Versuch auf die Füße. Für einen Augenblick sind wir einander wieder so nah wie am Pool des Hotels, und die Erinnerung an unseren Kuss wird lebendig. Er scheint ebenfalls daran zu denken; das dunkler werdende Blau seiner Augen verrät ihn und lässt mein Herz schneller schlagen. Sam lässt meine Hände los, um meine Mütze, die bei meinem Pobremser verrutscht ist, wieder über meine Ohren zu ziehen. Ich gleite ein Stück zurück und bringe die Mütze selbst in Ordnung. Dann mache ich mich zum Ausgang auf.

»Hey, hast du schon genug?«

»Ich brauche etwas zum Aufwärmen!«, rufe ich ihm über die Schulter zu. »Vorn ist eine Bude, da gibt es warme Getränke.«

»Ich drehe noch ein paar Runden.«

»In Ordnung, mach das.«

Ich hole mir Tee, setze mich damit auf eine Bank am Rand der Eisbahn und sehe Sam zu. Inzwischen dämmert es, und die Flutlichter werden eingeschaltet. Unermüdlich dreht er Runde um Runde. Nach einer Weile hat er die Eisfläche, über der das helle Licht wie eine Kugel liegt, ganz für sich. Das Schaben der Kufen auf dem Eis ist ein konstantes, beruhigendes Geräusch, das nur hin und wieder vom Brummen abfahrender Autos und dem Lachen von Gästen an der Bude unterbrochen wird. Sam gleitet zügig, ohne besondere Anstrengung vor sich hin, schaut dabei kaum nach links und rechts und auch nicht zu mir, als hätte er vergessen, dass ich da bin. Als sei er in Gedanken woanders. Bei seinen Eltern vielleicht. In seinem alten Leben, an seiner alten Schule. Weit weg auf jeden Fall.

***

Auf der Rückfahrt ist Sam schweigsam. Es hat zu schneien begonnen. Dicke Flocken tanzen vom Himmel, und er scheint davon wie hypnotisiert. Die ganze Zeit sieht er aus dem Seitenfenster und geht auf keinen meiner Versuche, ein Gespräch in Gang zu bringen, ein. Mehr als ein »Hm« oder »Weiß nicht« ist ihm nicht zu entlocken. Schließlich ist die Stimmung im Auto so drückend, dass ich beinahe froh bin, dass wir fast da sind und ich ihn gleich loswerde – und doch nicht. Ich wünsche mich zurück auf die Eisbahn oder an irgendeinen anderen Ort, an dem seine Laune nicht im Keller dümpelt.

Vor einem hohen Eisentor, das von einer Mauer eingefasst wird, bittet Sam mich anzuhalten. Als er sich für den Nachmittag bedankt, huscht der Anflug eines Lächelns über sein Gesicht, doch es erreicht seine Augen nicht. Er legt die Hand an den Türgriff, zögert aber und scheint noch etwas sagen zu wollen, doch dann schluckt er nur trocken und steigt aus. Ohne zurückzuschauen, geht er zum Tor und tippt einen Code in das Nummernfeld. Beim Wenden erhasche ich durch die geöffneten Torflügel einen Blick auf das Grundstück. Auf einem schnurgeraden Weg, der bis vor ein riesiges, beleuchtetes Haus aus dunklem Stein führt, erkenne ich Sams Silhouette. Eine einsam wirkende Gestalt im Schneegestöber; die Schlittschuhe baumeln an Schnürsenkeln von seiner rechten Hand.

Ganz ohne Zweifel hat er ein Talent dafür, mir die Stimmung zu verhageln – obwohl er genauso gut imstande ist, sie zu versüßen. Mir zumindest. Schlecht gelaunt lasse ich mein Auto durch das noble Viertel tuckern, da ertönt eine Melodie, die ich nicht zuordnen kann. Als ich das Leuchten im Fußraum des Beifahrersitzes bemerke, bremse ich, beuge mich hinüber und habe wenig später Sams klingelndes Handy in der Hand. Der Name *Melissa Collins* wird auf dem Display angezeigt.

Nach einem weiteren Wendemanöver fahre ich auf der Bennington Avenue zurück zu dem Grundstück, an dem ich Sam abgesetzt habe. Am Tor suche ich nach dem Klingelknopf, da bemerke ich eine Bewegung auf dem in diffuses Licht getauchten Weg. Auch ohne die Eishockeystiefel unverkennbar. Sam hat den Verlust seines Handys offenbar bemerkt. Als er mich sieht, beginnt er zu laufen. Er erreicht das Tor, zieht es einen Spalt weit auf und schlüpft heraus.

»Hey, du hast dein Handy ...«, beginne ich, komme aber nicht weiter, denn er umfasst meine Taille und drängt mich gegen die Mauer. Einen kurzen, sprachlosen Augenblick lang sieht er mich an, und unsere Blicke verhaken sich ineinander. Schneeflocken landen auf seinen Locken und auf meinem Gesicht. Mit einem Daumen streicht er über meine Lippen, dann verschließt er meinen Mund mit seinem.

Sein Kuss ist wild und ungestüm, nicht zögernd und zärtlich wie der letzte. Sein Atem tanzt über meine Haut. Ich schlinge meine Arme um ihn und stöhne unwillkürlich auf, als er mich fester küsst.

Mein Verstand setzt aus, und die Welt rundherum scheint stillzustehen. Da ist nichts außer dem Rauschen unseres Atems, dem Klopfen unserer Herzen. Die Luft ist erfüllt von Sams Geruch; wie nach Zimt und Zedernholz duftet er, sein Mund schmeckt nach

Metall und Minze. Mein Bewusstsein kennt nichts als den Moment – und Sams Namen. Bis mich ein Lichtschein blinzeln lässt und mir klar wird, wo ich bin. Was ich tue.

Als das Brummen eines Motors ertönt, löst Sam sich von mir und schaut die Straße hinab. Als er mich wieder ansieht, flackert Bedauern in seinen Augen.

»Tut mir leid«, murmelt er. »Wir sehen uns Montag.« Durch eine Kopfbewegung gibt er mir zu verstehen, dass ich besser verschwinde. Als ich meine Autotür öffne, biegt ein Wagen in die Auffahrt ein.

Mit einem Ächzen plumpse ich hinters Lenkrad und starte den Motor. Sams Entschuldigung hat die Magie unseres Kusses wie eine Seifenblase zerplatzen lassen.

Wofür hat er sich wohl entschuldigt? Dafür, dass er aufgehört hat, mich zu küssen, oder für den Kuss selbst?

ZEHN

Mit gemischten Gefühlen parke ich am Montagmorgen vor der Schule. Den Sonntag habe ich damit verbracht, über Sams merkwürdiges Verhalten nachzudenken, und bin zu folgendem Schluss gekommen: Vielleicht war Sam nach dem Kuss plötzlich verunsichert, weil ich ihn in der Schule kaum beachte. Letzte Woche, als wir gar nicht gesprochen haben, hat er wahrscheinlich bloß auf mein Schweigen reagiert. Woher soll er wissen, dass ich den Kontakt zu ihm will, mir aber gleichzeitig wegen Cassidy Sorgen mache? Um Klarheit zu schaffen, will ich ihn vor der ersten Stunde abpassen.

Ich finde ihn bereits im Flur und lehne mich, die Unterlagen für den Englischunterricht an meine Brust gedrückt, an einen der Spinde, vor denen Sam steht und in seinem Rucksack wühlt. Mein »Hey« klingt nicht ganz so gelassen, wie ich es mir wünsche.

Mit einem Maximum an Gleichgültigkeit sieht Sam mich an und gibt ein »Hey« zurück, das eher wie ein »Was willst du?« klingt. Nach einer kurzen Pause, in der ich ihn vor Schreck erstarrt nur stumm anschaue, sagt er: »Ich würde gern an meine Sachen.«

Dummerweise blockiere ich ausgerechnet seinen Spind. Mit Hitze in den Wangen drehe ich mich um und gehe zu Englisch, froh, dass diese peinliche Szene nur kurz war und niemand sie mitbekommen hat. Eins weiß ich jetzt immerhin: Es liegt nicht daran, dass ich nicht mit ihm spreche.

Trotzdem ärgere ich mich. So richtig. In Englisch fange ich mir wegen meiner Unaufmerksamkeit einen blöden Kommentar von Mrs Turner ein, über den herzlich gelacht wird. In Journalismus schweige ich Resa an, weil ich mir ihre Einschätzung von Sams Verhalten ersparen will. Politik und Kunst sind reine Zumutungen. Ich kann Sam nicht mal ansehen, denn schon beim Versuch, nicht an ihn zu denken, fällt mir dieser grässliche Wortwechsel am Spind ein.

Noch in der Mittagspause dröhnt mir mein blödes *Hey* in den Ohren. *Hey! Hey! Wenn du nicht mit mir sprichst, spreche ich eben mit dir!* Ich versuche es zumindest. Und blamier mich dabei.

Cassidy stellt ihren Salat ab und setzt sich mir gegenüber. Ich habe einen Tisch möglichst weit weg von den Hockeyspielern, bei denen Sam sitzt, gesucht. Und mich mit dem Rücken zu ihnen gesetzt.

»Ich weiß, wieso sich Sam mir gegenüber so verhält«, höre ich von Cassidy, verkneife mir ein Schnauben und stochere mit der Gabel in meinen Tortellini. Ich will es nicht wissen, aber da sagt sie es schon.

»Er hat eine Freundin.«

Erschrocken halte ich inne, sehe aber nicht auf und spieße zwei Tortellini auf. »Ach ja? Wie kommst du darauf?«, frage ich und lauere.

»Es muss so sein. Warum sonst sollte er mir die kalte Schulter zeigen? Er ist gezwungen. Er kann nicht anders.«

»Ähm … okay.«

»Sie ist niemand aus der Schule. Ich habe ihn beobachtet. Er ignoriert alle. Auch die Hockey-Cheerleader. Also muss es jemand aus der Stadt sein. Vielleicht eine Nachbarin. Er ist hergezogen, hat mit ihr rumgemacht.« Sie hebt die Hände, um diese Worte mit der Geste abzuschwächen. »Sie hat ihn angegraben, nicht andersherum, und ihm völlig den Kopf verdreht. Er hat den Verstand ausgeschaltet, wie es Männern ja oft passiert. Und jetzt kommt er nicht von ihr los.«

Uff. Das ist ziemlich weit hergeholt. Aber immerhin hat sie mich nicht im Visier, und so kann ich sie endlich richtig anschauen.

»Cas, Sam ist gerade mal vier Wochen hier.«

Sie schüttelt den Kopf. »Sechs Wochen. Ich habe mich erkundigt. Er kam an Weihnachten. Wusstest du, dass er gar nicht bei seinen Eltern wohnt, sondern bei seiner Tante? In der Bennington Avenue.«

»Jepp, hab davon gehört.«

»Harley, das ist eine der besten Adressen der Stadt. Die Häuser da haben vier oder fünf Schlafzimmer und genauso viele Bäder. Es gibt Hausangestellte und …«

»Und was hast du davon, wenn Sam seiner Nachbarin verfallen ist?« Ich klinge pampiger, als mir lieb ist.

Sie stöhnt genervt. »Wieso bist du so mies drauf? Hab ich dir irgendwas getan?«

Ja, antworte ich ihr im Stillen. *Weil du Sam ganz selbstverständlich für dich beansprucht hast, kann ich dir nicht erzählen, dass er mich zwei Mal geküsst hat und jetzt nicht mehr mit mir redet.*

Abwartend starrt sie mich an. Ich starre zurück und zwänge schließlich ein »Nein, sorry« aus meinem Mund.

Cassidy ist zufrieden und spinnt ihre Story weiter: »Wahrscheinlich waren er und seine Eltern an Thanksgiving da, um die Tante zu besuchen. Sie gab eine Party. Auf der haben sich Sam und diese Nachbarsschlampe kennengelernt, und sie hat ihn überredet, herzuziehen.«

Auf eine Reaktion hoffend, hält sie inne, doch weil ich nur konsterniert schweige, zischt sie: »Die Tussi glaubt, sie hat ihn sicher, bloß weil er für sie umgezogen ist. Aber, ich schwöre, ich gebe nicht einfach so auf.«

Das Essen habe ich längst vergessen. Fassungslos schüttele ich den Kopf. »Ich hoffe, du hast diese Story niemandem sonst erzählt.«

»Natürlich nicht. Ich bespreche doch immer alles zuerst mit dir. Liv und Cheryl sage ich es besser nicht. Die beiden sind komisch in letzter Zeit. Stell dir vor, Cheryl hat sich am Samstag ein Teil bei Guess gekauft, das ich gefunden hatte.«

»Und du hast es nicht mit deinem Leben verteidigt?«

»In S war es ausverkauft. Hing da nur noch in Größen für Dicke.«

»Cas!«

Sie schlägt sich die Hand vor den Mund, als würde sie bedauern, was sie gerade gesagt hat. »Sorry«, kichert sie dann. »Ist mir so rausgerutscht.«

»Schlimm genug, dass du es nur denkst.«

Cheryl dürfte Größe M tragen. Wie ich. Dick! Jetzt spinnt Cassidy total.

»War ja nicht so gemeint«, nuschelt sie.

»Was ist denn los mit dir in letzter Zeit? Nimmst du irgendwelche Drogen oder Diätpillen, die dein böses Wesen geweckt haben?«

»Ich bin gar nicht böse.« Jetzt klingt sie verzweifelt. »Ich bin bloß ziemlich durcheinander. Es macht mich voll fertig, dass Sam mich so ignoriert.«

»Wie schon gesagt: Vergiss Sam und sprich dich endlich mit Carl aus. Mit deiner Theorie von der Nachbarin machst du dich auf jeden Fall lächerlich.«

»Was ist es dann? Ist er vielleicht schwul?«

»Er steht einfach nicht auf dich, Cas.«

So, jetzt ist es raus. Und Cassidy schwer getroffen. In der ersten Sekunde wirkt sie erschrocken, dann verärgert.

»Wäre doch irgendwie schlimm, wenn jeder Typ auf die gleiche Sorte Frau stehen würde«, füge ich an, um die Härte meiner Worte etwas abzumildern.

Cassidy schnaubt, lehnt sich zurück, verschränkt die Arme vor der Brust und schaut zu dem Tisch, von dem Sam, Carl, Felix und Will gerade aufstehen.

***

Nach der sechsten Stunde bleiben Resa und ich in der Schule, um die Druckfahnen der Januarausgabe des *Forward* zu überprüfen. Wenn alles okay ist, liegen morgen früh fünfhundert Exemplare druckfrisch in der Cafeteria.

Eigentlich wollte ich nicht über Sam sprechen, aber Resa hat gefragt. Also habe ich ihr doch vom Samstagnachmittag, von dem Kuss am Tor und seiner Reaktion am Morgen erzählt. Sie sagt dazu, was ich ohnehin schon weiß: dass er so nicht mit mir umspringen darf. Dass ich mir das nicht gefallen lassen und ihn vergessen soll. Daran arbeite ich ja, aber es ist so verdammt schwer.

»Was ist eigentlich sein Problem?«, schimpft sie. »Wieso sucht er deine Nähe, wenn keiner dabei ist, aber tut vor allen anderen so, als würdet ihr euch nicht kennen? Schämt er sich, weil du keine Highschool-Beauty bist? Wenn er so eine will, hat er hier doch genug Auswahl.«

Daran habe ich selbst schon gedacht. Die Vorstellung, dass ich Sam nicht hübsch oder cool genug bin, tut weh. Dann hätte er gelogen, als er mich und Cassidy verglichen hat … *Schluss, aus!* Ich will solche Gedanken nicht. Sie sind wie Gift. Dieses Thema muss beendet und abgeschlossen werden.

»Vielleicht ist es besser so …«, brummele ich, doch Resa regt sich weiter auf.

»Und warum sollte es besser sein? Doch nur wegen deiner Cousine.«

»Vor allem wegen Cas, klar. Sie wär mir ihr Leben lang böse.«

»Was Besseres als das könnte dir gar nicht passieren.«

Nachdenklich betrachte ich Resa, die konzentriert auf ihren Teil der Druckfahnen blickt.

»Warum hasst du sie eigentlich so sehr?«

Resa sieht auf und scheint etwas sagen zu wollen, sie zögert aber und schüttelt den Kopf.

»Na los.« Ich werde ungeduldig. »Spuck's schon aus. Das ist doch nicht nur, weil dich ihr Verhalten nervt.«

Sie atmet durch. »Erinnerst du dich an Patricia?«

Klar tue ich das. »Trish Carter. Sie ist nach der Elften mit ihren Eltern weggezogen. Ihr wart ziemlich gute Freundinnen.«

Resa hebt die Brauen. »Genau, sie war meine beste Freundin. Und seit der Zehnten mit Ben Crawford zusammen.«

»Das Physik-Ass, stimmt.«

Ich erinnere mich, dass von einem Tag auf den anderen Schluss zwischen den beiden und Trish ziemlich fertig war.

Resa erzählt weiter: »Cassidy hatte eine Wette laufen, mit Liv und Cheryl. Sie wollte den beiden beweisen, dass nicht nur Sportler auf sie abfahren, sondern auch Typen, die echt was im Kopf haben. Also hat sie sich Ben ausgesucht.« Ärger blitzt in Resas Augen, und ihre Stimme bebt ein bisschen. »Trish war ihr scheißegal. Und dass Ben überhaupt nicht ihr Typ ist, hat bei allem auch keine Rolle gespielt.«

Oh Mist! Das wusste ich nicht. Und natürlich hat mir Cassidy das verschwiegen. Ich hätte sie rundgemacht für so ein Verhalten … sich für eine Wette in eine Beziehung einzumischen. Unglaublich!

»Hat sie …?«

»Mit Ben geschlafen? Ja, genau ein Mal. Öfter brauchte es ja nicht sein. Trish hat es trotzdem erfahren und Ben in den Wind geschossen.«

»Das ist ja furchtbar«, murmele ich und schäme mich an Cassidys Stelle.

»Es war nicht das erste Mal«, gibt Resa zurück, »und wird nicht das letzte Mal gewesen sein. Ohne zu zögern, würde die das mit dir machen. Also nimm sie nicht ständig in Schutz.«

»Mach ich nicht.«

»Klar, du verteidigst sie ständig.«

»Resa, das stimmt nicht. Als das mit Will war, hab ich ihr ins Gewissen geredet …« Und versagt. Sie hat ihn trotzdem gedatet. Und wenn Will nicht so vernünftig gewesen wäre, wäre sicherlich mehr passiert als nur ein Abendessen.

Resa zieht eine Braue hoch. »Dann wusstest du also, dass sie Will nur benutzen wollte, um Carl eifersüchtig zu machen?«

»Ich konnte es mir irgendwie denken«, gebe ich zu und warte auf eine Reaktion von Resa, doch sie konzentriert sich auf die Durchsicht der Fahnen und schweigt verbissen.

Auch ich kümmere mich wieder um die Druckfahnen, bin aber nicht mehr so recht bei der Sache. In meinem Kopf hallt das Echo von Resas Worten. Sie hat behauptet, Cassidy würde sich jederzeit erneut in eine Beziehung einmischen. Ich würde ihr gern widersprechen und es vehement abstreiten, doch ich bin mir fast sicher, dass das reines Wunschdenken wäre.

Mit jedem Mal schneidet das Umblättern der Seiten schärfer durch die Stille. Ich linse zu Resa, sie linst zu mir und schickt mir irgendwann ein schiefes Lächeln – ein Friedensangebot, das ich zu gern annehme.

»Was meinst du, wie sich die Dragons morgen schlagen?«, fragt sie.

Ich überlege und fasse die Fakten für uns beide zusammen: »Peters Township ist wieder ziemlich stark in diesem Jahr. Wir haben schon im Heimspiel gegen die verloren. Haushoch.«

»Können wir uns noch eine Niederlage erlauben?«

»Kommt drauf an, wie die anderen Teams spielen. Mit einem Sieg wären wir auf der sicheren Seite.«

Der ist zugegeben unwahrscheinlich. Das Team von Peters Township ist der Topfavorit. Schon die letzten beiden Jahre haben sie sich den Penguins Cup geholt.

***

Neuer Angriff, neue Chance. Will startet an der Bande entlang aus dem Drittel der Indians. Mehr aus Verzweiflung als aus Überzeugung spielt er den Puck auf das Tor der Gegner. Deren Goalie reagiert wie gewohnt schnell und sicher. Er hält seinen Schläger hin und lässt den Puck daran abprallen. Das Ding schlittert zurück aufs Eis, direkt vor Carls Füße. In diesem Moment startet Sam und nimmt den vom Kapitän präzise gespielten Pass an. Als er von den Verteidigern verfolgt zum Tor der Indians saust, rast auch mein Puls. Vor lauter Aufregung zittern meine Hände, die doch eigentlich Fotos schießen sollten. Innerlich mahne ich mich zur Ruhe, atme durch und drücke in just dem Moment auf den Auslöser, als Sam sich mit einem der Verteidiger anlegt. Für den unerlaubten Check bekommt er eine zweiminütige Strafe und muss auf die Bank, während die Dragons in der Unterzahl gegen ohnehin überlegene Indians weiterspielen. Prompt kassieren sie das nächste Tor. Die Mienen, die ich im Zoom durch die Schilde der Helme fotografiere, sind angespannt. Sam kommt zurück aufs Eis, als das zweite Drittel abgepfiffen wird.

In der zehnminütigen Pause überprüfe ich meine Fotos.

»Ich glaub, das können wir abhaken«, sagt Nathan, der heute allein dabei ist.

»Vier zu null und nur noch zwanzig Minuten zu spielen«, entgegne ich geknickt. »Ich glaub, du hast recht.«

»Schöner Mist.«

Der schöne Mist geht im letzten Drittel wie befürchtet weiter. Die Dragons kämpfen und drücken nach vorn, doch der Goalie der Indians lässt einfach nichts durch. Die beiden Verteidiger sind schnell, die drei im Angriff stark, aber ohne ihren Torwart wären sie lange nicht so überlegen. Coach Wilson steht mit verbitterter Miene und vor der Brust verschränkten Armen an der Bande und starrt aufs Eis.

Mit dem Schlusspfiff geraten Carl und Sam heftig aneinander. Eine letzte Aufnahme landet damit in meinem Kasten; sie verbildlicht die mit dem Spiel verbundene Niederlage perfekt.

Nathan und ich warten, bis die Mehrheit der euphorischen Indians-Fans aus der Halle geströmt ist. Dann machen auch wir uns auf und tappen schweigend zum Bus.

»Dieser Patrick Anderson ist eine Pest«, grummelt Nathan, als er sich auf die hintere Bank neben mich setzt. Er meint den Goalie der Indians. »Der müsste die Grippe kriegen oder sich ein Bein brechen.«

Doch unserer Niederlage zum Trotz ist er weiter optimistisch. »Was soll's, dann haben wir eben mal verloren. Wir schaffen es trotzdem in die Play-offs. Vielleicht treffen wir da nicht noch einmal auf die Indians, und ein anderes Team hält sie davon ab, den Cup zum dritten Mal zu holen.«

Ich spinne seine Theorie fort: »Und dieses andere Team zerlegen wir natürlich nach allen Regeln der Hockeykunst.«

Er lächelt. »Genau so wird das laufen.«

Das soll er mal unseren Spielern eintrichtern. Ich beobachte, wie sie nach und nach mit gesenkten Köpfen in den Bus steigen, auf die Sitze plumpsen und grimmig schweigen. Carl und Sam sind die Letzten. Coach Wilson begleitet sie und hält ihnen eine Standpauke. Ich höre ihn nicht, kann mir aber vorstellen, was er zu sagen hat: Zusammenhalt demonstrieren, ein Team sein, Schnauze voll haben, und wenn das noch mal passiert, kommen sie nur noch in der Zamboni aufs Eis.

»Wie sieht's aus, Harley, gehen wir auf einen Absacker?«, höre ich mit halbem Ohr von Nathan. »Ich bin zu aufgekratzt, um zu Hause herumzusitzen.«

Mein Blick klebt an Carl und Sam, die nicht gerade den Eindruck erwecken, als würden sie sich die Worte des Coachs zu Herzen nehmen. Carl steigt zuerst ein und wirft Sam einen düsteren Blick zu, den der unverwandt zurückgibt.

»Harley?«

Ach ja, Nathan … der Absacker.

»Sorry, aber ich bin ziemlich erledigt«, antworte ich endlich und beobachte, wie Sam sich auf einen Sitz fallen lässt und seine Kopfhörer aufsetzt.

Nathan lässt nicht locker. »Kann ich verstehen. Samstag vielleicht?«

Ich drehe ihm den Kopf zu, hebe fragend eine Braue.

»Wär doch cool, oder nicht?«, fügt er an. »Du und ich, schon die ganze Saison sind wir ein echt gutes Team. Deine Fotos und meine Berichte zusammen sind im *Forward* die beliebtesten Artikel.«

Dass Nathan und ich redaktionell harmonieren, war mir klar, allerdings nicht, dass sein Interesse darüber hinausgeht. Plötzlich fühle ich mich unwohl, so nahe bei ihm zu sitzen. Ich mag ihn und will ihn auf keinen Fall verletzen. Nathan ist immer freundlich, er ist unterhaltsam und hat Humor. Vielleicht ist er ein bisschen spießig mit seinem akkuraten Kurzhaarschnitt und in den ordentlich gebügelten Hemden, aber er schreibt wirklich gut, hat einen lässigen Stil, der die Dinge schnell auf den Punkt bringt. Nur kann ich mir absolut kein Date mit ihm vorstellen.

»Weißt du, ich fänd's gut, wenn wir weiter einfach nur das richtig gute, unschlagbare Sportteam des *Forward* blieben«, sage ich geradeheraus. Diese ehrliche Antwort hat er einfach verdient.

Nathan wirkt überrascht. Kurz verzieht er den Mund, glättet die Miene dann aber. »Okay, kapiert.«

Er sieht aus dem Fenster. Ich starre auf die Kameratasche in meinen Händen und frage mich, ob ich anders reagiert hätte, wenn ich nie ein Wort mit Sam gewechselt hätte.

ELF

Eine Woche später sind die Dragons wieder im Rennen, und zwar durch einen überraschenden Fünf-zu-eins-Sieg zu Hause gegen die Tigers von North Allegheny. Einige Motivation brachte das Einlaufritual zu *Thunder*. Auch das Zusammenwirken von Nathan, der als Kommentator engagiert wurde, und dem Publikum hat die Tigers einigermaßen aus der Fassung gebracht.

Zwei der fünf Tore haben die Dragons Sam zu verdanken. Gegen das eine Gegentor war Felix tatsächlich machtlos, aber das war nur ein Schönheitsfehler. Für den Einzug in die Play-offs muss das Team nur noch eins der letzten beiden Heimspiele gewinnen.

Und ich freu mich darauf! Ich freu mich, vom immer dichter werdenden Pulk der Dragons-Fans umgeben zu sein, die Schlachtrufe zu hören, unsere Jungs anzufeuern, vom Nervenkitzel gepackt zu werden, die Jagd auf den Puck zu verfolgen – und zu fotografieren. Wie früher. Ich bin nämlich wieder ich selbst.

Wenn ich Sam sehe, auf dem Eis oder in der Schule, werde ich nicht mehr von dieser bescheuerten Schwermut gepackt. Ich schäme mich auch nicht mehr, dass ich ihn an diesem einen Morgen angesprochen habe, denn damit habe ich mich absolut richtig verhalten.

Ich habe gewissermaßen Anstand bewiesen – dass ihm der fehlt, ist nicht wirklich überraschend. Und mit diesem Manko passen er und ich ganz einfach nicht zusammen.

Anders als das Gelb-Grün und das Rot-Lila, das ich auf meiner Vintage-Valentinskarte vereine.

»Bis nächste Woche Donnerstag muss das mit mir und Sam was geworden sein«, beschließt Cassidy und beginnt, einen Mann mit Fischschwanz zu skizzieren. Sie war beim Spiel gegen die Tigers dabei, hat Sam auf dem Eis von seiner besten und stärksten Seite erlebt und ist nun erst recht davon überzeugt, dass er und sie als Paar Prom-Queen und -King werden sollten. Bis nächste Woche Donnerstag muss das geschehen, weil dann nicht nur Valentinstag, sondern obendrein ihr achtzehnter Geburtstag ist.

»Wusstest du, dass er kurz vor Weihnachten achtzehn geworden ist?«, fragt sie, als ich weiter vor mich hin arbeite.

»Nein«, murmele ich gedankenverloren. »Woher auch.«

»Das bedeutet, wir sind beide Wintergeborene. Er Sternzeichen Steinbock und ich Wassermann. In einem Partnerhoroskop habe ich gelesen, dass wir füreinander bestimmt sind.«

»Echt?« Nachdenklich sehe ich sie an und verdränge den Gedanken an Trish und Ben, die sie für ihre Wette auseinandergebracht hat. Ich habe überlegt, sie darauf anzusprechen, es aber gelassen, weil es nichts als Ärger bringen würde. »Und wie viele Partnerhoroskope musstest du dafür lesen?«

Sie übergeht meine Frage. »Weißt du, wer dein perfekter astrologischer Partner ist?«

»Keine Ahnung. Dinosaurier?«

»Och, Harley! Du bist doof.«

Möglich. Momentan bin ich einfach nur beschäftigt. Zuerst wollte ich nicht bei diesem Workshop mitmachen, fand es albern, habe nun aber überraschend viel Spaß und gestalte meine Karte mit vier, in typischen Warhol-Farben leuchtenden Herzen. Cassidy versucht, ihr eigenes und Sams Sternzeichen irgendwie zusammenzubringen, und ist bald ziemlich frustriert.

»Das sieht scheiße aus«, schimpft sie. »Ich bin so untalentiert. Das geht so einfach nicht. Die hat das nicht richtig erklärt.«

Und nach einer verärgerten Pause: »Harley, kannst du das nicht für mich fertig machen? Du bist in dem Mist viel besser als ich.«

»Du wolltest das hier, also zieh es auch durch«, antworte ich.

»Aber diese Karte ist hässlich. Die kann ich niemandem schenken.«

»Dann schenk sie niemandem.«

»Dann hab ich gar keine.«

»Kauf halt eine.«

»Das ist unoriginell, wenn's praktisch jeder selbst macht.«

Mit einem Blick, und weil ein paar Leute schon gucken und sich über uns amüsieren, bringe ich sie zum Schweigen. Sie quengelt weiter, nun aber leise, und malt, bis sie die Nase voll hat. Wütend zerreißt sie ihr Werk und wirft die Schnipsel hoch.

»Cas, du benimmst dich wie im Kindergarten«, raune ich.

Sie startet einen zweiten Versuch. Diesmal ebenfalls mit Herzen.

»Heute ist Eishockeytraining«, flüstert sie irgendwann.

»Ich weiß«, gebe ich zurück.

»Ist mir klar, dass du es weißt. Wir sollten ins Commonhouse. Bestimmt holt sich Sam dort vorher wieder Kaffee.«

Davon abgesehen, dass es nicht einmal infrage käme, wenn ich Zeit hätte … »Hast du Dads Geburtstag vergessen?« Ich schaue auf die Uhr. Gleich eins. »In fünf Stunden geht's los.«

Sie zieht eine Braue hoch.

»Du bist doch dabei, oder nicht?«

»Weiß nicht. Vielleicht lass ich mich mal blicken, gratuliere und so. Reicht doch, wenn Mom und Dad da sind.«

»Cas …« Zunehmend entgeistert sehe ich sie an. Das ist mein Dad, ihr Onkel, der seinen Geburtstag wie jedes Jahr mit einer großen Party feiert. Bisher war Cassidy immer dabei. Und jetzt will sie sich nur mal blicken lassen?

Sie windet sich. »Die Partys deiner Eltern sind ziemlich schräg«, nörgelt sie dann. »Die Musik ist furchtbar, und die Leute sind alle echt merkwürdig. So …« Tatsächlich rümpft sie die Nase. »Primitiv. Findet Mom auch, aber sie muss halt hin.«

Fassungslos schüttele ich den Kopf. »Schon klar, Cas, aber weißt du, ich amüsiere mich auch nicht unbedingt auf den Garten-Galas deiner Mom. Mir würde trotzdem nicht einfallen, *vielleicht mal vorbeizuschauen … gratulieren und so.*«

Cassidy lässt die Schultern sinken und schickt mir einen babyblauen Ach-komm-schon-Blick, der mich gerade noch mehr aufregt. »Jetzt sei nicht so, Harley, ist doch nicht dein Geburtstag.«

Nein, aber ich bin da, grummele ich zu mir selbst und kümmere mich wieder um meine Karte. Und wie's ausschaut, darf ich die Fete, die zugegebenermaßen wahrscheinlich wirklich ziemlich schräg wird, allein aushalten.

***

Zur Einstimmung auf die Party läuft schon den ganzen Nachmittag Musik. Mom und ich schnippeln Gemüse für Aufläufe, während Dad im Wohnzimmer Möbel beiseiteschiebt und den über Nacht gefallenen Schnee aus der Einfahrt schippt, damit die zahlreichen Chopper dort parken können. Weil einen echten Biker auch zwanzig Zentimeter Neuschnee nicht von einem Barbecue abhalten, helfe ich Dad, nachdem die Aufläufe im Ofen sind, mit dem Garten. Wir rücken Lautsprecherboxen vor die Verandatüren, hängen Lichterketten auf, stellen Bier und Wein raus. Außerdem bereiten wir die Feuerstelle und den Grill vor.

Gegen siebzehn Uhr, eine Stunde vor offiziellem Partystart, verkündet das Knattern eines Motors die ersten Besucher. Wenig später stapfen Mike und Brenda, die besten Freunde meiner Eltern, in den

Garten. Ich verkrümele mich in mein Zimmer. Wenn ich könnte, würde ich den Abend über lieber hierbleiben, aber Mom und Dad wären sicher enttäuscht.

Als die Musik im Garten lauter gedreht wird, gehe ich wieder nach unten und versorge mich mit Essen. Gerade lade ich mir gegrilltes Huhn auf einen Teller, da klingelt es.

Cassidy steht vor der Tür.

»Na, kommst du für die Pflichtgratulation?«, begrüße ich sie vielleicht ein wenig zu brummig.

Sie grinst übers ganze Gesicht. »Nee ... Ja, okay, mach ich auch gleich. Ich muss dir was erzählen.«

Cassidy schleicht vor mir ein Stück ins Wohnzimmer und späht durch die Verandatür in den Garten, zu den Gästen.

»Ach du Scheiße«, ächzt sie. »Ist ja wieder mal wie bei *Sons of Anarchy*.«

So schnell sie kann, bringt sie es hinter sich. Ich beobachte, wie sie die Verandatür aufschiebt und sich zwischen den Gästen hindurch zu Dad schlängelt. Auf dem Weg wechselt sie ein paar Worte mit Onkel Dave und Tante Katie und erschreckt sich, weil eine Gruppe jubelt, als die ersten Klänge von *Paranoid* ertönen. Rasch gratuliert sie meinem Vater und stolpert zu mir zurück.

»Hätten wir das.« Sie nimmt mich bei der Hand und zieht mich zur Treppe. »Komm mit.«

Wenig später sitzen wir in meinem Zimmer auf dem Bett. Cassidy hebt das Kinn und strahlt schon wieder wie ein Atomkraftwerk. »Du glaubst nicht, was eben passiert ist!«, quietscht sie.

»Was denn?«, entgegne ich zögernd. »Hast du erfahren, dass du das nächste Guess-Model wirst?«

»Quatsch! Also, Cheryl und ich sind zum Commonhouse gefahren.«

Oh nein!

»Und Sam war da! Er saß am Tresen, trank Kaffee.«

Ich will das nicht hören.

»Diesmal habe ich mir einen Ruck gegeben.« Sie atmet durch, als würde sie die Situation erneut erleben. Ihre Augen glänzen vor Aufregung. »Ich bin zu ihm hin und hab ihn einfach angesprochen.«

»Und, wie hat er reagiert?«

Unwahrscheinlich, dass er ihr weiter die kalte Schulter gezeigt hat, denn dann säße sie jetzt schimpfend hier.

»Ich habe gesagt: *Hey, bist du nicht Sam?* Und rate, was er geantwortet hat?«

Ich will nicht raten.

»Erzähl schon.«

»Er hat gesagt: *Du bist Cassidy, oder?*« Sie nimmt meine Hände, drückt sie, und ihre Stimme wird noch höher. »Er kennt meinen Namen. Er hat sich also doch schon nach mir erkundigt.«

Deinen Namen weiß er von mir, grummele ich in mich hinein.

»Wie geht's seiner Freundin?«

Sie runzelt die Stirn und schüttelt den Kopf. »Das war doch nur so eine Idee von mir. So, wie er mich angesehen hat, ist er definitiv mit niemandem zusammen. Zumindest nicht mehr lange.«

Ich will das nicht wissen.

»Wie hat er dich denn angesehen?«

»Ja, total lieb halt. Überhaupt ist er echt nett. Gar nicht so grantig, wie alle sagen. Wir haben über Eishockey geredet, und ich hab ganz spontan beschlossen, meinen Geburtstag zu einer Play-off-Party zu machen, wenn die Dragons nächsten Dienstag gewinnen. Wenn nicht, dann auch. Als Ansporn sozusagen. Ich hab Sam eingeladen.«

Abermals holt sie tief Luft und scheint vor Freude zu platzen. »Er hat versprochen, vorbeizuschauen.«

Damit lässt sie meine Hände los, geht zum Spiegel und betrachtet sich. »Das ist so unglaublich. Ich muss vorher unbedingt noch mal shoppen. Ich muss einfach umwerfend aussehen.« Sie fährt zu mir herum. »Und wir müssen uns überlegen, was wir machen, damit die Party der Kracher wird. Das Highlight des Jahres.«

Mein Kopf schwirrt, als ich aufstehe.

»Okay, Cas, ich sollte Dad jetzt mal wieder Gesellschaft leisten. Du kannst gern bleiben, wenn du willst.«

Sie lacht und schwirrt mit einem »Eher nicht« an mir vorbei. Auf der Treppe zählt sie auf, was sie heute Abend schon für ihre Party klarmachen will. Mit einem aufgeregten Glucksen verabschiedet sie sich von mir und rennt im Umdrehen beinahe gegen Mike und Brendas Motorrad. Über sich selbst kichernd, verschwindet sie.

Ich schließe die Tür, lehne mich von innen dagegen und atme tief durch.

Es zieht in meiner Brust, als vor meinem geistigen Auge ein Bild erscheint: Cassidy und Sam im Café, sie berührt seinen Arm, und er lächelt entspannt. Die unweigerlich folgenden nächsten Bilder machen es noch schlimmer: Cassidy und Sam laufen Hand in Hand durch die Schule. Sie küssen sich. Sie trägt sein – ihr viel zu großes – Teamshirt, seine Nummer Dreizehn, um zu demonstrieren, dass sie zu ihm gehört. Die beiden bekommen die albernen Prom-Kronen aufgesetzt und tanzen verliebt ihren Ehrentanz.

Ich könnte heulen!

Benommen tappe ich durchs Wohnzimmer. Jemand hält mir ein Tablett mit Käsewürfeln und Salzcrackern unter die Nase. Mom natürlich.

»Hier, die magst du doch so!«, ruft sie über die Musik hinweg.

Ich schüttele den Kopf, plumpse auf die Couch und ziehe mein Handy hervor, um beschäftigt zu tun. Mom lässt mich in Ruhe. Wie blind daddele ich durch die Fotos, die sich auf meinem Telefon befinden. Quatschaufnahmen von mir und Resa bei der Arbeit am Jahrbuch, Bilder von Mom und Dad, die ich an Weihnachten gemacht habe. Schließlich wird mir ein Foto von Cassidy und mir angezeigt. Sie hat es geschossen, als wir im November in ihrem Auto unterwegs waren. Während ich ganz normal lächele, zieht sie ihr Weltschmerzgesicht. Vorher hat sie extra ihren Lidstrich erneuert und ihre Lippen mit Gloss eingepinselt. Voll von jäher Verachtung, lösche ich das Bild, schalte das Handy aus und stecke es wieder ein.

Neue Bilder, noch gruseliger als die ersten, zeigen sich meinem Geiste, doch ich schiebe sie weg. Ich will das nicht sehen, das nicht denken. Überhaupt sollte ich mich mal zusammenreißen! Vielleicht hat

Cassidy übertrieben. Zuzutrauen ist es ihr. Vielleicht hat Sam gar nicht so lieb geguckt, und sein Versprechen zur Party zu kommen – na ja, da werden viele kommen. So gut wie alle Seniors.

Als ich mich selbst und vor allem meine Gedanken nicht länger aushalte, gehe ich nach oben, ohne Mom und Dad etwas zu sagen. Morgen werde ich ihnen einfach erzählen, dass ich furchtbar müde war. Nachdem ich geduscht habe, ziehe ich mein Schlaf-Outfit, bestehend aus T-Shirt und Karohose, an und schlüpfe unter die Bettdecke. Die Musik aus dem Garten schallt dumpf ins Zimmer, aber das ist okay. Es beruhigt mich sogar, und ich bin schon beinahe eingeschlafen, da klopft es.

Meine Rechnung habe ich ohne Mom gemacht. Ich stelle mich schlafend und lausche, wie sie die Tür öffnet und sich heranschleicht. Zuerst spüre ihre Hand auf meiner Wange, dann auf meiner Stirn. »Schatz?«, murmelt sie: »Schläfst du?«

Mit einem Seufzen gebe ich auf und öffne die Augen.

»Was ist denn los?«, fragt sie weiter.

»Nichts. Ich war einfach müde.«

Sie glaubt mir nicht. »War irgendwas mit Cas?«

Ich schüttele den Kopf und würge an dem Kloß, der sich in meinen Hals setzt.

»Habt ihr gestritten?«

»Nein, Mom. Es war nichts. Sie war bloß da, um eine Neuigkeit loszuwerden. Mehr nicht.«

»Was für eine Neuigkeit? Nichts Gutes offenbar. Du verschwindest doch sonst nicht einfach so ins Bett.«

Mit dem Ärger, der in mir aufköchelt, murre ich: »Es war nichts Besonderes, eine typische Cassidy-Neuigkeit eben. Irgendein Typ ist ihr an den Haken gegangen.«

Mom kombiniert schnell.

»Ist es Nummer Dreizehn, den du so oft fotografiert hast?«

»Ich hab ihn nicht mehr fotografiert als jeden anderen neuen Spieler. Und überhaupt. Ich hätte jetzt gern meine Ruhe.«

Ich bin nicht verschwunden, damit sie mir nachrennt und Löcher in den Bauch fragt.

Mit ihrem Blick versucht sie, in mich zu dringen, kommt aber nicht weit. Resignierend streicht sie über meine Wange, dann geht sie wieder. Als sie die Tür hinter sich zuzieht, schießen Tränen in meine Augen, und es tut mir leid, dass ich zu abweisend reagiert habe, aber noch viel mehr piesackt mich das Gespräch, das Cassidy angeblich mit Sam geführt hat. Mit immer noch tränenverklärtem Blick scrolle ich mich durch die Kontakte in meinem Handy und rufe Resa an.

Sie meldet sich schnell und klingt überrascht. »Hey, solltest jetzt nicht gerade auf eurer Biker-Party tanzen, auf dem Highway to Hell sein, oder so?«

Beinahe muss ich lachen.

»Kam was dazwischen«, sage ich stattdessen und wische die Tränen von meinen Wangen.

»Okay ...« Sie wartet. »Was denn?«

»Na ja ... Cassidy. Könnte man sagen.«

In mehr Worten, als es eigentlich bräuchte, erzähle ich, was sich im Commonhouse zwischen Sam und

Cassidy zugetragen haben soll. Resa hört zu und unterbricht mich kein einziges Mal.

»Hm«, macht sie, als ich fertig bin. »Angenommen, er hat wirklich mit ihr geflirtet. Glaubst du echt, er steht auf Mädchen wie Cassidy?«

»Keine Ahnung.«

»Okay, Harley, betrachte es doch mal ganz realistisch. Haben sie und Sam ähnliche Interessen?«

Nicht wirklich. Mathematisch ausgedrückt, dürften sich ihre Gemeinsamkeiten höchstens peripher tangieren. Aber trotzdem ... »Was spielt das schon für eine Rolle, wenn sie einfach gut aussieht und Mann dadurch Anerkennung bekommt. Noch dazu ist sie die Ex von Carl.«

Noch ein »Hm!« folgt. Dann stellt Resa eine Frage, mit der ich schon viel eher gerechnet hätte: »Warst du nicht eigentlich fertig mit ihm? Nach der Abfuhr an diesem einen Morgen?«

»War ich, ja ...« Abermals kämpfe ich gegen die Tränen. »Ich weiß doch auch nicht. Ich hab irgendwie immer gedacht, dass das nicht das Ende war. Aber jetzt ... wenn er jetzt was mit Cassidy anfängt ...«

Resa vervollständigt meinen Satz wie gewohnt beherzt: »Ist er noch viel blöder, als du dachtest.«

Ich kann nicht antworten, weil ich zu sehr mit dem Hinunterwürgen meiner Enttäuschung beschäftigt bin.

»Wenn es ihm um den Beauty-Bonus geht«, fährt Resa fort, »dann verstehe ich echt nicht, wieso du um ihn trauerst.«

Das ist es ja. Ich kann mir einfach nicht vorstellen,

dass es Sam nur darum geht. Nicht nach den Gesprächen, die er und ich hatten.

Mit einem tiefen Atemzug schiebe ich die Trübseligkeit von meiner Seele. »Was machst du so?«

Resa brummelt etwas Unverständliches und fügt ein »Schreiben« an.

»Willst du rumkommen? Hier steigt die Monster-Pyjama-Party. Es gibt Freibrause.«

Resa kichert und überlegt keine Sekunde. »Klar. Bin in ein paar Minuten im Pyjama bei dir.«

ZWÖLF

Cassidys Party wird eine Play-off-Party für glückliche Sieger. Wie schon im Auswärtsspiel waren die Dragons den Hawks von Bethel Park überlegen und schlugen sie mit fünf zu eins. Das eine Tor kassierten sie in der Unterzahl, während Carl auf der Strafbank vor sich hin fluchte.

Am späten Nachmittag, wenige Stunden vor Beginn der Party, ist Cassidy ein einziges Nervenbündel. Sie hat Tonnen von Pizza vorbestellt, Getränke eingekauft und eine Playlist mit Songs von Disturbed angelegt, weil sie irgendwoher erfahren hat, dass das Sams Lieblingsband ist. Wahrscheinlich wird diese Musik ihren anderen Gästen spätestens nach dem dritten Song auf die Nerven gehen, aber sie will davon nichts hören.

»Na und? Ich werde achtzehn, also entscheide ich, was für Musik läuft. Wem es nicht passt, der kann den Abflug machen.«

Sie verstummt, als ihre Eltern im Türrahmen stehen. Onkel Dave und Tante Katie wollen essen gehen, danach einen Film im Kino anschauen, abschließend ein oder zwei Absacker trinken und versprechen, keinesfalls vor ein Uhr zu Hause zu sein. Nachdem Cassidy die üblichen Schwüre geleistet hat – kein Alkohol, kein Sex, keine Drogen, keine Polizei, keine zu laute

Musik, keine zerbrochenen Erbstücke –, verabschieden sie sich. Cassidy stürmt zum Kleiderschrank, um drei neue Outfits, zu denen ich eine Meinung abgeben soll, herauszufummeln.

Als sie Outfit Nummer eins präsentiert, verschlägt es mir die Sprache. Auf der Suche nach Worten ringe ich mit mir und bringe ein zerknirschtes »Cas, ich glaube, darin erweckst du den völlig falschen Eindruck« raus.

Sie verschränkt die Arme vor der Brust. »Wieso?«

»Na ja, es ist zu rot, zu kurz, zu eng und hat zu große … Löcher.«

»Löcher?!« Vor ihrem Spiegel hebt sie die Arme und dreht sich. »Das sind keine Löcher, das sind Cut-Outs! Das ist das Design.«

Besagtes Design verbindet das Top unter der Brust und im Rücken mit dem Rock, lässt an den Seiten aber viel Haut und Teile vom Slip aufblitzen.

»Du siehst darin aus wie Julia Roberts in *Pretty Woman* … du weißt schon, die Szene, in der sie Richard Gere aufgabelt. Fehlen nur die Lack-Overknees.«

»Liv und die Verkäuferin meinten, dass es wie für mich gemacht ist.«

»Du wolltest meine Meinung. Wenn du es anziehen willst, bitte.«

Kleid zwei unterscheidet sich von Nummer eins hauptsächlich durch die Farbe, zitronengelb. Outfit Nummer drei ist schwarz, ein bisschen weiter und länger als die anderen beiden, aber schick, insbesondere durch den Volant an den Ärmeln.

»Das würde ich anziehen.«

»Ach ja?« Mit ruppigen Bewegungen zerrt Cassidy es von den Schultern und kickt die Schuhe von den Füßen. »Dann zieh du es doch an. Ich werde es nämlich auf gar keinen Fall tragen.«

»Warum hast du es mir dann gezeigt?«

Sie streift das Kleid ab und wirft es mir an den Kopf. »Ich wusste, dass du keine Ahnung hast. Wenn ich nur deine Klamotten schon wieder sehe. Immer dieselben langweiligen Sachen.«

Verärgert pfeffere ich das Kleid zurück und stehe vom Bett auf. Mein ach so langweiliges Outfit besteht aus einer Biker-Lederjacke, auf die ich lange gespart habe, einem rot-weiß gestreiften Kapuzenshirt, schwarzen Jeans und Lederchucks.

Mit einem »Such die eine andere Dumme zum Angiften« will ich aus dem Zimmer, auch aus dem Haus und sie ihre Party ohne mich feiern lassen, doch Cassidy ist sofort bei mir, packt mich am Arm und sieht mich ziemlich erschrocken an.

»Das war nicht so gemeint.«

Ich schüttele sie ab. »Natürlich war es das.«

»Tut mir wirklich leid, Harley! Ich bin einfach ... einfach so nervös. Ich will doch gut aussehen ... für Sam. Aber ich weiß überhaupt nicht, auf welchen Typ Frau er steht.«

Meine Hand liegt schon auf dem Türgriff, doch bei ihren Worten ziehe ich sie zurück und drehe mich um. »Erstens solltest du nie für Sam oder sonst wen gut aussehen wollen, sondern nur für dich selbst. Zweitens siehst du in diesen beiden Kleidern niemals gut aus, höchstens billig. Und drittens bin ich mir ziemlich sicher, dass Sam keine gestylten Weibchen mag. Ich glaube, es steht auf den lässigen Look.«

Cassidy nickt und flüstert: »Okay, also das dritte Outfit.« Sie flitzt durch den Raum und hebt das Kleid auf. »Oh Gott, jetzt haben wir es rumgeworfen. Ich werde es bügeln müssen.«

Weil ich stöhne, fährt sie zu mir herum, starrt mich kurz an und kapiert dann. »Bügeln nicht nötig. Lässiger Look.« Sie hält ihre rechte Hand hoch. »Gib mir fünf Minuten im Bad. Maximal zehn. Dann bin ich fertig. Und wir können uns um die Deko kümmern.«

***

Zwei Stunden später lümmelt fast der ganze Senior-Jahrgang in Cassidys Elternhaus herum. Während meine Cousine hochbeschäftigt von einer Gruppe zur nächsten eilt und sich dabei immer um Nähe zum vollständig anwesenden Hockeyteam bemüht, fotografiere ich. Cassidy hat mich darum gebeten, und ich übernehme das gern. Es macht Spaß und lenkt mich von Sam ab, der zuletzt und allein zur Party kam.

Als ich mir in der Küche eine Coke hole, treffe ich auf Felix, der sich grade ein Stück Pizza auf einen Pappteller lädt. Kurzerhand beschließe ich, ihm auf den Zahn zu fühlen, und bringe unseren Small Talk auf den letzten Hockey-Artikel im *Forward*. Felix beißt an und kommt nach den Fotos auf den Text zu sprechen.

»Resa hat den geschrieben, richtig? Ist mir aufgefallen, dass sie bei ein paar Spielen dabei war.«

Still und heimlich freut mich das.

»Sie ist ziemlich schlau, was?« Das klingt jetzt nach vorzeitiger Kapitulation. Als hielte er sie nicht bloß für ziemlich schlau, sondern für zu schlau für ihn.

»Klar hat sie was im Kopf«, entgegne ich. »Ist doch sexy, oder nicht?«

»Auf jeden Fall, und sie ist auch irgendwie …« Auf der Suche nach Worten kaut er Pizza, schluckt. »… außergewöhnlich. Die bisschen zu große Nase und diese Augen … Weißt du, ob sie heute noch kommt?« Hoffnungsvoll schaut er mich aus seinen dunklen Augen an und beißt beherzt von der Pizza ab.

An Resas Stelle schmelze ich dahin und kann nachvollziehen, warum sie Felix mag. Wüsste sie, wie er über sie denkt und wie er sagt, was er an ihr mag, würde sie sich sofort auf ihn stürzen.

»Leider nicht. Resa und Cassidy sind nicht die besten Freundinnen.«

»Ah, klar. Kann ich mir vorstellen. Na ja, dann …« Er wendet sich zum Gehen.

»Sprich sie doch in der Schule einfach mal an.«

Im Wohnzimmer gebe ich ihm Tipps, wie und wann er das am besten anstellt. Er legt mir den Arm um die Schultern und murmelt: »Du bist klasse, Harley«, da kreuzt Sam unseren Weg. Er mustert mich und Felix, und in seinen hellen Augen flackert Verwunderung, da schiebt sich jemand zwischen uns. Cassidy.

»Sam, jetzt hab ich endlich mal Zeit für dich«, schnurrt sie im erprobten Ton und hakt sich bei ihm unter. Als er sie ansieht, sticht es in meiner Brust.

Ich wende mich ab und weiß kurz nicht, wohin,

denn Felix wurde von Duane und Jacob in Beschlag genommen. Ein paar Minuten lang schlendere ich herum, leere die Coke, stelle die Flasche dann weg und gehe zum Wintergarten. In einem der weißen Rattansessel hängt ein Cheerleader auf einem Hockeyspieler. Die beiden sind so ins Knutschen und Fummeln vertieft, dass sie keine Notiz von mir nehmen. So leise ich kann, ziehe ich die Tür auf und husche in den Garten.

Am leeren Pool ziehe ich mir eine Liege aus dem Verschlag und setze mich im Schneidersitz drauf. Ich fotografiere den Pool, der in der kargen, winterlichen Umgebung genauso trostlos aussieht, wie ich mich fühle.

»Lust zu verschwinden?«, fragt eine lange nicht mehr gehörte, raue Stimme.

Ich nehme die Kamera herunter und wende mich um.

Sams kräftige Schultern zeichnen sich unter seinem dunklen Sweatshirt ab. Die Hände hat er in die Taschen seiner Jeans geschoben. Seine Haare schimmern silbern im Mondlicht, und seine Haut wirkt blasser, als sie eigentlich ist. Ohne zu überlegen, nehme ich die Kamera wieder hoch, zoome Sam in den Fokus und drücke auf den Auslöser. Ein paar der altbekannten Glühwürmchen tanzen in meinem Bauch los, als er schief grinst.

»Mood-Fotos fürs Teamprofil?«

»Nein.«

»Warum fotografierst du dann?«

»Einfach so.«

Er wendet sich ab, verlegen schaut er erst durch den Garten, dann auf seine Boots. Als ich die Kamera senke, sieht er mich wieder an.

»Also, was meinst du?«

»Warum sollte ich verschwinden wollen?«

Ich könnte konkreter fragen, warum ich ausgerechnet mit ihm verschwinden wollen sollte. Jetzt. Wo er mich seit drei ganzen Wochen wie Luft behandelt.

»Weil die Party langweilig ist.«

»Hm. Ich find's ganz schön hier draußen.«

»Weil ich mit dir allein sein möchte.«

Wie betrunken taumeln die Glühwürmchen in meinem Bauch, bevor sie zum Karussell stürzen und in eine wilde Runde rückwärts starten.

Meine Antwort wartet Sam nicht ab, sondern stiefelt in Richtung des Wintergartens.

»Ich geh schon mal zum Auto«, lässt er mich wissen. »Wenn du in zehn Minuten nicht da bist, verstehe ich das als ein Nein.«

Es klackt, als er die Tür des Wintergartens schließt, und ich überlege fieberhaft, welche Erklärung ich Cassidy liefern soll.

Ich finde sie in ihrem Zimmer, wo sie mit Liv streitet, weil die ein gelbes Kleid trägt, welches ihrem eigenen, für heute ausgemusterten Exemplar ähnelt. Aufgebracht schlägt sie mir die Tür vor der Nase zu, bevor ich auch nur Piep gesagt habe, und stürzt sich erneut auf ihre beste Ersatzfreundin.

Das war einfach.

Als ich das Haus verlasse und die stille Straße überquere, ist mein Herzschlag das lauteste Geräusch.

Bevor ich zu Sam ins Auto steige, atme ich einmal tief ein und aus.

Sams Duft füllt den ganzen Innenraum des Wagens.

»Gehen wir spazieren?«, fragt er, und ich blinzele, um meinen Verstand zu wecken.

Spazieren. Natürlich! Spazieren ist toll.

»Gern. Wo denn?«

»Schlag was vor. Du bist der Lokalexperte.«

***

Eine halbe Stunde später stehen Sam und ich im Point State Park. Im unmittelbaren Hintergrund leuchten die Skyline von Pittsburgh und die Brücken. Vor uns liegt der Ohio River.

Als ich ihn so spontan wie eben vor dieser Kulisse fotografiere, wirft er mir einen skeptischen Blick zu und streckt seine Hand nach der Kamera aus.

»Gib sie mir.«

»Wieso?«

»Gib sie mir einfach.«

Nicht im Traum. »Bevor du sie in den Fluss wirfst, verspreche ich lieber, dass ich nicht mehr fotografiere.«

Er lacht leise. »Nein, ist schon okay. Ich mag deine Bilder.«

Er sieht mich abwartend an, und sein Lächeln wird von Sekunde zu Sekunde wärmer. Nach kurzem Zögern reiche ich ihm die Kamera. Er hebt sie vor sein Gesicht, kneift ein Auge zu, schaut mit dem anderen durch den Sucher und findet mich.

»Da bist du. Jetzt mal recht freundlich!«

Ich muss lachen und bin plötzlich so verlegen wie er vorhin im Garten. Ich weiß nicht, wohin mit meinen Händen, und schiebe sie in die Gesäßtaschen meiner Jeans. Statt zur Kamera schaue ich rüber zum Ohio River. Sam albert weiter.

»Na, na. Wer hört denn da nicht und guckt nicht her? Hier kommt das Vögelchen.«

Ich giggle immer mehr, biege mich bald vor Lachen und halte die Hand vor die Linse. Sam knipst trotzdem weiter.

»Gib sie mir zurück.«

»Ich denke nicht dran. Bei den ganzen Fotos, die du von mir gemacht hast, hab ich noch Hunderte frei.«

»Sam, bitte ...«

»Ich sag Bescheid, wenn du die Jacke ausziehen sollst. Wir brauchen Mood-Fotos.«

»Du bist doof!«

»Jetzt auch noch frech werden, was? Da fällt mir ein, einen richtig guten Schnappschuss von dir habe ich verpasst.«

»Wann das denn?«

»An meinem ersten Tag, als du mir vors Auto gerannt bist.« Jetzt lacht er auch. »Mit der Lunchtüte im Gesicht und diesem absolut schockierten Blick ... das war Gold wert.«

Kichernd und von seiner scharfen Beobachtung peinlich berührt, schnappe ich mir die Kamera und drücke das Objektiv runter. Ich will sie Sam abnehmen, doch er hält sie fest. Kurz rangeln wir darum, doch gegen ihn habe ich keine Chance. Lachend stülpt er mir das Kameraband über den Kopf, legt es um meinen Hals und zieht mich daran näher zu sich. Als ich zu ihm hochsehe, tanzt die Lust zu spielen noch in seinen Augen. Bald bin ich ihm so nah, dass wir uns fast berühren, und das gewitzte Funkeln in seinen Augen verglimmt. Die Art, auf die er mich jetzt ansieht, lässt mich frösteln.

»Läuft was zwischen dir und Felix?«, murmelt er, als ich etwas zurückweiche.

»Und wenn's so wäre?«, gebe ich leise zurück.

»Ich weiß nicht ... ich wüsste es halt gern.«

»Felix ist bloß ein Kumpel. Wie die meisten Jungs.«

»Ach ja? Wer ist nicht bloß ein Kumpel?«

»So meinte ich das doch nicht.«

Er holt mich wieder näher zu sich und berührt meinen Mundwinkel mit seinen Lippen, so sachte, dass mir der Atem stockt. Ich zittere, jedoch nicht vor Kälte.

»Du hast keine Ahnung, was in Köpfen von Jungs abgeht, oder?«

Ich seufze. »Wieso hörst du nicht auf zu reden und küsst mich?«

Er zieht eine Braue hoch. »Warum sollte ich?«

»Weil es mir gefällt.«

Abermals streift sein Mund zärtlich meine Unterlippe, und ich fröstele unter einem warmen Schauer.

»Sam ...«

»Wenn es dir gefällt ... ist das Küssen dann ein weiteres Hobby?«

»Nein«, gebe ich ungeduldig zurück und recke mich ihm entgegen, doch er weicht zurück und sieht mich abwartend an.

»Eher so was wie eine neue Leidenschaft.«

»Dafür bist du ziemlich gut darin.«

Er beugt sich wieder zu mir. Sobald seine Lippen ganz auf meinen sind, umarme ich ihn. Seine Hände gleiten unter meine Jacke. Ich schiebe meine Hände unter sein Sweatshirt und spüre die Wärme seiner Haut.

Sam küsst mich weiter. Dabei lässt er seine Hände zu meinem Po wandern und zieht mich fester an sich. Hitze schießt in meinen Bauch, und ein ganz neues Gefühl lässt mich seufzen. Ohne nachzudenken, presse ich mich an ihn. Sam stöhnt und küsst mich härter.

Nach einer Weile löst er sich behutsam, aber bestimmt von mir. Er zieht mein Shirt glatt, also bringe ich meine Hände auch wieder an die Oberfläche.

»Wie spät ist es?«, flüstere ich.

»Ich weiß es nicht«, gibt er ebenso leise zurück.

»Spazieren wir noch ein Stück. Über die Brücken vielleicht?«

Sam nickt, und wir gehen los, unsere Finger ineinander verschränkt.

Ich will ihn nicht mehr loslassen. Nicht jetzt, nicht später. Nie wieder.

DREIZEHN

Mein Leben kennt nur noch zwei Phasen: Küssen und Nichtküssen. Phase eins verbringe ich im Heizungskeller zwischen Rohren und Treppen, in Abstellräumen zwischen altem Kartenmaterial und Skeletten oder im Geräteraum der Turnhalle zwischen Barren, Bällen und eingestaubter Partydekoration. Überall dort, wo wir in den Pausen ungestört sind. Damit mein Handy mich nicht verrät, habe ich den Ton ausgeschaltet und lauere nun ständig auf das Vibrieren einer neuen Nachricht. Wenn es passiert, vibriert nicht nur das Telefon, sondern jede Faser in mir in ungeduldiger Vorfreude. Ich verschwinde dann klammheimlich und husche zu Sam, der auf mich wartet.

Phase zwei verbringe ich mit nicht viel mehr als Gedanken an Sam. An seine Hände auf meinem Rücken, seine Haare unter meinen Fingern, seinen Mund auf meinem. Mit verklärtem Blick starre ich ins Nichts. Meine Fingerspitzen betasten meine wunden, spröden, nicht küssenden Lippen.

»Du schmeckst nach Himbeere«, murmelt er in der Mittagspause am Donnerstag und löst sich von mir.

Ich grinse, murmele ein »Nein« und schiebe meine Hände in die Potaschen seiner Jeans, um ihn noch dichter an mich zu ziehen.

»Wonach dann?«

»Eine andere Beere.«

Er weicht ein Stück zurück und betrachtet mich. Das aberwitzige Leuchten in seinen blauen Augen kitzelt irgendeinen bisher noch schlummernden Nerv in mir.

»Erdbeere ist es nicht. Die ist süßer.«

»Stimmt.«

»Johannisbeere?«

»Bingo.«

Er schmunzelt, macht »Hmm« und küsst mich erneut. Seine Hände gleiten unter mein Shirt, über die Gänsehaut, die meinen Rücken prickeln lässt.

»Schmeckt gut.«

Zielstrebig tastet er sich weiter aufwärts, zum Verschluss meines BHs. Mein Atem stockt, als er sich daran zu schaffen macht.

»Sam …«, flüstere ich.

»Was denn?« Er zieht eine Unschuldsmiene. »Ich mag Johannisbeere. War das ein …« Kurz verzieht er den Mund, weil sich die beiden Häkchen meines BHs als ziemlich widerspenstig herausstellen. »… Kaugummi?«

Mit diesem Wort hat er den Verschluss aufgefriemelt und grinst.

Ich ziehe die Hände aus seinen Taschen, um die nun sehr losen Körbchen des BHs vor meinen Brüsten zu halten. Zugleich muss ich lachen. Ich will ihm nicht sagen, dass mein Lipgloss so schmeckt und dass ich es mir extra für meine vom vielen Küssen schon ganz rauen Lippen zugelegt habe.

»Nein.«

Sein Grinsen wird breiter. »Nein? Nein zum Kaugummi oder ...« Unter dem BH fahren Sams Hände über meine Seiten und nach vorn. »... hierzu?«

Sein Atem kitzelt meine Lippen. Ich bekomme eine Gänsehaut und vergrabe meine Finger in Sams Haaren. Wahrscheinlich erschrecken wir beide gleichermaßen, als eine Etage weiter oben die Tür quietscht und schwere Schritte auf der Metalltreppe, unter der Sam und ich stehen, ertönen. Ich stehe stocksteif da, die Hände immer noch in Sams Locken, und starre ihn an. Für einen kurzen Moment bekommt sein Grinsen etwas Eisiges, als würde er im Stillen fluchen, doch er fasst sich schnell, holt seine Hände unter meinem Shirt hervor und dirigiert mich in einen von drei Wänden abgeschirmten Winkel des Heizungskellers. Während die Schritte des Störenfrieds Stufe für Stufe nach unten kommen, hebt Sam einen Finger vor den Mund und schaut mich beschwörend an.

Ich nestele an meinem Shirt, um den BH wieder in die richtige Position zu bringen. Sam schnappt sich meine Hände, bringt sie hinter meinen Rücken und drängt mich mit seinem Körper sanft gegen die Wand. Wieder ist dieses Funkeln in seinen Augen, und sein Blick flackert vor Abenteuerlust, als eine Stimme ertönt.

»Verdammt«, schimpft jemand. Es ist der Hausmeister der Highschool, und er klingt nicht gerade, als würde er seinen Job lieben. »Jake, tu dies, Jake, tu das. Wechsel die Glühbirne, bring die Karten weg.

Wieso ist es so kalt in meinem Raum, Jake? Sieh doch mal nach der Heizung«, äfft er unsere Lehrer nach – und das so gut, dass ich mir lebhaft vorstellen kann, wen er mit jeder Bitte imitiert.

Ich beiße mir auf die Zunge, um nicht loszuprusten. Mein leises Lachen erstickt Sam in einem neuen Kuss, der mich den Hausmeister fast vergessen lässt. Als er seine Hand abermals unter mein Shirt und den BH schiebt und meine Brust umfasst, sie streichelt, stockt mein Atem. Seine Berührung, warm und zärtlich, sorgt dafür, dass meine Brustwarze hart wird. Sam scheint das zu gefallen, denn er spielt damit, umkreist sie mit dem Daumen, fährt darüber hinweg – ein süßes Ziehen erwacht in meinem Bauch. Wie berauscht presse ich mich gegen ihn und küsse ihn tiefer. Praktisch von allein wandern meine Hände an seinen Hintern. Ich ziehe seine Hüfte gegen meinen Bauch, an die Stelle, unter der das Ziehen wohnt, und spüre seine in der Jeans verborgene Erektion. Einen Moment lang presst er sich an mich und reibt sich an mir, was meiner Lust einen kaum noch erträglichen Schub gibt. Ein klitzekleiner, zurückgebliebener Funken Verstand verbietet mir ein Stöhnen. Ohne jede Vorwarnung lässt Sam seine andere Hand, die bis eben in meinem Nacken gelegen hat, intensiver mitspielen und schiebt sie zuerst zwischen uns und dann zwischen meine Beine. Ich schnappe nach Luft, weil er mich einfach so dort berührt, doch mein Schreck schwindet, als der Druck, den seine Finger ausüben, Wirkung zeigt.

Ich meine, sie spüren zu können, all die kleinen Boten, die wie emsige Taxifahrer über die Bahnen meines Nervensystems rasen, meine Wirbelsäule hinaufkribbeln und in meinen Kopf schießen, um dort mit der Verkündung, dass etwas Wunderbares und vollkommen Neues geschieht, ein Chaos aus Funken, Blitzen und Sternchen auszulösen.

Ein leises Stöhnen will aus meiner Kehle, da fällt die Tür oben krachend ins Schloss. Abermals erschrocken, lösen wir uns voneinander und schauen uns an, während wir lauschen. Es ist ganz still. Offenbar ist der Hausmeister wieder aus dem Keller verschwunden, ohne dass ich einen Ton davon mitbekommen habe. Mir kommt ein furchtbarer Gedanke.

»Was, wenn er abgeschlossen hat?«

Sam runzelt die Stirn, denkt nach, schüttelt dann den Kopf. »Das hätten wir gehört.«

»Sicher?«

Wenn wir die Schritte auf der Treppe nicht mitbekommen haben, haben wir das Zuschließen vielleicht auch überhört. Leicht panisch fummele ich den Verschluss meines BHs zu und sorge dafür, dass er wieder anständig sitzt.

»Entspann dich«, höre ich von Sam, aber das beruhigt mich überhaupt nicht. Die Mittagspause ist gleich vorbei. Sam und ich würden die fünfte und sechste Stunde verpassen und … viel schlimmer.

»Du hast ein Spiel heute Abend!«

Er zieht eine Braue hoch und lacht leise. »Du und ich für immer im Heizungskeller. Es gibt schlimmere Schicksale, oder?«

»Das ist nicht lustig, Sam.«

»Glaub mir, die Tür ist offen.«

Ich will noch etwas sagen, da stupst Sam meine Nase mit seinem Finger.

»Wenn nicht, rufen wir jemanden an. Wir haben doch unsere Handys.« Er tritt aus der Ecke heraus und schaut die Treppe hinauf. »Ich gehe vor und gucke, ob im Flur die Luft rein ist.«

Wehmütig und zugleich hoffnungsvoll sehe ich Sam nach und atme auf, als sich die Tür problemlos öffnen lässt. Sam wirf einen vorsichtigen Blick in den Flur.

»Alles okay«, raunt er dann zu mir nach unten und verschwindet.

Ich folge ihm und mische mich in den Pulk der Schüler, die aus der Cafeteria kommen.

»Wo zur Hölle warst du?«, tönt es wenig später neben mir, als ich die Bücher für die fünfte Stunde aus meinem Spind hole.

Cassidy.

Am Montag habe ich mich um den Lunch mit ihr in der Cafeteria gedrückt, indem ich ihr erzählt habe, dass ich Bauchschmerzen hätte. Am Dienstag hat Resa als Entschuldigung hergehalten. Ich habe Cassidy gesagt, dass sie und ich eine Besprechung wegen des Jahrbuchs haben. Gestern musste ich angeblich ein dringendes Telefonat mit dem *Print* führen. Heute bin ich einfach so, ohne Notiz an Cassidy, abgetaucht.

Eine neue Ausrede auf der Zunge, wende ich mich meiner Cousine zu, da verzieht sie das Gesicht.

»Was hast du da?«

Was hab ich wo? »Ähm, was meinst du?«

Sie beugt sich vor und stiert auf meine Nase. »Deine Nase ist schwarz.«

»Oh … ähm, das ist bestimmt …« Dreck aus dem Heizungskeller. Mist! Das muss mir Sam bei seinem Fingerstups auf die Nase geschmiert haben.

»Wo warst du, Harley?«

»Im Kunstraum.« Ja, das passt perfekt. Schließlich hatte ich vor der Mittagspause Kunst. »Mrs Beseau hat einen Freiwilligen gesucht, der ein bisschen Ordnung in die Schränke bringt.« Mit dem Handrücken wische ich mir über die Nase. »Ist es weg?«

Cassidy holt eine Packung Kleenex aus ihrer Tasche und reicht mir eins. »Wisch noch mal drüber. Ist immer noch ein bisschen schwarz.«

Während ich meine Nase säubere, fällt mein Blick auf Resa, die auf der gegenüberliegenden Seite des Flurs an ihrem Spind steht und durch Unterlagen blättert. Als sich Felix neben ihr anlehnt und irgendetwas sagt, hebt sie überrascht den Kopf, lächelt und antwortet ihm. Er hat sich also endlich getraut, sie anzusprechen. Sehr gut!

Cassidy stößt mich an und flüstert: »Da ist Sam.«

Mit Buch und Block in der Hand kommt er den Gang entlang. Im Vergleich zu seinen Schultern ist seine Hüfte schmal, die Ärmel seines schwarzen Langarmshirts hat er ein Stück nach oben geschoben. Er hebt lässig eine Hand, um Felix zu grüßen. Gott, sieht er gut aus! Mit diesem Wahnsinnstypen habe ich gerade noch im Heizungskeller geknutscht, und er hatte seine Hände …

Um mir nichts anmerken zu lassen, wende ich mich ab und krame in meinen Sachen.

»Wenn er so ein Shirt anhat, kann man sich seinen

Body noch besser vorstellen, und seine Haare sind einfach nur cool«, säuselt Cassidy. »Harley, diese Schultern … und dieser Hintern.« Sie seufzt und lehnt sich neben mir an die Spinde.

»Was ist so besonders daran?«, frage ich und verbiete mir einen weiteren Blick zu Sam.

Den von Cassidy erwähnten Po hatte ich vor fünf Minuten noch in den Händen, meine Finger sind über die Muskeln besagter Schultern getänzelt, haben sich in den blonden Locken vergraben …

»Echt schade, dass er so früh von meiner Party verschwunden ist«, murmelt meine Cousine. Und fragt dann: »Wieso bist du eigentlich so früh abgehauen?«

Sag es ihr endlich!, mahnt mein schlechtes Gewissen. So geht es wirklich nicht weiter.

Ich sehe sie an, und das Schuldgefühl überrollt mich wie eine Welle. In diesem Moment wird mir klar, dass ich sie in einer Hinsicht überholt habe. Sie hat einmal behauptet, dass ich keine Ahnung habe, wie es ist, so verliebt zu sein, dabei ist eigentlich sie die Ahnungslose. Tagein, tagaus träumt sie sich an Sams Seite, ohne zu wissen, wen sie sich da eigentlich wünscht. Sie kennt Sam so wenig, wie sie Carl gekannt hat, bevor sie feststellte, dass er ihr zu langweilig ist. Sie kennt Sam so wenig wie irgendeinen anderen, mit dem sie, was auch immer sie für Liebe hält, versucht hat. Ich hingegen kenne Sam, sogar seine dunkle Seite. Und ich mag ihn für mehr als nur für seinen schönen Körper. Trotzdem ist es unfair, sie so schwärmen zu lassen und Sam heimlich zu treffen. Nach wie vor habe ich Angst vor ihrer Reaktion und will sie nicht verletzen, aber je länger ich warte, desto schlimmer wird es.

Mit einem tiefen Atemzug nehme ich allen Mut zusammen.

»Cas, können wir mal reden? Am Samstag vielleicht?«

»Samstag?« Sie überlegt. »Cheryl und ich haben einen Termin zur Maniküre und wollten danach noch was machen. Ist es dringend?«

»Na ja ... nicht direkt.«

Ein paar Sekunden lang betrachtet sie mich forschend, dann strahlt sie. »Oh Gott, du bist verliebt, Harley! In wen? Wer ist es?«

»Cas ... lass uns das nicht hier besprechen.«

»Ja, na klar. Okay, ich schau, was ich tun kann. Du brauchst Tipps, stimmt's?«

Ich schüttele den Kopf. »Nicht wirklich.«

Sie winkt ab und kichert. »Ja, kann ich mir vorstellen. Am Anfang läuft ja alles praktisch von allein. Also, wenn ich es Samstag nicht schaffe, dann vielleicht Sonntag? Aber jetzt sag schon, wer ist es?« Suchend späht sie um sich, und ihr Blick bleibt bei Resa und Felix kleben. »Nicht Felix, oder?«

Sie sieht mich wieder an. »Du hast ihn und diese Tusse eben angestarrt. Er will doch wohl nichts von der, oder?«

»Vergiss Felix«, entgegne ich mit gedämpfter Stimme. »Und red nicht so laut.«

Den Gefallen tut sie mir und wechselt außerdem ohne Umschweife das Thema.

»Ich hab überlegt, nachher zum Spiel zu gehen. Ich

könnte bei dir an der Spielerbank stehen. Du könntest so tun, als würdest du mir den Umgang mit der Kamera erklären.«

»Und was soll das bringen?«

»Na, da falle ich Sam vielleicht eher auf als irgendwo im Publikum. Er ist ja nicht die ganze Zeit auf dem Eis.«

Kann sie nicht endlich, endlich damit aufhören?

»Das ist Blödsinn, Cas«, sage ich schroffer als beabsichtigt. »Ich werde keine Zeit haben, mich um dich zu kümmern. Und Sam muss sich auf das Spiel konzentrieren, auch wenn er nicht auf dem Eis ist.«

»Bitte, Harley ...«

»Nein!«, knurre ich und mache mich zur fünften Stunde auf.

Cassidys »Wie, nein? Harley!« hallt mir nach.

VIERZEHN

Nach einem letzten Vorrundensieg gegen die Eagles von Seneca Valley sind alle euphorisch und in Gewinnerlaune. Am Wochenende werden deshalb einige Partys steigen. Auf die von Felix wäre ich ziemlich gern gegangen, denn Resa wird auch da sein, aber ich habe versprochen, meine Eltern zu Mike und Brenda zu begleiten und mich um Celia, ihre dreizehnjährige Nichte, die gerade zu Besuch ist, zu kümmern. Lust habe ich überhaupt nicht, bin aber zu aufgeregt, um mich heute deshalb zu ärgern.

Nach Schulschluss zähle ich die Stunden, rechne sie in Minuten um ... und in Sekunden. Weil sich da der größte Fortschritt abzeichnet.

Noch zehntausendvierhundertvierzig, zehntausenddreihundertachtzig, zehntausenddreihundertzwanzig Sekunden, bis ich Sam sehe. Wir sind am Brunnen im Point State Park verabredet und wollen etwas essen gehen.

Als es noch sechstausendsechshundert Sekunden sind, beginne ich, über mein Outfit nachzudenken, und stelle zunehmend panisch fest, dass ich die Cassidy-Krankheit habe: nichts im Kleiderschrank.

Nacheinander werfe ich meine Shirts und Hemden aufs Bett. Zu alt, zu langweilig, zu oft angehabt.

Am Ende schlüpfe ich in einen schwarzen, schmal geschnittenen Pullover, den ich nur selten trage. Er passt aber gut zu meiner grauen Skinny Jeans und sieht auch unter einer Lederjacke cool aus. Bei Sekunde dreitausendneunhundert stürme ich das Bad, bringe meine Haare in Ordnung, trage ein bisschen Mascara und den Lipgloss auf.

Bei Sekunde zweitausendzweihundertachtzig ruft mich Mom von unten.

»Harley, Cas ist da. Sie kommt rauf.«

Shit!

Was jetzt? Sagen, dass es gerade megaungünstig ist? Noch bevor ich mir eine Strategie überlegt habe, steht sie schon in meinem Zimmer.

»Morgen passt es nicht, und Sonntag ist noch ewig hin«, verkündet sie und setzt sich auf den Stuhl an meinem Schreibtisch. »Also dachte ich, ich komme einfach heute vorbei. Schieß los. Wer ist es, wenn nicht Felix?«

Sie mustert mich, und natürlich fällt es ihr sofort auf.

»Harley Walker, du trägst doch nicht etwa Mascara? Hast du etwa ein Date?«

Überrumpelt öffne ich den Mund und klappe ihn ohne einen Ton wieder zu. Ausgeschlossen, dass ich es ihr jetzt sage. In fünf Minuten muss ich los. Ich kann ihr nicht einfach so an den Kopf werfen, dass es Sam ist, und dann verschwinden. Ich brauche Zeit dafür – oh Gott. Allein bei der Vorstellung wird mir schlecht.

»Ähm, nein, ich treffe bloß Resa.« Die Lüge fühlt

sich auf meiner Zunge an wie Gift. Ich hasse Lügen. »Ich muss auch gleich los.«

»Resa«, ächzt sie und lehnt sich im Stuhl zurück. »Resa hier, Resa da. Ist sie jetzt deine neue beste Freundin, oder wie?«

»Quatsch. Wir verstehen uns einfach.«

»Ich kapier nicht, was du an der findest. Diese öde Strebertusse in ihren furchtbaren Klamotten. Hast du gesehen, was sie heute anhatte? Diesen schlampigen grünen Pullover mit absolut lächerlichen, geschmacklosen Sternen und …«

»Reg dich ab, Cas!«

»Ich reg mich ab, wenn ich will.« Natürlich wird sie nicht ruhiger, sondern redet sich nur noch mehr in Rage. »Wenn es dir so wichtig ist, Resa zu treffen, besprich deinen Kram doch gleich mit ihr. Vielleicht kann sie dir ja Tipps geben, was ich allerdings bezweifle … die Frau ist sicherlich eine Nonne.«

Während sie weiterschimpft, sammele ich die für heute ausgemusterten Shirts vom Bett und werfe sie in den Schrank. Mit dem Rücken drücke ich ihn zu und lehne mich dagegen.

»Bist du fertig?«, frage ich, als sie endlich still ist und mich aufgebracht mustert.

»Ich hatte dir Samstag vorgeschlagen«, sage ich dann. »Wenn du dir da lieber die Nägel machen lässt, okay. Du kannst aber nicht erwarten, dass ich jetzt sofort Zeit habe. Es ist Freitagabend. Ich bin verabredet.«

Cassidy steht so abrupt auf, dass der Stuhl gegen den Schreibtisch stößt, und zischt mit einem »Okay, ich bin schon weg« aus dem Zimmer.

»Cas, jetzt übertreib nicht!«, rufe ich ihr nach. »So habe ich das doch auch nicht gemeint.«

»Viel Spaß mit deiner neuen besten Freundin«, gibt sie zurück und läuft die Treppe hinunter.

Über ihren Abgang erschrocken, lausche ich, wie sie die Stufen hinuntergeht, die Diele durchquert und die Haustür öffnet.

»Oh, hey«, höre ich eine bekannte Stimme sagen.

Sam! Verdammt! Was macht er hier?

Einen Augenblick lang stehe ich wie erstarrt da, dann schnappe ich mir meine Jacke und stürme aus dem Zimmer.

»Ähm, ist Harley da?«, fragt er, da bin ich schon an der Treppe.

»Nein, wieso?«, entgegnet Cassidy. »Ich kann ihr was ausrichten, wenn ich sie sehe.«

Dieses Biest! Das gibt's doch nicht.

Vor Ärger steigt Hitze in meine Wangen. Auf halber Treppe bremse ich mich und gehe langsam weiter, bleibe auf der letzten Stufe schließlich stehen.

Sam sieht mich, und seine gerade noch verwunderte Miene hellt sich auf. Über Cassidys Schulter hinweg lächelt er mich an. Sie dreht sich um. Als ihre Irritation der Erkenntnis weicht, wird sie blass vor Wut.

»Ich glaub, ich spinne«, knurrt sie und drängt sich an Sam vorbei, wobei sie ihn anrempelt. Er hebt die Hände, tritt zurück und schaut ihr kurz nach, dreht sich aber gleich wieder zu mir.

»Ich hatte noch so viel Zeit«, sagt er mit einem Schulterzucken. »Also dachte ich, ich hol dich ab.«

Zu einer Antwort komme ich nicht, denn auf einmal steht Mom zwischen uns und begrüßt Sam mit einem freudigen »Ja, hallo, ich kenn dich von Harleys Fotos! Du bist Nummer Dreizehn, richtig?«.

»Hallo, Mrs Walker. Ja, der bin ich – Sam, freut mich, Sie kennenzulernen.«

Ich schließe die Augen und bete im Stillen, dass sie nicht noch mehr Peinlichkeiten von sich gibt. Tut sie nicht, also schaue ich wieder auf.

»Ist Cas schon weg?«, fragt Mom.

»Ja. Sie musste ... gehen.«

»Okay. Dad ist gleich hier, wir wollen Pizza bestellen. Wie sieht's aus, Sam, bleibst du zum Essen?«

Ein neues Gebet huscht durch meinen Geist: *Bitte, lieber Gott! Lass ihn ablehnen.* Es verhallt ungehört. Sam nimmt dankend an.

***

Meine Eltern mögen Sam. Sonst würden sie nicht so mit mir prahlen. Während des Essens schwärmen sie von meiner Fotografie und loben meine vergleichsweise wenig erwähnenswerten Schwimmerfolge. Später kommen sie zu den richtig peinlichen Dingen. Dads Behauptung, dass ich auch gut zeichnen kann und dass sich dieses Talent bereits in der Grundschule gezeigt hat, führt dazu, dass Mom eine Sammlung von Bildern, die ich damals gemalt habe, aus ihrem Büro holt. Und zu jedem gibt es eine Geschichte. Immerhin erspart sie Sam die Babyfotos. Ich bin Dad ziemlich dankbar, als er das Gespräch endlich auf Eishockey lenkt.

Dennoch beginnt Sam nach einer Weile, auf seinem Stuhl herumzuzappeln. Fragend zieht er eine Braue hoch. *Wann hauen wir ab?*, lese ich in seinem Blick, da klingelt das Telefon.

Mom entschuldigt sich, geht ran und ruft Dad hinzu.

Unsere Chance.

Wir schleichen aus dem Esszimmer, ziehen in der Diele leise Jacken und Schuhe an und verlassen das Haus.

»Deine Eltern sind ja lustig.« Sam nimmt meine Hand.

Er wendet sich nach links, doch ich ziehe ihn in die andere Richtung, denn ich will nicht bei Cassidy vorbeikommen. Als ob es auf diesen Gedanken gewartet hätte, vibriert mein Handy. Ich hole es mit der freien Hand hervor und werfe einen Blick auf das Display.

»Das wirst du bereuen« »Du hinterlistige Schlange« »Sam hätte die Liebe meines Lebens werden können« – das sind nur ein paar von Cassidys Nachrichten. Liv und Cheryl haben ähnliche Sachen geschrieben. Ich seufze und stecke das Handy zurück in die Tasche. Damit kann ich mich am Montag immer noch herumärgern.

»Die beiden sind nicht so die gewöhnlichen Eltern«, antworte ich Sam reichlich spät. »Reden manchmal ein bisschen viel.«

»Sie sind ziemlich cool. Ich wünschte, meine Eltern wären nur halb so locker gewesen.«

Die Erwähnung seiner Eltern verunsichert mich. Ich weiß nicht, ob ich darauf eingehen oder es ignorieren soll.

»Und was ist mit deiner Tante?«

Er schnaubt. »Melissa …«

Sam wirkt plötzlich angespannt. Er lässt meine Hand los, um den Reißverschluss seiner Jacke ganz zuzuziehen.

»Lass uns zurückgehen, wenn dir kalt ist«, schlage ich vor. »Wir können in mein Zimmer.«

»Nein, ich würde gern um den Block laufen. Ich hatte zu viel Pizza und brauch ein bisschen Bewegung. Vielleicht setzen wir uns dann einfach in mein Auto?«

Mit dem Blick auf den vom Schnee geräumten Weg vor uns nimmt er mich wieder bei der Hand.

»Melissa und ich leben in so einer Art Zweck-WG zusammen«, erzählt er. »Sie konnte mich noch nie leiden und ich sie auch nicht. Wenn sie zu Hause ist, gehen wir uns aus dem Weg. Aber die meiste Zeit bin ich sowieso allein.«

»Tut mir leid.«

»Ach, ist schon okay. Immerhin weiß ich deswegen inzwischen, wie man einen Herd und die Waschmaschine bedient.«

»Ach, und ich dachte, Leute, die in solchen Villen wohnen, hätten Hausangestellte.« Ganz bewusst necke ich ihn ein bisschen. Vielleicht muntert ihn das auf. Das Bild, das er bisher vom Zusammenleben mit seiner Tante gezeichnet hat, ist bedrückend. Doch es wird nicht besser.

»Klar, Zita kommt zweimal die Woche zum Saubermachen. Mehr ist nicht nötig, weil Melissa kaum zu Hause ist. Sie frühstückt nicht, und abends isst sie meistens in Restaurants.«

»Was macht sie eigentlich?«

»Sie hat eine Marketingagentur. Ist die meiste Zeit in der Firma oder für Kunden unterwegs. Na ja, genau genommen führt sie die Agentur seit Moms und Dads Tod allein weiter.«

»Du vermisst deine Eltern ziemlich, oder?«

Er atmet tief ein. »Ich weiß nicht, wen oder was ich vermisse.«

Eine merkwürdige Formulierung. Bevor ich nachhaken kann, wechselt er das Thema und erzählt vom Training und dass Carl ihm mit ständigen Provokationen auf den Wecker geht. Ich höre ihm zwar zu, hänge im Geiste aber noch bei seiner Familie fest. Als wir wieder in meiner Straße ankommen, will ich zum Haus gehen, doch Sam bleibt vor seinem Auto stehen und entriegelt es, ohne den Schlüssel aus der Tasche zu holen. Dann hält er mir die Beifahrertür auf und lässt mich einsteigen.

»Wird gleich warm«, sagt er. »Wenn ich die Standheizung einschalte, geht's ziemlich schnell.«

Ich beobachte, wie er die Motorhaube umrundet und die Fahrertür öffnet. Bald sitzt er neben mir, schweigt und wirkt nachdenklich. Das Training, das ohnehin nur ein Ablenkungsmanöver gewesen war, ist vergessen, also frage ich ihn, warum er nicht weiß, wen oder was er vermisst. Einige Sekunden lang sieht Sam mich an. Sein Mund zuckt, doch er bleibt still und wendet den Blick schließlich ab. Durch die Windschutzscheibe schaut er auf die im Licht der Laternen schlafende Straße. Irgendwann räuspert er sich.

»Wahrscheinlich vermisse ich die Zeit, in der ich

jünger war und noch bei ihnen lebte. Bevor ich von einem Internat zum nächsten wanderte. Meine Eltern waren später mindestens genauso viel unterwegs wie Melissa.«

»Du warst auf mehreren Internaten?«

»Jepp. Ich habe mich danebenbenommen und bin ständig geflogen. Zuletzt im November.«

»Was hattest du da angestellt?«

Erneut reagiert Sam nicht sofort auf meine Frage. Er spielt mit dem Anhänger des in der Zündung steckenden Autoschlüssels.

Als er mich anschaut, ist seine Miene so gequält, dass ich zurückrudern will, doch da spricht er schon: »Ich bin zum wiederholten Mal nachts weggefahren. An keinen bestimmten Ort. Ich bin einfach durch die Gegend gecruist. In dieser Nacht habe ich mein Auto vor einen Baum gesetzt. Da war eine Ölspur auf der Straße. Ich war nur leicht verletzt, hatte den Arm gebrochen. Kaum war ich beim Arzt raus, musste ich zum Rektor, und der hat mich rausgeschmissen.«

Er pausiert und schluckt hart, als würde er an den nächsten Worten würgen. Ich verschränke die Arme vor der Brust. Trotz der Wärme, die durch die Luftdüsen strömt, friere ich immer mehr.

»Was haben deine Eltern gesagt ... zu deinem Verweis und dem Unfall?«

Sam schluckt wieder. Seine Lider flattern, als würden sich darunter Tränen sammeln. Als er zur Antwort bloß stumm den Kopf schüttelt, erinnere ich mich an die Nacht am Hotelpool, als Sam mir erzählt hat, dass seine Eltern im November ums Leben gekommen sind.

Sie konnten zu seinem Rauswurf nichts mehr sagen, schießt es mir in den Kopf. Sam war nicht einfach so herumgefahren. Er cruiste durch die Nacht, um den Tod seiner Eltern zu verarbeiten.

Jetzt atmet er durch und lässt das Fenster auf seiner Seite herunter. Kalte Winterluft strömt ins Wageninnere. Behutsam lege ich meine Hand auf seinen Arm, streiche über seine Schulter und seinen Hals, zu seinem Gesicht.

»Sam«, sage ich leise und führe meine Hand an seine Wange. »Sam, sieh mich an.«

Als er weder reagiert noch etwas sagt, ziehe ich die Beine auf den Sitz und hocke mich drauf, um ein Stück höher zu kommen. Meine Hand lasse ich zur anderen Seite seines Gesichts wandern. Ein paar lockige Strähnen streiche ich zurück und lege meinen Mund dann an seine Wange. Ein trostvoller Hauch ist mein erster Kuss, auch der zweite, auf seine Schläfe.

Endlich regt er sich und umarmt mich fest. Dann legt er den Kopf an meine Schulter und bleibt so, bis mir die Beine einschlafen und ich mich wieder richtig hinsetzen muss. Sam nimmt meine Hand, sucht meinen Blick. Sein Daumen streicht über meinen Handrücken.

»Ich muss los«, murmelt er.

Gleich Mitternacht, verrät die Uhr im Cockpit.

»Sehen wir uns morgen?«

Ja, ja!, ruft meine innere Stimme aufgeregt, doch dann fällt mir ein, dass ich versprochen habe, mich um Celia zu kümmern. Als ich Sam davon erzähle, wirkt er kurz enttäuscht, verspricht aber, am Sonntag anzurufen.

Ich vermisse ihn, sobald ich ausgestiegen bin. Die Sehnsucht zerrt an meinem Herzen, als ich seinem Wagen nachsehe, bis die roten Rücklichter von der Nacht verschluckt werden.

FÜNFZEHN

»Ganz sicher, dass du nicht mitwillst?«, fragt Mom und bleibt vor der Couch stehen, auf der ich seit dem Nachmittag liege und Kopfschmerzen simuliere. Weil sie in meinem Gesicht garantiert lesen könnte, dass ich schwindele, schaue ich weiter zum Fernseher.

»Ist noch nicht besser. Die Tablette schlägt nicht an«, murmele ich. »Länger als ein oder zwei Stunden würde ich es sowieso nicht aushalten. Außerdem, ohne mich könnt ihr das Bike nehmen.«

Wenn das kein Argument ist.

Mom geht nicht darauf ein. »Sicher, dass mit dir alles okay ist? Es war echt spät gestern, und du warst so … durcheinander, als du kamst.«

»Mom, keine Sorge!«

»Habt ihr wirklich nur geredet?«

»Was denn sonst?« Ich will nicht, dass sie auch nur daran denkt. »Wir haben in seinem Auto gesessen. Und das hat die ganze Zeit drüben auf der anderen Straßenseite geparkt. Meinst du, ich liefere den Nachbarn eine Show?«

»Natürlich nicht. Schon gut. Vielleicht hilft es, die Flimmerkiste auszuschalten? Ich frag mich sowieso, wie du bei Kopfschmerzen stundenlang fernsehen kannst.«

Mit einem genervten Stöhnen schalte ich den Fernseher aus. Ohnehin habe ich nur von Sender zu Sender gezappt, um mich irgendwie zu beschäftigen.

»Zufrieden?«

Sie seufzt. Dann stemmt sie die Arme in die Seiten und schlägt einen fröhlicheren Ton an. »Und, wie schaue ich aus?«

Ich begutachte Moms Outfit. Sie trägt eine abgewetzte Lammfelljacke, darunter ein beigefarbenes Hemd, braune Jeans und klobige Boots. Zu allem Überfluss hat sie sich ein Stirnband um den Kopf gewickelt und einen widerlich aussehenden Schnurrbart angeklebt. »Wie Peter Fonda?«

Sie schüttelt den Kopf. »Einen Versuch hast du noch.«

»Wie Dennis Hopper?«

»Bingo.«

»Blieb ja kein anderer übrig.«

Wie jedes Jahr werden viele Fondas und Hoppers alias Wyatt und Billy, oder wie zum Henker die Typen im Film heißen, auf der schon traditionellen *Easy Rider*-Party sein. Der langweiligste sogenannte Kultstreifen, den mich meine Eltern je gezwungen haben anzuschauen.

Mein Blick fliegt zu Dad, der die Treppe herunterkommt. Die Absätze seiner Stiefel donnern auf den Stufen. Er hat eine Lederhose angezogen, außerdem ein Hemd mit dem Muster einer Siebzigerjahre-Tapete und seine Bikerjacke. Eine dunkle Sonnenbrille sitzt auf seiner Nase. Mom reicht er eine ähnliche, die sie gleich über das Tuch in ihre Haare schiebt, und legt ihr den Arm auf die Schulter.

Dann sieht er mich an. »Dröhnt der Schädel noch?«

Ich nicke und schweige. Ihn anzuschwindeln, fällt mir noch schwerer, auch wenn es nur eine kleine Lüge ist. Eine Notlüge sozusagen.

Sein Blick ruht weiter auf mir. Dass ich seine Augen durch die Brillengläser nicht sehen kann, macht mich nervös.

»Na dann …«, brummt er. »Schade. Celia wird sicherlich enttäuscht sein.«

Mom springt für mich ein. »Jetzt mach ihr doch kein schlechtes Gewissen. Sie fühlt sich nun mal nicht wohl.«

»Grüßt alle von mir«, sage ich. »Ich bin sicher, ihr werdet die Party auch ohne mich rocken.«

»Worauf du dich verlassen kannst.« Dad schiebt den Ärmel seiner Jacke zurück, um auf die Uhr zu schauen. »Schon sechs. Wir müssen los.«

Mom kommt zu mir. Sie beugt sich über mich und drückt mir einen Kuss auf die Stirn. »Geh am besten früh schlafen.«

Wenig später sind die beiden aus dem Haus. Als das Knattern des Motorrads in der Ferne verklingt, nehme ich eins der Sofakissen und presse es auf meinen Bauch, um die darin tobende Aufregung zu stillen.

Unter dem Kissen, auf dem mein Kopf liegt, ziehe ich mein Handy hervor und schaue, ob Sam geantwortet hat. Immer noch nichts. Meine Nachricht ist inzwischen acht Stunden alt. Ich habe sie ihm geschickt, als ich mit der fixen Idee aufgewacht bin, eine Ausrede zu erfinden, um nicht zur Party gehen zu müssen. Je mehr Zeit verstrichen ist, desto mehr habe ich mich über das Brett geärgert, das ich gestern vorm Kopf hatte. Ein megafettes Brett, ohne das ich Sam, als er gefragt hat, was ich heute vorhabe, gar nicht erst von der Party erzählt, sondern mich gleich mit ihm verabredet hätte. Blöd, echt blöd war ich da. Ich könnte jetzt vielleicht schon in seinem Auto sitzen, statt im Gammel-Outfit auf der Couch herumzuliegen, Mist im TV zu glotzen und darauf zu warten, dass er mir schreibt.

Wie oft habe ich mich über Cassidy gewundert, wenn sie, immer frustrierter, im Minutentakt auf ihr Handy geschaut und beim Warten auf eine Nachricht von Carl gelitten hat. Wie oft habe ich über Liv oder Cheryl gelacht, wenn ein Lehrer im Unterricht ihre Smartphones kassierte und sie Schnappatmung bekamen. Dafür gibt es sogar einen Fachbegriff, *Nomophobie* nennt man das. Realistisch betrachtet bin ich gerade auf dem besten Weg, eine Nomophobikerin zu werden.

Verärgert stopfe ich das Handy unter das Kissen, starre zur Decke und überlege, was ich tun könnte – außer Sam noch eine Nachricht zu schreiben oder ihn anzurufen.

Hallooo? Hast du meine Nachricht nicht bekommen??, sehe ich mich in bester Cassidy-Manier tippen.

Eine schreckliche Vorstellung und das Dümmste, was ich tun könnte. Nachrichten gehen nicht einfach so verloren, und Sam hat sein Handy immer dabei. Er wird sich schon melden … wenn er mich sehen will. Ganz sicher will er mich sehen.

***

Zwanzig Uhr dreißig. Seit über zehn Stunden keine Antwort. Das war's dann wohl.

Zeit, sich endgültig und schonungslos dem blöden Primetime-Programm hinzugeben.

Nach dem geschätzt hundertsten Blick auf mein Handy pfeffere ich es über den Couchtisch und stehe auf. In der Küche reiße ich den Kühlschrank auf und gucke, was es gibt, ohne wirklich etwas zu erkennen. Vor meinen Augen sehe ich nur Sam.

Sam! Der jetzt gerade sonst was tut und ganz offenbar keinen Gedanken an mich verschwendet. Oder an gestern, als er mir sein Herz ausgeschüttet und mir damit das Gefühl gegeben hat, ich würde ihm etwas bedeuten.

Joghurts, Käse, Orangensaft und der Karton mit Pizzaresten verschwimmen vor meinen Augen, als Tränen aufsteigen. Ich gebe der Kühlschranktür einen Schubs, sodass sie zufällt, schnappe mir eine Tüte Chips aus einer Schüssel und trotte zurück ins Wohnzimmer. Während ich neue Tränen wegblinzele und mir ein Schluchzen verkneife, versuche ich, die Tüte zu öffnen, und zerre immer verbissener an der Verpackung. In dem Moment, als die Schweißnaht endlich aufreißt, klingelt es, und ich erschrecke so sehr, dass mir die Tüte aus den Händen schießt. Ein Schauer aus knusprigen Kartoffelchips rieselt auf mich nieder und landet rund um mich herum. Ein paar Sekunden lang lausche ich reglos dem in meinen Ohren dröhnenden Puls, dann mache ich einen großen

Schritt über die Chips und schleiche zur Diele. Ich wage kaum, auf das Display zu schauen, das anzeigt, wer geklingelt hat. Vielleicht eine Nachbarin, vielleicht auch bibeltreue Christen auf Bekehrungsreise oder vielleicht ... Beim Anblick von Sam wird mir glühend heiß vor Schreck. Schockiert sehe ich an mir herunter. Unter einer ausgebeulten grauen Strickjacke trage ich ein rotes Schlabbershirt und schwarze, etwas zu große, aber furchtbar bequeme Joggers.

Ein alles andere als eindrucksvolles Outfit. Von jäher Panik erfasst, drehe ich eine Runde durch die Diele, da klingelt Sam abermals. Ratlos fahre ich herum und mustere die Treppe – mich innerhalb von einer Minute umzuziehen, schaffe ich auf keinen Fall. Nach einem nicht wirklich ermutigenden Blick in den Wandspiegel straffe ich die Schultern und atme durch.

Besser diese Klamotten als gar keine!

So gelassen, wie ich kann, öffne ich die Tür und japse im Stillen über mein holperndes Herz.

Sam trägt die Lederjacke, in der er auf noch unverschämtere Weise gut aussieht. Darunter ein dunkelblaues Sweatshirt, schmale Jeans und Schnürboots. Seine blonden Haare schimmern im diffusen Licht der Veranda. Die Spitzen wellen sich wie immer eigenwillig um sein markantes Gesicht. Durch seinen Blick huscht ein amüsiertes Funkeln, das ohne Zweifel meinem Outfit gilt, doch es erlischt, sobald er mir in die Augen sieht. Das sonst klare, kühle Blau seiner Augen verdunkelt sich, und sein Mund wirkt plötzlich hart. Ein Frösteln fährt mir bis ins Mark der Knochen, unwillkürlich will ich die Arme vor der

Brust verschränken und ihn hereinbitten, doch ich bringe keinen Ton hervor und hänge in seinem Blick fest wie eine Fliege im Netz einer Spinne.

Binnen eines Wimpernschlags ist Sam bei mir. Ein Keuchen steigt aus meiner Kehle auf, als sein Mund auf meinem landet und er mich küsst. Schritt für Schritt drängt er mich ins Haus und gibt der Tür einen Tritt, sodass sie donnernd ins Schloss fällt. Seine Lippen spielen mit meinen, und seine Zunge bittet so fordernd um Einlass, dass ich gar nicht anders kann, als den Mund zu öffnen. Seine Hände verfangen sich im wollenen Stoff meiner Jacke und fahren voller Ungeduld darunter, um sich auf meine Taille zu legen. Als er mich fester an sich zieht und ich die Arme um ihn schlinge, wird mir klar, worauf das hinausläuft. Durch seine Jeans und meine Hose hindurch spüre ich an meinem Bauch, wie erregt er ist. Erstaunlicherweise habe ich weder Angst noch Zweifel, ob das, was jede Faser in mir will, vernünftig ist. Zum Teufel mit der Vernunft!

Als ich ihm die Jacke abstreife, tut er dasselbe mit meiner. Wir stolpern ein Stück ins Wohnzimmer. Nun führe ich und dirigiere ihn vor mir her, ohne von ihm abzulassen. Schließlich weiß ich, wo es langgeht. Zumindest, was die Richtung im Haus betrifft.

Als wir auf die Chips treten, die vor ein paar Minuten fliegen gelernt haben, hört Sam für einen Moment auf, mich zu küssen, und schaut nach, was unter seinen Füßen knirscht. Ein fragendes Grinsen sitzt auf seinen Lippen, als er mich ansieht. Er zieht eine Braue hoch und will mich erneut an sich ziehen, doch ich weiche zurück und lotse ihn zur Treppe. Stufe für Stufe nehme ich rückwärts, einmal mehr gefangen in seinem Blick. Er folgt mir und holt mich ein, bevor ich den Fuß auf die letzte Stufe setze.

Wir stolpern in mein Zimmer, und ich lande mit dem Rücken an einer Wand. Ich will Sam wieder küssen und suche seinen Mund, doch er hat etwas anderes vor. Als er seine Hände unter mein Shirt schiebt, kriecht ein Schauer über meine Haut, und ein Beben erwacht in meiner Brust. Sams Blick taucht tief in meinen, als er mich auszuziehen beginnt und dann einen Moment innehält – ich müsste kein Wort verlieren, wenn ich wollte, dass er aufhört, er würde es in meinen Augen lesen. Doch er soll weitermachen, auch wenn das Beben in mir wie eine Welle zu meinen Schultern und in meinen Bauch fließt.

Sobald ich in Unterwäsche vor ihm stehe, gebe ich meinen Händen etwas zu tun und öffne seinen Gürtel. Meine Finger zittern, und Sam unterbricht mich. Abermals schaut er mir forschend in die Augen, dann zieht er sich selbst aus. Mit einem Mal starr vor Aufregung, beobachte wie, ich er sich das Sweatshirt über den Kopf zieht und das T-Shirt, das er darunter trägt, gleich mitnimmt.

Nicht lange, und er trägt nur noch die Shorts. Wie damals am Pool steht er vor mir, von Kopf bis Fuß perfekt. Seine Haut schimmert im sanften Licht der kleinen Lampe neben dem Bett. Seine vom Training geformten Schultern und Arme, seine Bauchmuskeln sind wie gemalt. Damals habe ich versucht, ihn nicht zu sehr anzustarren, doch nun weiß ich nicht, wohin ich zuerst sehen soll. Sam nimmt meine Hand und legte sie auf seine Brust. Einen Moment lang bleibt sie dort, und ich spüre den schnellen Schlag seines Herzens, dann lasse ich sie tiefer wandern, nehme auch die zweite hinzu und streiche über jede Wölbung seines Sixpacks, bis zum Bund seiner Shorts. Nach einem Zögern schicke ich meine Hände unter den Stoff, eine lege ich ziemlich mutig um sein Glied. Es ist heiß und fühlt sich samtig an, anders als erwartet. Als ich beginne, ihn zu streicheln, stöhnt Sam leise, und ein distanzierter Ausdruck tritt in seine Augen. Mit einem zweiten Stöhnen küsst er mich wieder und macht sich dabei am Verschluss meines BHs zu schaffen. Nach einigen misslungenen Versuchen bekommt er ihn auf und streift mir dieses vorletzte Kleidungsstück von den Schultern. Ineinander verschlungen taumeln wir zum Bett. Sam stützt sich über mir auf und liebkost mich mit dem Mund. Ich schließe die Augen und vergrabe die Finger in seinen Haaren, als er sich über meinen Hals bis zu meinen Brüsten vorarbeitet und meinen linken Nippel mit der Zunge umspielt.

»Sam …«, höre ich mich selbst flüstern – meine eigene Stimme klingt seltsam fremd.

Seine Antwort besteht darin, dass er sich meiner rechten Brust widmet und ihr so lange Aufmerksamkeit schenkt, bis auch dieser Nippel spitz und so empfindlich ist, dass ich mich vor Lust winde, wann immer seine Zunge darüberfährt. Mein Atem stockt, als ich Sams Hand an meinem Slip spüre. Behutsam, aber alles andere als zögerlich, schickt er sie unter den Bund und tiefer. Zwei Finger taucht er in mich, reibt mit dem Daumen über den Kitzler und bringt meine Gedanken zum Schwirren. Wie elektrisiert zucke ich unter seinen Berührungen, die so viel besser sind, als wenn ich mich selbst anfasse.

»Sam ...«, flüstere ich abermals und beuge den Rücken durch, weil sich so verdammt gut anfühlt, was er da tut.

Zu schade, dass er aufhört. Ich vernehme ein Rascheln und blinzele. Sam zieht sich die Shorts aus. Ein Knistern von Kunststoff sagt mir, dass er die Packung mit dem Gummi aufreißt. Zu der Lust, die in meinem Unterleib tobt, kommt plötzlich wieder das Zittern. Mit jäher Geschwindigkeit breitet es sich auf meinem Körper aus, als Sam den Slip von meinen Hüften streift. Wenig später ist er abermals über mir. Einen Moment lang sieht er mir in die Augen, dann küsst er mich, sanft diesmal und liebevoll. Durch nicht mehr als eine Bewegung seines Beckens öffnet er meine Beine. Ich schließe die Arme um ihn, streichele über seinen Rücken und versuche, ruhig zu atmen, doch das Zittern ist nicht zu bändigen. Sam löst seinen Mund von meinem und streicht mir eine Haarsträhne aus dem Gesicht.

»Bist du sicher, dass du das willst?«, murmelt er – das Erste, was er an diesem Abend zu mir sagt. Seine Stimme klingt heiser, als stünde er selbst unter einer ähnlichen Anspannung wie ich.

»Ja«, gebe ich leise zurück und lege meine Beine um seine Hüften.

Weil ich es wirklich will. Weil ich Sam so sehr will.

Mit jeder Stunde, die wir zusammen verbracht haben, hat er, ausgerechnet er, dieses bisher unbekannte Verlangen, das alle mit dem ganz großen Gefühl verbinden, in mir wachsen lassen. Jetzt ist es hellwach. Es sitzt in jeder Faser meines Körpers und polt alle meine Sinne auf ihn.

Ich schmecke das Salz auf seiner Haut und die Süße seines Kusses. Ich atme ihn ein und berausche mich an seinem würzigen Duft. Ich höre, wie er in mancher Sekunde um Luft ringt, und wann immer ich die Augen öffne, ist da nichts als er. Ich fühle mich eingehüllt in die Wärme seines Körpers, bin ihm so nah wie noch niemandem und kann dennoch nicht glauben, dass es wirklich geschieht, als er in mich eindringt. Sam bewegt sich langsam und zärtlich. Ich halte die Luft an, als mich ein stechender Schmerz durchfährt, keuche und kralle die Finger in seine Schultern, als er sich sanft weiterbewegt. Er hält inne. Auch er zittert jetzt, und das rührt mich so sehr, dass Tränen in meine Augen schießen. Ich kneife sie zu, presse die Lippen aufeinander. Sam küsst meinen Hals.

»Lass dich gehen«, raunt er an meinem Ohr und bewegt sich in mir, bis der leise Schmerz verklingt und wir einen gemeinsamen Rhythmus finden.

Unsere Stimmen sind ein Flüstern, unsere Bewegungen werden eine Einheit, in deren Hitze unsere Körper zu einem verschmelzen. Unsere Finger verschlingen sich ineinander. Mein Geist trudelt fort, weit weg von mir, getrieben von der Euphorie, die Sam in mir auslöst. Als sein Atem schneller wird, ahne ich, dass er kurz davor ist. Ein letztes Mal dringt er tief in mich und presst sein Becken fest gegen meins, der Griff seiner Hände wird hart. Er legt den Kopf zurück und macht seiner Erleichterung mit einem heiseren Knurren Luft. In diesem Augenblick ist Sam das Schönste, was ich jemals gesehen habe.

***

Er döst neben mir. Mit dem Finger ziehe ich die Linie seiner Augenbraue nach.

»Sagst du manchmal auch Bescheid, bevor du irgendwo aufschlägst, oder tauchst du immer unangemeldet auf?«, murmele ich.

Er öffnet die Augen, mustert mich. »Bin ich ungelegen gekommen?«

»Das nicht. Aber wenn ich gewusst hätte, dass wir uns sehen, hätte ich mich ein bisschen darauf vorbereitet.«

Mit einem trägen Grinsen zieht er einen Mundwinkel hoch. »Hättest du dein Schlumpf-Outfit dann gegen irgendeinen heißen Fummel getauscht?«

»Ich besitze keine heißen Fummel.«

»Du hast ziemlich süß ausgesehen.«

Und er so umwerfend, dass ich mich glatt habe umwerfen lassen. »Hast du immer ein Gummi dabei?«

Sams Grinsen wird breiter. »Nein.« Er rutscht näher an mich heran, stupst mit seiner Nasenspitze gegen meine. »Ich war den ganzen Tag beim Training. Deine Nachricht habe ich erst um sieben gesehen und den Jungs, die noch was starten wollten, abgesagt. Nach dem Duschen habe ich mich ins Auto gesetzt, bin zu einer Drogerie gefahren und habe Gummis gekauft.«

Er war beim Training. Natürlich! Deshalb hat er sich nicht gemeldet. Und ich Nuss bilde mir sonst was ein.

»Du wusstest, dass wir Sex haben werden?«

»Wieder nein. Aber nach gestern …« Er sucht nach Worten und findet sie schnell. »Du hast geschrieben, dass du nicht mit auf diese Party gehst, also wusste ich, dass deine Eltern nicht da sind, und ich dachte … falls wir irgendwie … in Versuchung kommen …«

»… wär es blöd, wenn wir kein Gummi hätten.«

»Genau.« Er nimmt meine Hand, verschränkt seine Finger mit meinen und drückt einen Kuss auf meinen Handrücken.

»Das war unglaublich schön«, flüstere ich, weil meine Stimme nicht so recht will.

»Das stimmt.« Er warmer Glanz lässt seine Augen funkeln. »Was meinst du, wie lange deine Eltern wegbleiben?«

Ich sehe auf die Uhr an der Wand über dem Schreibtisch. Es ist kurz nach elf. »Vor Mitternacht kommen sie nicht nach Hause. Sie sind auf einer *Easy Rider*-Mottoparty. Du weißt schon, *born to be wild.*«

Sam schmunzelt. »*Easy Rider*? Das ist schräg.«

»Total. Sie haben sich wie Dennis Hopper und Henry Fonda im Film angezogen und sind mit der Harley hingefahren.«

Überrascht kräuselt er die Stirn. »Deine Eltern fahren eine Harley … Harley?«

Das hat aber gedauert.

Nach einem kurzen Moment des Grübelns rollt er sich auf den Rücken und lacht, wie ich ihn noch nie lachen gehört habe.

»Du wurdest nach der Harley-Davidson benannt? Unglaublich.«

»Was dachtest du denn, wonach? Wer heißt schon Harley?«

Sam dreht mir den Kopf zu. Sein amüsierter Blick gleitet über mein Gesicht, von meinen Augen zu meinem Mund und zurück.

»Und bist du selbst schon mal gefahren?«

»Jepp, mit Dad. Einen Großteil der Fahrstunden habe ich schon. Dad will, dass ich mich für die Prüfung bewerbe.«

»Und? Wirst du?«

»Ich überlege noch. Eigentlich bin ich eher der Autotyp.« Um den Schmerz meines Vaters zu verbildlichen, lege ich mir die Hände auf die Brust und schlage einen klagenden Ton an. »Aber ich will ihm nicht das Herz brechen. Und was sollen die Leute denken? Rob Walkers Tochter will nicht Harley fahren? Was ist da bloß schiefgelaufen in der Erziehung?«

Sam schmunzelt darüber, kann es nicht so recht glauben. »Du kannst so eine Maschine echt halten?«

»Klar. Wenn sie einmal rollt, ist es nicht schwer.«

Er steht auf, angelt seine Shorts vom Boden und zieht sie an.

»Wir sollten besser was anhaben«, beschließt er, »falls die *Easy Rider*-Party doch nicht so lustig ist und deine Eltern eher nach Hause tuckern.«

Mit einem Seufzen setze ich mich auf, unwillig, das kuschelige Bett zu verlassen. Noch stundenlang könnte ich mit Sam hier liegen, aber leider hat er recht.

»Sollen wir was zu essen bestellen?«, fragt er und steigt in die Jeans. »Ich hab Mordshunger.«

»Da ist noch Pizza von gestern.«

Zufrieden grinsend und mit halb offener Hose kriecht er zu mir aufs Bett und drückt mir einen Kuss auf den Mund.

»Perfekt.«

SECHZEHN

Am Montag betrete ich das Schulgebäude und habe das Gefühl, vor lauter Glück zu schweben. Der Gedanke an Cassidy holt mich aber immer wieder zurück auf den Boden. Auf dem Flur kommen die üblichen *Hey wie geht's* – und *Wie war dein Wochenende*-Fragen. Resa gesellt sich zu mir. Ihr Französischbuch und den Schreibblock mit darangeklemmtem Stift presst sie vor ihre Brust und lehnt sich mit einem Wolke-sieben-Seufzen an einen Nachbarspind.

»Lass mich raten«, begrüße ich sie. »Felix hat dir das Wochenende versüßt.«

Sie seufzt noch einmal. »Wir haben eine Husky-Tour gemacht.«

»Wow! Wo geht so was denn?«

»Hinter Chalkhill gibt es ein Resort mitten im Wald, das die Touren veranstaltet.«

»Wie cool!«

»Total. Du kannst dir nicht vorstellen, wie schnell die Hunde sind, und es braucht richtig Kraft, den Schlitten zu lenken. Felix hat das die meiste Zeit gemacht und es mich nur mal versuchen lassen. Schon in der ersten Kurve bin ich in einem Busch geflogen.« Sie lacht und zwinkert. »Und du? Hast du Sam gesehen?«

Als Chefredakteurin ist Resa bestens vernetzt. Sie wäre sicher eine der Ersten, die Cassidys Neuigkeiten erfahren hätte, wenn diese schon Kreise gezogen hätten.

»Du weißt es also noch nicht.«

Sie zieht die Stirn kraus. »Oh, oh! Ist was passiert?«

»Cassidy war am Freitag bei mir. Als sie gehen wollte, ist sie in Sam gerannt, der mich abholen wollte.«

»Und? Ist sie ausgerastet?«

»Nicht unmittelbar.«

»Oha, da bin ich gespannt.« Sie sieht auf ihre Uhr und wendet sich zum Gehen. »Erzähl's mir nachher. Ich muss zu Französisch. Wir schreiben einen Test.«

»Viel Erfolg.«

Mit einem »Danke, wird schon« taucht sie im Gewusel der Schüler auf dem Gang ab. Ich nehme meine Englischunterlagen und mache mich auf den Weg. Mir begegnen herumblödelnde Hockeyspieler, die ständig kichernden Mädchen, die ich aus Spanisch kenne, die wie gewohnt muffelige Emo-Fraktion und Basketball-Cheerleader, für die ich wie üblich Luft bin. Alle benehmen sich mir gegenüber absolut normal.

Im Englischraum huscht mein Blick über die Anwesenden. Sam ist noch nicht da, Cassidy auch nicht. *Wahrscheinlich stylt sie sich auf der Toilette …*, denke ich und setze mich, da rauscht sie in den Raum wie ein Model über den Laufsteg. Um mich herum ertönen entgeisterte *Oh-mein-Gott!*-Rufe.

»Cas, du siehst großartig aus«, tönt eine der Basketball-Cheerleaderinnen, während ich noch dabei bin, meine Kinnlade zum Hochklappen zu bewegen. Andere stimmen ein.

»Wow, echt toll.«

»Steht dir voll gut.«

»Viel besser als vorher!«

Ich bin kurz davor, in die Tischkante zu beißen!

Cassidy hat sich die Haare geschnitten. Nicht die obligatorische Spitzenkürzung und auch keine mutigen zehn Zentimeter auf Schulterlänge, kein Bob. Nein. Ihre Haare sind ratzekurz, wie die von P!nk, außer der lang gelassenen Strähne zum Aus-den-Augen-pusten. Damit aber nicht genug. Sie hat sich auch ein neues Outfit zugelegt. Der Frontprint ihres lässigen schwarzen Longsleaves verkündet in dicken weißen Lettern das Lebensmotto *Eat, Sleep, Skate, Repeat*. Ein breiter Gürtel mit Nieten umschlingt ihre Jeans im Boyfriend-Cut. Die Enden der Beine hat sie unordentlich über ihre Chucks gekrempelt.

Ich muss husten, weil ich mich vor lauter Schreck an Luft verschlucke. Ich weiß nicht, ob ich so was wie einen Stil habe, aber wenn, dann kopiert Cassidy ihn gerade.

Ich muss mir auf die Lippen beißen, um nichts zu sagen, als sie sich neben mich setzt. Die neutrale Miene ist schwer zu halten, insbesondere, als sie den Mund aufmacht. Sie bedankt sich für die Komplimente und erzählt etwas von »Altlasten abgeschnitten«.

Als Sam in den Raum kommt, vergesse ich Cassidy und alle anderen für einen Moment. Wie mindestens hundert Mal in den vergangenen vierundzwanzig Stunden sehe ich mich und ihn in meinem Schlafzimmer, in meinem Bett, und es prickelt heftig in meinem Bauch. So sehr, dass ich die Muskeln meines Unterleibs anspannen muss, um das Gefühl halbwegs zu kontrollieren. Sam schaut mich an, schmunzelt und geht zu seinem Platz. Cassidys Stimme dringt wieder in mein Bewusstsein. Ich schnaube leise, als sie erzählt, dass ihr alter Look sie furchtbar gelangweilt hat, weil sich inzwischen zu viele so anziehen. Individualität ist ihr neues, großes Ziel.

Mrs Turner schließt die Tür, beginnt ihren Unterricht und kündigt einen Test an, was allgemeines Stöhnen auslöst. Am Ende der Stunde ruft sie Sam zu sich. Ich stehe auf, um den Raum zu verlassen, was nicht ganz leicht ist. Cassidy wird von einer Traube Mädchen umringt wie das einzige Gänseblümchen auf der Wiese von einem Schwarm Bienen. Als ich endlich vor meinem Spind ankomme, unterbricht Resas Stimme meine wirren Gedanken.

»Deshalb hat sie es nicht herumerzählt.«

Ich nehme die Unterlagen für Journalismus heraus und drehe mich zu ihr um. »Hast du sie gesehen?«

»Ja, vorhin. Vor der ersten Stunde ist sie mir über den Weg gelaufen. Unglaublich, oder?«

»Kannst du laut sagen.« Verärgert knalle ich den Spind zu.

»Stell dir vor, sie würde herumerzählen, dass du ihr Sam weggeschnappt hast«, sagt Resa auf dem Weg zu Raum 111. »Ein paar Leute würden eins und eins zusammenzählen und sich den Grund für ihre krasse Veränderung denken. Wie stünde sie dann da? Wie ein Äffchen, dass dich verzweifelt nachmacht.«

Wir betreten die Redaktion und gehen zu unserem Doppelschreibtisch. Ich plumpse auf den Stuhl und fahre den Rechner hoch.

Resa grübelt weiter am Thema herum: »Wobei noch die Frage wäre, was Cassidy herumerzählen würde. Hat Sam sein Ich-kenne-Harley-ich-kenne-Harley-nicht-Spiel denn inzwischen beendet?«

Weil ich spüre, dass ich rot werde, konzentriere ich mich geflissentlich auf meinen Bildschirm und murmele: »Denke schon.«

»Hey, schau mich an!«

»Was denn?«

Sie kneift die Augen zusammen und stützt die verschränkten Arme auf ihren Schreibtisch. Je länger sie mich ansieht, desto breiter wird ihr Grinsen.

»Was denn, verdammt?«, flüstere ich.

»Ihr habt es getan«, flüstert sie zurück.

Erschrocken spähe ich durch den sich füllenden Raum. »Wirst du wohl die Klappe halten.«

»Hört doch keiner.«

»Natürlich nicht, wo wir ganz unauffällig inmitten von Natur aus neugierigen Paparazzi tuscheln.«

Resa kichert und beugt sich weiter über den Tisch. »Wie war es?«

»Resa ...«

»Jetzt sag schon!«

»Es war toll.«

Die Verlegenheit brennt inzwischen regelrecht in meinen Wangen. Mein Herz holpert, in meinem Bauch tanzt der Schwarm Glühwürmchen, und vor meinem geistigen Auge sehe ich abermals Sam. Über mir, auf mir, in mir – überall nur Sam. Ich werde noch wahnsinnig.

»Meine Güte, es hat dich so was von erwischt …«, höre ich von Resa und kläre rasch meinen Blick, weil Mr Hobs den Raum mit einem fröhlichen Montagmorgengruß und einem spaßig-hämischen »Ade ans Wochenende« betritt.

Das Wochenende … Das Wochenende … Ach, wäre es doch noch einmal Wochenende.

Harley, verdammt, reiß dich zusammen!

Während wir für die nächste Stunde ein fiktives Interview vorbereiten, erzählt mir Resa von einer Pressemitteilung, die am Freitag bei ihr eingegangen ist. Am kommenden Samstag findet der Pittsburgh Polar Plunge statt, und Felix hat sich am Wochenende so sehr dafür begeistert, dass er mit den Hockey-Dragons ein Team dafür aufstellen will.

***

In Politik und Kunst kann ich mich kaum konzentrieren. Entweder denke ich an Sam – erschwerend kommt hinzu, dass er in diesen beiden Kursen mit mir im Raum sitzt –, oder ich grübele wegen Cassidy. Das Hoch und Tief der damit einhergehenden Gefühle ist schlichtweg irritierend. Irgendwann wird der Drang, mit Cassidy zu sprechen, übermächtig. Zweifellos ist sie zu stolz, um einen Schritt auf mich zuzugehen, also warte ich in der Mittagspause vor ihrem Spind. Bei meinem Anblick zieht Frost in ihrer Miene auf, und sie sagt etwas zu Liv und Cheryl, mit denen sie gerade Biologie hatte. Die beiden verschwinden, was mir nur recht ist.

»Was willst du?«, fragt sie mit einer Stimme, so eisig, dass ich Mühe habe, überhaupt ein Wort hervorzubringen.

»Wir sollten reden, Cas.«

»Ich wüsste nicht, worüber.«

Keine Überraschung, diese Abfuhr.

»Ich wollte dir sagen, dass es mir sehr leidtut, wie du von mir und Sam erfahren hast. Ich hätte es dir schon viel eher sagen sollen, wusste aber einfach nie, wie, weil du …«

»Du und Sam?« Sie lacht leise und hämisch auf. »Ich sehe dich hier, Sam ist irgendwo anders. Bildest du dir etwa ein, dass Sam und du eine Beziehung habt?« Sie schüttelt den Kopf und schnalzt mit der Zunge. »Sei vorsichtig, Harley, nicht, dass du enttäuscht wirst.«

»Darum geht es doch gerade gar nicht.«

Ihr Blick wird noch frostiger. »Sondern?«

»Um meinen Versuch, es dir zu erzählen. Ich hatte Angst …«

Wieder fällt sie mir ins Wort. »Erspar mir das einfach, okay? Hätte ich es früher gewusst, wäre mir lediglich eher klar geworden, wie hinterhältig du bist.«

Was sie sagt, tut weh. Ohne Hoffnung, dass es irgendwas besser macht, versuche ich es auf anderem Weg: »Weißt du, so lange ist es noch gar nicht … klar zwischen Sam und mir. Vor letzter Woche gab es nicht wirklich …«

Ihr neues hämisches Lachen mitten in meinem Satz macht mich plötzlich wütend.

»Cas, du hast nur noch von Sam geredet«, bricht es aus mir heraus. »Und du bist meine beste Freundin, ich wollte dich nicht verletzen. Wie hättest du denn reagiert, wenn ich dir in deine Schwärmerei hinein gestanden hätte, dass er mich geküsst hat?«

»Ganz einfach, ich hätte dir gesagt, dass du kein Recht auf ihn hast.« Sie kneift die Augen zusammen.

Ich glaub es nicht ... »Ich hatte kein Recht?«

»Exakt.«

Na dann! »Erinnerst du dich daran, dass du mich an Weihnachten überreden wolltest, den Jungen vom Bahnhof wiederzusehen?«

»Davon abgesehen, dass du besser das getan hättest, statt dich an Sam ranzumachen ... was hat das hiermit zu tun?«

»Sam ist der Junge vom Bahnhof.«

Das Flackern in ihren babyblauen Augen verrät ihre Überraschung. Mit einem Blinzeln fasst sie sich und hebt das Kinn ein wenig, wie um mich von oben herab zu betrachten. »Und wenn schon. Auch das ändert nichts.«

»Ich erkenn dich nicht mehr, Cas«, murmele ich immer fassungsloser. »Und das liegt nicht so sehr an deinem neuen Look.«

»Ja, der ärgert dich, stimmt's?« Wieder lacht sie. »Es macht dich sauer, dass du nicht mehr auf deine schlampige Weise einzigartig bist. Und noch viel mehr stinkt es dir, dass ich in den Klamotten, die du für dich reserviert hast, hundertmal besser aussehe.«

Die Gemeinheiten, die sie gerade von sich gegeben hat, hallen als grässliches Echo in meinem Kopf.

»Cas, das ist totaler Blödsinn«, hebe ich an, weiß aber nicht weiter und beobachte, wie Cassidy ihren Schlüsselbund aus der Tasche holt.

»Wir sind fertig miteinander, Harley. Ich habe dir nichts mehr zu sagen.«

Damit schnippt sie mir ihren BFF-Anhänger, den sie in der Zwischenzeit vom Schlüsselring gedreht hat, gegen die Brust. Es klimpert metallisch, als er auf den Boden fällt.

»Wegen eines Typen?«

Cassidy schnaubt und öffnet ihren Spind. Ich warte noch ein paar Sekunden, dass sie ihre Worte zurücknimmt, doch als sie das nicht tut, wende ich mich um und gehe.

Wie benommen tappe ich den Flur entlang und weiß nicht so recht, wohin. Die Bänke im Innenhof werden von anderen Leuten beschlagnahmt. Auf die Cafeteria habe ich eigentlich keine Lust, von Appetit ganz zu schweigen, gehe aber trotzdem hinein. Einigermaßen erleichtert entdecke ich Resa, die während der Mittagspause früher meist im Auto gesessen und Musik gehört hat. Heute sitzt sie mit Felix an einem Sechsertisch. Als ich mich hinzugeselle, steht Felix auf, um sich noch etwas zu trinken zu holen. Er fragt mich, ob ich auch etwas will.

»Eistee wäre klasse«, sage ich.

»Isst du gar nichts?«, erkundigt sich Resa, als Felix zum Ausgabetresen geht. Ich erzähle ihr die Kurzversion von meiner und Cassidys Unterhaltung und spüre dabei ein Kribbeln in der Nase, als würden Tränen aufsteigen. Beim Anblick von Cassidy, die mit

Liv und Cheryl in den Raum spaziert wie eine Königin mit ihren Hofdamen, versickert mein Kummer jedoch in Trotz. Ich werde nicht heulen wegen ihr oder kostbare Sekunden meines Lebens mit Bedauern verschwenden. Wenn sie je zur Besinnung kommt und sich entschuldigt, werde ich darüber nachdenken, aber mit dem, was sie mir gerade gesagt hat, hat sie eigentlich alles kaputt gemacht. Ohne Bedauern. Als sei unsere Freundschaft nie etwas wert gewesen.

Resa verkneift sich den *Ich hab's dir doch gesagt*-Satz und will mich trösten. Ich mache ihr ein Zeichen, still zu sein, denn Felix kehrt zurück. Kaum sitzt er, entdecke ich Sam, der sich an der Ausgabe Essen holt und damit zu unserem Tisch kommt. Er stellt den Teller ab, setzt sich und macht sich über sein Essen her.

»Also, was ist, Collins?«, fragt Felix zwischen zwei Bissen. »Hast du drüber nachgedacht?«

Sam nickt. »Hab ich. Was meint Coach Wilson?«

»Der hat herumtelefoniert. Fünf der anderen sieben Teams, die es in die Play-offs geschafft haben, machen mit. Ist eine Frage der Ehre, dass wir teilnehmen, meint er.«

Beim Polar Plunge springen Hunderte in den Ohio River, der jetzt gerade mal zwei Grad kalt sein dürfte. Laut Felix hält Coach Wilson den Plunge für eine zusätzliche Maßnahme zur Stärkung des Immunsystems.

»Was euch nicht umbringt, macht euch härter, was?«, witzele ich und freue mich jetzt schon aufs Zuschauen. »Wer ist denn bisher dabei?«

»Duane, Jacob, Will, Carl ... also die Starting Six

mit Ausnahme dieses Spezis hier.« Felix boxt Sam in die Seite. »Aus den anderen Reihen haben auch einige zugesagt. Wir sind schon jetzt locker mehr als zehn und bekommen das Dragons-Hockeyteam definitiv zusammen.«

»Fein«, sagt Resa. »Ich mache den Bericht.«

Felix gibt sich verwundert. »Echt?«

»Klar. Den Spaß lass ich mir nicht entgehen.«

»Aber nicht von Land aus. Du bist einer der Plunger. Ich hab dich fest eingeplant. Du bekommst das Teamshirt eines Spielers, der nicht dabei sein kann, und darfst dich genauso nass machen wie wir alle.« Mit einem Feixen fügt er an: »Den Bericht kannst du natürlich trotzdem schreiben. Kommt doch sogar besser mit der eigenen, hautnahen Erfahrung.«

Allein beim Gedanken scheint Resa kalt zu werden. Sie schüttelt sich. »Ähm, Felix. Ich bin nicht so die Wasserratte …«

»Papperlapapp. Im Endeffekt bist du nicht länger als zehn Sekunden im Fluss. Das schaffst du auch als Landratte.«

»Das werden die längsten Sekunden meines Lebens«, beschließt sie und gibt Felix damit ihre Zustimmung.

Der wendet sich wieder an Sam. »Und du machst die Starting Six komplett, richtig?«

Sam schiebt seinen leeren Teller von sich und schraubt die Flasche Wasser auf. Dabei sieht er mich an. Seine blauen Augen funkeln.

Denk nicht mal dran!, beschwöre ich ihn im Stillen, da sagt er es schon: »Ich bin dabei, wenn Harley mitmacht.«

Ausgeschlossen! »Ich muss fotografieren, sorry.«

Resa und Felix schlagen sich natürlich auf Sams Seite. Ein paar Minuten lang bearbeiten sie mich, bis ich nachgebe. Während alle drei lachen, zieht sich Carl einen weiteren freien Stuhl zurück und setzt sich zu uns. Felix und Sam denken sich natürlich nichts dabei, aber Resa amüsiert sich prächtig.

»Oh, hi, Carl!«, witzelt sie. »Hat es sich also rumgesprochen, dass das hier der neue Must-Sit-Tisch ist. Und hey, ein Platz ist noch frei, Vorschläge nehmen wir gern entgegen. Schriftlich oder per Mail aber bitte.«

Carl ist nicht nach Spaß zumute. Auch unserem Gespräch, das sich nun wieder um den Plunge dreht, scheint er nicht wirklich zuzuhören und er wirkt unruhig. Sein Blick huscht andauernd zu Cassidy, die mit Unterstützung von Liv und Cheryl hin und wieder einen giftigen Blick herüberschickt.

Dann hält Carl es nicht mehr aus. Er beugt sich zu mir. »Kann ich dich kurz sprechen? Unter vier Augen?«

***

»Cassidy, hm?«, frage ich, sobald die Tür des Innenhofs hinter uns zuklappt, und schlinge die Arme um meinen Oberkörper. Ohne Jacke ist es ziemlich kalt.

Carl schiebt die Hände in die Taschen seiner Jeans und nickt. »Ich hab keine Ahnung …«, beginnt er und weiß schon nicht weiter, wippt auf den Fußballen. »Ich versteh sie nicht. Was will sie denn? Mal benimmt sie sich, als hätte ich noch eine Chance, und dann lässt sie mich eiskalt links liegen.«

Die Worte fallen mir schwer, aber sie müssen einfach raus. Ich sehe zu ihm hoch – er ist in etwa so groß wie Sam. »Vielleicht ist es das Beste, wenn du sie vergisst.«

Darauf geht er nicht ein. »Und ich versteh auch nicht, was diese Veränderungen sollen. Die kurzen Haare, das Outfit.« Sein Blick wandert an mir runter und fliegt wieder zu meinem Gesicht. »Das hat mit dir zu tun, oder? Sie macht dich nach ... wegen ... Du bist mit Sam zusammen.«

An der nächsten Frage würgt er regelrecht und tut mir jetzt wirklich leid. »Steht sie auf Sam?«

Was würde es ihm bringen, wenn ich ihm versichere, dass Sam nicht auf sie steht? Gar nichts. Also versuche ich es anders.

»Was ist eigentlich mit dir und Debby? Läuft da noch was?«

Carl zuckt mit den Schultern. »Cas hatte mir geschrieben und ... na ja.«

Und na ja? Na ja wie: Wenn Cas mit dem Finger schnippt, lässt er Debby sofort fallen?

Ich schüttele den Kopf. »Ich kann dir nicht helfen, Carl.«

Er will etwas erwidern, klappt den Mund aber wieder zu und sieht zu einem Punkt hinter mir. Als es dumpf knallt, wende ich mich erschrocken um und sehe Cassidy, die mit Liv und Cheryl vorbeigeht. Sie hat gegen die Scheibe gehauen, damit ich mich umdrehe und sie mir ihren Mittelfinger präsentieren kann. Carl murrt: »Das hätte sie früher nie gemacht. Nicht mit dir.«

»Mit genügend anderen ist sie sicher so umgesprungen«, gebe ich tonlos zurück und drehe mich ihm wieder zu. Einigermaßen irritiert schaut er vom Fenster zu mir.

»Du und Cas, ihr habt Stress, oder?«

Ich kann und will nichts anderes tun, als mit den Schultern zu zucken.

»Wegen Sam? Echt jetzt, Harley, ich muss wissen, ob Cas auf den Typen steht.«

»Was, wenn es so wäre?«, entfährt es mir, weil ich genervt bin. »Frag nicht mich, sondern Cas. Wirklich, Carl, du solltest einfach mit ihr reden.«

Ich drehe mich zur Tür, da fällt mir noch etwas ein, und ich wende mich ihm wieder zu.

»Frag Cas doch, ob sie beim Polar Plunge mitmacht. Vielleicht bekommst du sie ja nach der Abkühlung irgendwie rum.« Und vielleicht beendet das gemeinsame Bad im Fluss auch unseren Streit.

Er lacht trocken. »Kann ich mir nicht vorstellen.«

»Versuch's doch einfach.«

Er hält mir die Tür auf. Im Schwung der letzten Schüler, die aus der Cafeteria kommen, treffen wir auf Resa, Felix und Sam. Ich fange einen Blick auf, den Sam und Carl tauschen. Carl mustert Sam voller Skepsis, und Sam wundert sich offenbar, was Carl nun schon wieder für ein Problem hat.

SIEBZEHN

Am Donnerstag nach dem Unterricht bittet mich Mrs Garcia, für ein kurzes Gespräch zu bleiben. Zuerst erschrecke ich, bin dann aber sogar froh, als sie mir eine extra Hausaufgabe anbietet, mit der ich meinen letzten nicht so gut gelaufenen Test ausgleichen kann.

Mit dem Thema im Kopf gehe ich wenig später über den schon fast leeren Flur und entdecke Sam. Er wartet an meinem Spind und hat etwas in der Hand. Als ich fast bei ihm bin, hält er es mit beiden Händen hoch. Es ist das Dragons-Teamshirt mit der Nummer Einunddreißig.

»Ist das von Wesley«, erklärt er und wirkt irgendwie stolz. »Der kann nicht mitplungen, ist am Wochenende nicht in der Stadt.«

»Cool.« Ich stelle mich auf die Zehenspitzen und gebe ihm einen Kuss, der viel zu kurz ist, weil Sam einen Schritt zurückweicht und mit dem Shirt wedelt.

»Fällt dir nichts auf?«

Verwundert betrachte ich das Shirt ein zweites Mal. »Nun jaaaa … es ist dunkelgrün und mir sicher fünf Nummern zu groß«, witzele ich.

Sam zieht eine Braue hoch. »Die Nummer, Harley!«

Die Nummer?

Oooh! Die Nummer! Wie süß ist das denn?!

»Einunddreißig ... Dreizehn.« Glatt möchte ich Sam wieder küssen, knutschen diesmal. »Unsere Nummern spiegeln sich.«

»Das hat aber gedauert.« Er grinst. »Dafür gibt's Punktabzug.«

»Ich wusste nicht, dass ich bei dir Punkte sammele.«

»Hast du außer Englisch und Politik andere Hausaufgaben?«, fragt Sam.

»Spanisch, aber das muss erst nächste Woche fertig sein. Wieso?«

»Na ja, du könntest dein Punktekonto wieder ins Plus bringen, indem du mich in Politik auf den aktuellen Stand bringst. Ich hab ehrlich gesagt keinen Schimmer, was Mrs Leight heute erzählt hat.«

Empört schnappe ich nach Luft. »Mein Punktekonto ist im Minus? Nur weil mir die Zahlen nicht sofort aufgefallen sind?«

Sam schmunzelt und legt den Arm um meine Schultern, als wir uns zum Ausgang der Schule aufmachen. »Ach, das war nur so dahergesagt. Ich rechne gleich mal nach, glaube aber, du bist noch knapp im Plus.«

Tatsächlich murmelt er vor sich hin, als würde er komplizierte mathematische Berechnungen anstellen.

»Sam ...«

»Schhh! Bin gleich durch.«

Grinsend knuffe ich ihn in die Seite.

»Na super«, sagt er dazu. »Jetzt muss ich von vorn anfangen. Körperliche Angriffe geben außerdem ein Minus.«

Sam lässt mich los, um mir die Tür zum Parkplatz aufzuhalten. Ich trete vor ihm ins Freie. Der Winterwind weht mir eisig entgegen. Wie Nädelchen pieken die Böen in mein Gesicht, die grelle Sonne, die am wolkenlosen Himmel steht, spendet nicht ein Grad Wärme.

»Fahren wir irgendwohin. Ins Commonhouse oder so«, höre ich Sam hinter mir sagen.

Mir wird bewusst, dass ich noch nie in Sams Auto mitgefahren bin. Es ist ein merkwürdiges, aber auch gutes Gefühl, mein Auto stehen zu lassen und bei ihm einzusteigen. Als er den Wagen startet, brüllt synchron zum Aufbrummen des Motors Musik aus den Boxen. Es ist ein alter Song von Queens Of The Stone Age, *Make It With Chu*. Ich muss lachen.

»Das hast du heute Morgen gehört?«

Er nimmt die Sonnenbrille, die über dem Rückspiegel steckt, setzt sie auf die Nase und sieht mich an. Sein Grinsen ist schlichtweg dreckig.

»Jepp!«, ruft er über die laute Musik hinweg. »Noch in Politik hat der Chorus seine Runde in meinem Hirn gedreht. Was meinst du, warum ich nichts mitbekommen habe?«

Sam startet den Song neu, setzt das Auto zurück und lenkt es vom Parkplatz. Auf dem Weg zur Forbes Avenue singen wir laut mit. Immer wieder müssen wir dabei lachen. Ob Sam ahnt, dass mir Teile des Songtexts aus dem Herzen sprechen? Ob es ihm genauso geht?

Ich frage nicht nach, wundere mich auch nicht, warum ausgerechnet wir beide uns gefunden haben. Die

Mysterien des Universums erschließen sich mir so wenig wie den Queens Of The Stone Age im Song. Okay, vielleicht hat so etwas wie Schicksal verfügt, dass wir uns begegnen. Jetzt ist es jedenfalls Realität. Unsere Realität.

»Jederzeit, an jedem Ort«, singt er und wirft mir einen Blick zu, dessen Intensität ich hinter den dunklen Gläsern der Sonnenbrille nur erahnen kann. Dann parkt er vorm Commonhouse und nimmt die Sonnenbrille ab. Der fiebrige Schimmer in seinen blauen Augen lässt keinen Zweifel daran, dass er es am liebsten sofort tun würde. Als er seine Hand in meinen Nacken legt und mit dem Daumen über die empfindliche Haut hinter meinem Ohr streicht, rauscht eine Gänsehaut über meinen Körper. Ich beuge mich zu ihm und küsse ihn.

***

Die Aufgaben in Englisch und Politik haben wir nach einer Stunde fertig und sitzen bei Muffins und Kaffee – beziehungsweise – Tee für mich, im Commonhouse.

»Anfang April bin ich von Freitag auf Samstag in Philly«, sagt Sam. »Wie es aussieht, hat Melissas Makler Käufer für das Haus gefunden. Ich muss hin, um den Vertrag zu unterschreiben.«

Wie furchtbar! Für Sam muss es schrecklich sein, in sein Zuhause zurückzukehren und seine Unterschrift unter das Verkaufsdokument zu setzen. Unweigerlich stelle ich mir vor, wie ich mich dabei wohl fühlen würde.

»Willst du das Haus verkaufen, oder will das deine Tante?«

Er zieht eine abschätzende Miene und schaut durch das Café, während er antwortet. »Sie hat es vorgeschlagen, und ich war einverstanden. Wenn es nicht verkauft werden würde, müsste es ja trotzdem gepflegt werden.«

»Klar, das ist viel Aufwand. Aber ...«

Er sieht mich wieder an. »Was soll ich damit?«

»Es vermieten?«

Er schüttelt den Kopf. »Ist auch zu viel Arbeit. Mieter wollen dann dies und das anders und nerven, wenn irgendwas kaputt ist. Außerdem, ich hänge nicht dran. Meine Eltern haben dieses Haus erst am Ende meiner Grundschulzeit gekauft. Vorher haben wir in einem anderen gewohnt. Das war ...« Auf der Suche nach einem passenden Wort zuckt er mit den Schultern. »Dort habe ich lieber gewohnt, und vor allem öfter.«

Nachdenklich schaue ich zu, wie Sam den Rest seines Muffins isst. Er wirkt ein wenig verloren. Obwohl er behauptet, dass es ihm nichts ausmacht, dieses Haus zu verkaufen, ahne ich, dass es für ihn nicht ganz leicht ist. Als er die Kaffeetasse abstellt, greife ich über den Tisch hinweg nach seiner Hand.

»Selbst wenn ich in Philly studieren würde, es wäre zu groß für mich«, sagt er und streicht mit dem Daumen über meinen Handrücken. »Sogar für drei Leute war es zu groß. Und überhaupt ...« Seine Stimme klingt angespannt. »Es wäre makaber, da zu wohnen. Praktisch erst richtig einzuziehen, wo sie nicht mehr da sind.«

Das verstehe ich. Ich vermute, in seiner Situation würde ich ähnlich denken. Weil ich nicht will, dass er noch tiefer in traurigen Gedanken versinkt, wechsele ich das Thema.

»Du denkst darüber nach, in Philly zu studieren?«

Sam zieht die Sonnenbrille, die bis eben in seinen Locken gesteckt hat, vom Kopf und legt sie auf den Tisch.

»Klar, wieso nicht?« Er atmet durch. »Wenn sie mich nehmen. Die Penn ist eine der besten Unis. Ich glaube, sie rankt sogar unter den Top Twenty weltweit.«

Für den Fall, dass die Dragons den Penguins Cup holen und Sam weiter so gut spielt, kommen garantiert Angebote für Sportstipendien. Von der Penn und von einigen anderen.

»Wenn ich an der Penn nicht angenommen werde«, überlegt er weiter, »finde ich bestimmt auch ohne Sportbonus eine gute Uni, an der ich so etwas Unspektakuläres wie Wirtschaft studieren kann.«

»Sicher.«

»Wohin willst du denn?«

»Ich habe mich an der Georgetown in Washington beworben, an der University of Rhode Island – und ebenfalls an der Penn.« Letzteres füge ich mit einem Zwinkern hinzu.

»Ach, Georgetown, Rhode Island ...« Sam lehnt sich im Stuhl zurück und verschränkt die Arme hinter dem Kopf. »Stell dir vor, wir würden beide auf die Penn gehen.«

»Das wäre ... echt schön.«

Mehr als nur schön. Ich sehe Sam und mich zusammen in Philadelphia. Nur wir zwei, ohne eifersüchtige Mitschüler und zickige Tanten.

»Ich würde nicht in einem Studentenheim wohnen wollen«, überlegt er.

»Auf keinen Fall«, pflichte ich ihm bei. »Wir könnten zusammen ein kleines Apartment mieten.«

»In der fünften Etage eines alten Backsteinhauses mit Feuertreppen.«

»Wir hätten Möbel vom Flohmarkt, bunt zusammengewürfelt, mal was aus Holz, mal aus Metall.«

»Das Bett unbedingt aus Metall.« Sam grinst. »Das quietscht dann immer, wenn wir es tun. Und wenn die Leute unter uns mit einem Besenstiel an die Decke klopfen, drehen wir einfach die Musik auf.«

Mir wird ziemlich warm, und in meinem Bauch kribbelt es. Besonders wenn ich an unsere Küsse eben im Auto denke ... Schnell lenke ich das Gespräch wieder auf die Wohnung.

»Ein Apartment ist natürlich teurer als ein Zimmer im Wohnheim. Wir bräuchten beide Jobs. Ich könnte Hochzeiten fotografieren. Und du ...« Grüblerisch betrachte ich Sam und amüsiere mich im Stillen schon im Voraus. »Du könntest die Zamboni übers Eis fahren.«

Er lacht auf und schüttelt den Kopf. »Wenn ich neben dem Hockey noch mehr auf dem Eis bin, bekomme ich Frostbeulen.«

»Na gut, dann nicht. Was machst du dann?«

»Ich werde Barista oder zapfe Bier in einem Irish Pub.«

»Auch gut.«

»Gibt's eigentlich einen Studiengang Fotografie?« Das fragt er mit belustigter Skepsis.

»Gibt es«, antworte ich ihm, obwohl ich das Gefühl habe, dass er mich gerade nicht ganz ernst nimmt. »Das studiere ich aber nicht, sondern Kommunikationsdesign. Das beinhaltet Fotografie.«

Sams zuckende Mundwinkel verraten, dass ihm noch immer oder immer mehr nach Lachen zumute ist. »Klingt auf lange Sicht lukrativer«, sagt er. »Fotos knipsen, das lernt ja jeder schnell.«

Oh, er weiß, dass er mich damit kriegt – und er amüsiert sich prächtig. Als ich die Backen aufpuste und loslegen will, hebt er wie zur Beschwichtigung die Hände.

»Ich nehm es zurück, okay? Ich nehme alles zurück, bitte nicht killen!«

Das sicher nicht, aber den Schlag, mit dem ich ihn leicht gegen die Schulter boxe, hat er allemal verdient.

»Blödmann«, grummele ich.

Er nimmt die Hände herunter, legt sie um mein Gesicht und taucht mit seinem Blick in meinen. »Du weißt, dass ich dich für eine tolle Fotografin halte.«

Weil ich es weiß, schmiege ich meine Wangen in seine großen Hände.

ACHTZEHN

It's Plunge Time.

Ohne Fotos. Zumindest ohne Fotos, die ich mache.

In Bikini und Wesleys Teamshirt mit der Nummer einunddreißig stehe ich bibbernd vor dem Footballstadion der Pittsburgh Steelers am Ufer des Ohio River und harre den Dingen, die da kommen.

»Dreht euch mal um!«, ruft Dad und schwenkt meine Kamera. »Mit dem Rücken zu uns.«

Ich konnte meinen Eltern nicht einreden, dass der Polar-Plunge eine total langweilige, unspektakuläre Veranstaltung ist, also stehen sie jetzt hinter der Absperrung an der Uferpromenade.

In der Hoffnung, dass Dad den Grog, den er in der anderen Hand hält, sicher im Griff hat, habe ich ihm meine Kamera überlassen. So hat seine und Moms Anwesenheit wenigstens einen Zweck. Für das Foto von Sam und mir, Hand in Hand, Schulter an Schulter, Dreizehn an Einunddreißig, lässt er Mom seinen Becher halten.

Elf Uhr dreiundzwanzig. Noch zwei Minuten, bis die erste Gruppe in die eisigen Fluten springen muss. Die Dragons sind zum Glück gleich in Gruppe zwei, so muss ich nicht länger als unbedingt nötig frieren.

Durch Rufe der Zuschauer, laute Partymusik und

den Countdown des Moderators heizt sich die Stimmung immer weiter auf. Sam und ich hüpfen im Pulk von einundzwanzig Hockey-Dragons auf und ab, um uns warm zu halten. Die halbe Woche lang hat Carl versucht, Cassidy zum Sprung ins kalte Wasser zu überreden. Vergeblich. Doch selbst jetzt gibt er nicht auf. Ich sehe, wie er mit ihr spricht und ihr das letzte Teamshirt hinhält, doch sie schüttelt den Kopf. Als sie merkt, dass ich sie beobachte, schickt sie mir einen grimmigen Blick. Dass sie mit der Biker-Lederjacke, die sie zur kurzen Frisur, den sportlichen Jeans und den Chucks seit gestern trägt, endgültig wie eine stylishe Kopie von mir aussieht, ist ihr dabei nicht im Mindesten unangenehm. Wieso auch – für ihren brandneuen Stil wird sie von vielen Mädchen an der Schule als Trendsetterin bewundert. Mal schauen, wessen lange Haare als Nächstes eine Schere sehen.

Das Startsignal ertönt zum ersten Mal, und auf Zuruf des Moderators spurtet die erste Gruppe los. Beim Anblick des spritzenden Wassers friere ich noch mehr, doch die Dragons schließen mich, Nathan und die anderen Mädchen in ihren Schulter an Schulter stoßenden Kreis. Unter Kampfgebrüll und tierischen Lauten springen wir auf und ab, bis uns der Moderator ruft: »Taylor Allderdice Steel Dragons … Plunge!«

Ehe ich es mir anders überlegen kann, packt mich Sam und hebt mich auf seine Arme. Während die halbe Highschool und zahlreiche Eltern jubeln, rennt er mit mir los und überholt Felix, der eine vor Spaß gackernde Resa huckepack trägt. Als sie uns sieht, kreischt sie vor lauter Freude und steckt mich an. Ich kann gar nicht anders, als zu lachen. Noch mehr, als Sam den Fluss erreicht, die ersten Stufen ins Wasser nimmt und »Oh, oh, scheißkalt« keucht.

»Du musst mich runterlassen, Sam!«, japse ich und bekomme beim nächsten Luftholen einen Schluckauf, der mich nur noch mehr lachen lässt. Unbeirrt geht er Stufe für Stufe tiefer.

»Wirklich, Sam.«

»Wieso?«

»Weil ich mir den Tod hole, wenn du dich mit mir ins Wasser wirfst. Deine Beine konnten deinen Körper immerhin schon auf die Scheißkälte vorbereiten. Meiner wär auch gern vorgewarnt.«

Sam lacht und setzt mich so ruckartig ab, dass ich ins Wasser platsche. Immerhin nur mit den Füßen, nicht mit dem Hintern. Ohne ein Wort nimmt er meine Hand und zieht mich weiter. Ich keuche und hickse unter meinem Schluckauf, ich fluche und schlottere vor Kälte – doch ich plunge, indem ich es Sam, Felix und den anderen gleichtue und, sobald das Wasser meinen Hintern berührt, in die Knie gehe und mit dem Oberkörper eintauche. Japsend tauche ich wieder auf, packe Resas Hand, die ich im Geplansche irgendwie, irgendwo ergreife, und sprinte mit ihr zum Ufer.

»Heilige Scheiße, und dafür habe ich auch noch fünfunddreißig Dollar bezahlt«, pruste ich.

»Ist doch für einen guten Zweck«, gibt sie im Wechsel schlotternd und giggelnd zurück.

»Ich brauch einen Kamin … einen verdammt heißen, lodernden Kamin. Welcher Irre ist bloß auf diese bescheuerte Idee gekommen?«

Vor lauter Zähneklappern und Kichern kann Resa nicht antworten. Sobald wir am Ufer sind, werden uns Decken gereicht, die wir überwerfen, uns darunter die nassen Klamotten vom Leib streifen und in trockene Kleider schlüpfen. Vor Kälte bibbernd, kriechen wir in Sweatshirt und Jogginghosen, wickeln uns Schals um den Hals und wollen unsere Winterjacken anziehen, doch sofort sind Sam und Felix, die ebenfalls in trockene Sachen gewechselt haben, zur Stelle und treiben uns an.

»Und jetzt laufen, wärmt euch wieder auf. Laufen, laufen!«

Also laufen wir, wie es viele Teilnehmer nach dem Plunge tun. Mit dem kleinen Unterschied, dass wir von trainierten Eishockeyspielern angetrieben werden. Irgendwann stemme ich die Arme in die Seiten, beuge mich vornüber und schnappe nach Luft. Warm ist mir längst wieder, schwindelig aber auch ein bisschen.

Sam ist an meiner Seite, als ich taumele, und schlingt die Decke, die ich abgeworfen hatte, wieder um mich. Er mummelt mich in den warmen Stoff und umarmt mich fest. Ich lehne mich gegen ihn und fühle mich so glücklich wie noch nie. Das Leben kribbelt in meinen Venen, und meine Haut prickelt, als seien alle Poren gerade durchgespült worden. Einen Augenblick lasse ich meine Stirn an Sams Schulter ruhen, dann hebe ich den Kopf und sehe ihn an. Er erwidert meinen Blick und umfasst mein Gesicht mit seinen Händen. Mit den Daumen streicht er über meine Schläfen, und ein kurzes Lächeln huscht über seinen Mund. Dann küsst er mich. Ein paar der Zuschauer – sicher Leute aus der Highschool – jubeln lauter. Ich höre, wie mein und Sams Name ein paarmal überrascht gerufen werden, doch das und alles andere wird in meinen Ohren leiser und leiser, bis es schließlich ganz still ist. Als wäre die Zeit gestoppt worden, als wären Sam und ich in einer Blase, abgeschottet vom Rest der Welt. Nur er und ich.

»Weißt du, wie sehr ich dich mag?«, murmelt er an meinen Lippen und schiebt seine Hände in meine Haare.

»Wie sehr magst du mich?«

Ein Funkeln huscht durch seinen Blick. »Sehr«, antwortet er und küsst mich erneut.

***

Die Plunge Party endet gegen zwei Uhr am Nachmittag. So lange sind Sam und ich mit Resa, Felix, Nathan und anderen Hockeyspielern von Stand zu Stand unterwegs, trinken Tee, essen Hot Dogs und französische Crêpes.

Meine Eltern kommen kurz zu uns, um sich zu verabschieden und mir meine Kamera zurückzugeben. Auf dem Display schauen wir die Bilder an, die mein Vater gemacht hat, und amüsieren uns über unsere vor Kälteschock und Belustigung verzerrten Mienen.

Das Foto von Sam und mir ist einfach nur schön. Nicht nur, dass man am gegenüberliegenden Ufer den Point State Park mit dem Brunnen sieht, Dad hat genau im richtigen Moment, als wir beide lachen und dabei verdammt glücklich aussehen, auf den Auslöser gedrückt.

Bald kündigt der Getränkestand die letzte Runde an. Sam und ich verabschieden uns und gehen zu seinem Auto.

»Lust auf eine Runde Sauna?«, fragt er, als er den Schlüssel in die Zündung schiebt und den Motor startet.

Sauna? Nach noch mehr Trubel in einem Hotel oder Freizeitbad ist mir gerade gar nicht zumute. Kuschelige Zweisamkeit wäre mir viel lieber.

»Kommt drauf an«, entgegne ich also. »Welche Sauna?«

»Die bei mir zu Hause.«

»Dann ja.«

Da fällt mir etwas ein. »Was ist mit deiner Tante?«

Sam zuckt mit den Schultern und fährt los. »Wahrscheinlich ist sie nicht da. Wenn doch … dann ist das eben so. Wenn sie irgendwie irritierende Dinge sagt, überhör's einfach, okay?«

»Irritierende Dinge?«, hake ich nach. »Was zum Beispiel? Dinge über dich? Oder über mich?«

Auf die Straße konzentriert, schüttelt Sam den Kopf. »Nichts Bestimmtes. Mach dir keine Sorgen. Wenn sie komisch ist, nimm's einfach nicht persönlich.«

Ah ja. Okay. Sehr beruhigend.

»Ähm, Sam. Vielleicht sollten wir doch besser irgendwo anders hin. In ein Café oder so.«

»Ich will in kein Café. Wer weiß, wen wir da alles wieder treffen. Ich will allein sein. Mit dir.«

Also gut.

Während wir am Flussufer entlang auf dem Parkway bis zum Schenley Park fahren, lösche ich die verwackelten Bilder, die mein Vater gemacht hat, von der Kamera. Ein paar Minuten später biegt Sam in die Bennington Avenue ein. Er drückt auf die Fernbedienung. Ein Schauer rieselt über meine Haut, als die aus Eisenstäben gefertigten Seiten des Tors aufschwingen und Sam die Auffahrt hinauffährt.

»Okay, sie ist da«, brummt er mit Blick auf die vorm Haus stehende weiße Limousine. »Sieht aber aus, als wäre sie auf dem Sprung. Das Auto stünde sonst in der Garage.«

Auf dem Sprung, das klingt tröstlich. Schön wär's, wenn sie exakt jetzt aus dem Haus springen, es ganz eilig haben und losfahren würde. Leider passiert das nicht. Sam und ich steigen aus und gehen zum Hauseingang. Er öffnet die Tür und hält sie für mich auf. Am liebsten würde ich mich hinter seinem breiten Rücken verstecken.

Das Foyer der Villa wirkt kühl: weiße Deko aus Metall und Glas, keine Farben und keine Schuhe oder Jacken, die an Garderoben hängen. Genauso kühl wirkt die Frau, die nun vor mir steht und sich einen Schal um den Hals schlingt. Sie mustert meine vom Plunge verwuschelte Frisur, meine Jacke und die Kamera, die von meiner Hand baumelt, schließlich auch meine Sneakers. Wenig begeistert huscht ihr Blick zu Sam, der hinter mir hereinkommt.

»Du hast dein Geschirr vom Frühstück herumstehen lassen«, sagt sie und nimmt einen weißen Mantel aus einem Garderobenschrank. »Dir ist klar, dass Zita heute nicht kommt und ich dir nicht hinterherräumen werde.«

»Sorry, vergessen«, knirscht Sam zwischen den Zähnen hindurch.

Bereits auf der Fahrt hatte ich das Gefühl, dass er schlechte Laune bekommt. Wären wir bloß nicht hergekommen. Ich will den kurzen Moment der Stille nutzen und mich wenigstens vorstellen, doch Sams Tante ist noch nicht fertig.

»Vergiss es nicht noch einmal.«

»Schon klar, Melissa, keine Sorge.«

»Kommen noch mehr als sie?« Erneut nimmt sie mich in Augenschein, zieht dabei den Mantel an. »Ich hoffe, du hast nicht vor, Partys zu feiern, wenn ich nicht da bin.«

»Es kommt sonst niemand, es passiert rein gar nichts, und sie …« Sam betont das Wort. »… heißt Harley. Du könntest …«

»Also dann, ich muss los.«

Damit rauscht sie aus dem Haus, ohne mich eines weiteren Blickes zu würdigen.

Ich zucke zusammen, als die Tür hinter ihr zuschlägt. Mein Blick wandert zu Sam, der, die Hände in die Hosentaschen geschoben, vor sich hin starrt. Dann zieht er seine Jacke aus und durchquert das Foyer.

»Komm mit, werfen wir die Sauna an«, sagt er mit vor Ärger harter Stimme.

»Dürfen wir das denn?«, rufe ich ihm nach und sehe zur Tür. Draußen heult der Motor der Limousine auf.

»Ich wohne hier.«

Sams Stimme und seine Schritte entfernen sich.

»Sam …«

Eine Gänsehaut kriselt über meine Arme, als ich höre, wie er zurückkommt.

»Na los, lassen wir uns von ihr nicht den Tag versauen.«

Leider klingt er überhaupt nicht so, als sei das nicht schon längst geschehen. Trotzdem folge ich ihm durch die angrenzende Küche und einen Wintergarten. Von dort gelangen wir in eine Art Lounge – wohl der zur Sauna gehörende Erholungsraum. Sam schaltet die Sauna an und gleich darauf den Fernseher. Er lässt sich in einen der beiden Sessel plumpsen und stellt ihn in Liegeposition.

»Dauert noch etwa eine halbe Stunde, bis es drinnen warm genug ist«, brummt er und zappt durch die Kanäle. »Was willst du sehen? Einen Film, eine Serie, Musik?«

»Ist mir egal.«

Ich hocke mich auf die Lehne des anderen Sessels und sehe mich um. Neben dem Fernseher gibt es eine Musikanlage, ein Regal mit Büchern und Magazinen und eine kleine Bar. Hinter der Scheibe des Kühlschranks erkenne ich Champagner und Wasserflaschen. In Regalen aus unbehandeltem Holz liegen frische, akkurat gefaltete hellblaue Handtücher und Bademäntel bereit. Die hohen Fenster lassen sich mit Jalousien verdunkeln. Zwei sind zur Hälfte geschlossen, durch das dritte fällt graues Winterlicht herein.

Ich lege meine Kamera auf einen Beistelltisch neben dem Sessel, ziehe meine Jacke aus und wickele den Schal ab. Gemütlicher wird die Situation dadurch nicht. Sam starrt auf den Fernseher, über dessen Mattscheibe der Mitschnitt eines Konzerts flimmert.

»Wenn du was zu trinken willst, bedien dich«, murmelt er, ohne mich anzusehen.

Einmal mehr droht seine Stimmung auf mich abzufärben, und plötzlich fühle ich mich wieder wie auf Konfrontationskurs mit dem Sam, der neu an der Highschool ist, niemanden braucht und niemanden mögen will. Acht Tage lang war dieser Sam verschwunden, beinahe hatte ich vergessen, dass es ihn gibt. Die schlechte Stimmung in diesem Haus ist wie ein Schatten, der sich in manchen Momenten über sein Leben legt und auch die sonnigen Momente dunkel macht.

Aber jetzt soll er sich gefälligst zusammenreißen! Noch immer auf der Sessellehne hockend, hole ich meine Kamera aus der Tasche, schalte sie ein und hebe sie vors Gesicht. Ich nehme Sam in den Fokus und zoome sein Gesicht heran. Seine Miene ist entspannt, aber sein Blick geht ins Nichts. Er bemerkt nicht einmal, was ich tue. Erst als ich auf den Auslöser drücke und das Klicken ertönt, sieht er mich an. Irritation und Ärger blitzen in seinen Augen.

»Was machst du da?«

»Ich fotografiere dich.«

Er zieht die Brauen hoch – noch ein schönes Bild. »Warum?«

»Du zeigst dich gerade von deiner besten Seite, da kann ich nicht anders.«

Der Ärger in seinen Augen schwindet ein wenig, kurz wirkt er sogar amüsiert und schnaubt. »Würdest du es trotzdem lassen?«

Noch nicht. Ein Schnappschuss noch. Und noch einer. Als Sam den Sessel in Sitzposition bringt und aufsteht, rutsche ich von der Lehne und fotografiere munter weiter. Rückwärts weiche ich vor ihm zurück, doch er ist schnell bei mir und nimmt mir den Apparat ab.

»Vorsichtig damit«, sage ich lachend und will ihn mir wiederholen, doch Sam hält mich fest in einem Arm und lässt die Kamera an ihrem Band am anderen ausgestreckten Arm von zwei Fingern baumeln. Sein Blick ändert sich und wird weicher. Nicht Groll oder Wehmut färben das Blau seiner Augen jetzt dunkel, sondern Lust.

»Selber schuld«, raunt er und beschert mir allein mit seiner Stimme ein wohliges Frösteln. »Gewarnt warst du schließlich.«

»Ich konnte trotzdem nicht widerstehen. Deine schlechte Laune war ein viel zu gutes Motiv.«

Er schnaubt leise. Zwar antwortet er nicht, doch seine sachte streichelnden Finger verraten, dass auch der Rest seines Ärgers verblasst. Weil ich es nicht länger aushalte, ihm nahe zu sein, ohne ihn zu küssen, stelle ich mich auf die Zehenspitzen, um meinen Mund an seinen zu bringen, doch Sam weicht zurück.

Schritt für Schritt dirigiert er mich zum Sessel. Dort angekommen, senkt er seinen Arm, um die Kamera auf das Tischchen zu legen. Ich will mich setzen, doch er lässt mich nicht. Er schiebt seine Hände unter mein Sweatshirt und das Hemd, das ich darunter trage. Sachte streicht er über meinen Rücken. Schließlich umfasst er meine Brüste, deren Spitzen sich unter seiner Berührung sofort zusammenziehen. Als er mit den Daumen darüberfährt, keuche ich und versuche wieder, ihn zu küssen. Er weicht abermals zurück, und das Schmunzeln, das seinen Mund jetzt umspielt, macht seinen Blick perfekt.

Dann legt er einen Arm um mich und schiebt seine freie Hand in meine Jogger, geradewegs unter den Slip und zwischen meine Beine. Ich schnappe nach Luft, als Sams Finger diesen einen empfindlichen Punkt umkreisen, und mir wird bewusst, wie nass ich da unten bin. So sachte seine Berührung auch ist, sie weckt doch ein bittersüßes Ziehen, das sich wie eine Welle in meinem Unterleib ausbreitet und mich zittern lässt. Als meine Sicht verschwimmt, schließe ich die Augen und lege einen Arm um Sams Hals, wie um mich festzuhalten.

»Machst du es dir selbst?«, höre ich ihn fragen.

»Wer tut das nicht?«, gebe ich stockend zurück.

»Bis du einschläfst oder bis du kommst?«

»Bis ich komme.«

»Ich will sehen, wie du kommst.«

Ohne seine Hand zurückzuziehen, macht er sich an meinem Sweatshirt zu schaffen. Mitsamt dem Hemd stülpt er es nach oben. Mit nur halbem Bewusstsein – mein Geist ist wie betrunken und auf Sams kreisende Finger fixiert – erledige ich den Rest und ziehe mir Hemd und Sweatshirt über den Kopf. Zur gleichen Zeit streift er mir Hose und Slip von den Hüften und zieht seine Hand zurück. Ein enttäuschtes, sehnsüchtiges Murren will aus meinem Mund, doch Sam verschließt ihn mir mit einem Kuss, der so tief und verlangend ist, dass ich seine fehlende Berührung für einen Moment vergesse. Ich ziehe ihn an mich und lasse mich mit ihm in den Sessel fallen, schiebe meine Hände unter sein Sweatshirt und streiche über seine warme Haut. Er löst unseren Kuss, um sich des Oberteils zu entledigen, ist aber gleich wieder ganz bei mir. Nicht bei meinem Mund jedoch. Er küsst meinen Hals und findet eine Stelle unterhalb meines Ohrs, bei deren Berührung – ein Knabbern, ein Biss – ich schier verrückt werde und mich unter ihm winde. Er streichelt meine Brüste und küsst sich weiter voran, über meinen Bauch zur Hüfte, die nicht mehr stillhalten kann. In einer harschen, ungeduldigen Bewegung schiebt er die Hände unter meinen Po und bringt mich im Sessel ein Stück nach vorn, dann, wieder viel sanfter, öffnet er meine Beine. Als sein Mund meine Mitte berührt, steigt ein neues Keuchen aus meiner Kehle auf.

Besser als seine Finger, denke ich noch – dann ist mein Kopf völlig gedankenleer, mein Geist ganz und gar eingenommen vom zehrenden Verlangen, das Sams Zunge und seine Lippen auf unbeschreibliche Weise reizen.

Ich spüre, dass ich komme, als mein Becken zu zittern beginnt. Sams Hände schließen sich fest um meine Taille. Als die Lust in mir explodiert, biege ich den Rücken durch und suche nach Halt.

Dass Sam sich wieder nach oben küsst, nehme ich kaum wahr. Ich ringe um Atem und versuche, den grandiosen Moment zu halten, ihn in mir zu bewahren, irgendwie. Doch er macht sich leicht und fliegt davon, als mein Bewusstsein zu mir zurückkehrt. Sam richtet sich auf, um ein Kondom aus seiner Verpackung zu holen. Dann küsst er mich und zieht mich sanft in die Höhe. Als er seine Hüfte zwischen meine Schenkel schiebt, schlinge ich die Beine um ihn, schließe die Hände um sein Gesicht und nehme ihn tief in mir auf.

***

»Das war noch besser als beim ersten Mal«, murmele ich zufrieden wie noch nie.

Noch im Sessel, liege ich quer auf Sams Schoß, in seinem Arm. Er streichelt geistesabwesend über meine Schulter, bis die Stelle zu kribbeln beginnt.

»Ist es immer. Je öfter man es mit derselben Person tut, desto besser wird es.«

»Wie oft hast du es schon mit derselben Person getan?«

Er zögert, antwortet aber. »Nicht so oft.«

»Ist die Sauna jetzt heiß genug?«

Einen Augenblick lang schweigt er irritiert, dann bebt seine Brust unter einem Lachen.

»Meine Güte, das war ein Gedankensprung wie: Voll lecker, das Schnitzel, bloß etwas ... schau mal, ein Eichhörnchen!«

Lachend setze mich auf. Sam sieht mich an.

»Die Sauna ist mit Sicherheit heiß genug«, schmunzelt er und streicht mir eine Haarsträhne aus der Stirn. »Aber vielleicht kühlen wir noch ein bisschen runter.«

NEUNZEHN

Träge und verschwitzt erwache ich aus einem unruhigen Schlaf. Zuerst spüre ich das Kratzen im Hals, dann meinen scheinbar staubtrockenen Rachen. Das Schlucken tut weh. Als ich mich auf den Rücken drehe, schmerzt jeder Knochen. Mein Kopf dröhnt, meine Stirn glüht.

Nein, nein, nein!, ächze ich im Stillen. *Nicht das jetzt!* Nicht diese Woche. Nicht zum Start der Playoffs.

Lahm wie eine Hundertjährige setze ich mich im Bett auf und krieche unter der Decke hervor, nur um sie sofort bibbernd wieder über mich zu ziehen. Schlotternd stehe ich auf und tappe, in die Decke geschlungen, aus meinem Zimmer in Richtung Bad. Die Schlafzimmertür meiner Eltern wird geöffnet, und meine Mutter tritt in den von grauem Morgenlicht ungemütlich erhellten Korridor. Verschlafen wühlt sie sich durch die Haare und entdeckt mich.

»Harley!«, ruft sie und kommt zu mir. Ihre Hände, die sie an meine Wangen legt, sind eiskalt. »Du bist total krank. Hast du Fieber?«

»Ein bisschen vielleicht. Nicht schlimm«, krächze ich und will mich an ihr vorbeischieben.

»So willst du aber nicht zur Schule?«

»Doch … die Play-offs …«

»… beginnen am Freitag, nicht heute. Du packst dich mal schön wieder ins Bett, ich rufe in der Schule an.«

Für einen Widerspruch bin ich zu erledigt. Zähneklappernd schleppe ich mich zurück ins Bett, irgendwie doch froh, einfach nur hineinfallen zu können. Fröstelnd ziehe ich mir die Bettdecke bis zur Nase und döse weg.

***

Etliche Holunderblütentees, wirre Träume und Hühnersuppen später geht es mir besser. Es ist Donnerstag, und ich will morgen sowohl zur Schule als auch zum Spiel.

Eben war Resa da. »Meine Güte, was stinkt hier so bestialisch?«, hat sie beim Betreten meines Zimmers geächzt und sich in vorgetäuschter Ohnmacht in meinen Sessel plumpsen lassen. Es ist das Teebaumöl, dass in einer Schale auf der Heizung seine heilende Wirkung entfalten soll.

Sam, der mich nach dem Training besuchen will, treffe ich wohl besser im Wohnzimmer.

Er hat sich für achtzehn Uhr angekündigt, und bereits eine halbe Stunde vorher werde ich nervös. Die fünf Tage, die wir uns nicht gesehen haben, kommen mir wie eine Ewigkeit vor. Der Infekt hat mir in mancher Stunde einen Depri geschickt, dank dem ich mir blödsinnigerweise schreckliche Szenarien ausmalte und manchmal glaubte, Sam nie wiederzusehen.

Als es klingelt, ruft Mom aus ihrem Büro: »Hey, hier kommt der Mann der Stunde!«

Ich fordere sie vielleicht ein bisschen zu forsch auf, ihre Tür zu schließen, und öffne Sam. Es ist verrückt, aber er sieht noch besser aus als in meiner Erinnerung. Als er mich fest umarmt, fühlt sich das so gut an, dass meine Zweifel und Ängste verschwinden. Seine Lederjacke ist ein bisschen klamm vom Nieselregen, aber darunter ist er ganz warm.

»Tut mir so leid«, murmelt er an meinem Ohr und drückt mir einen Kuss auf die Stirn.

Schon am Telefon hat er sich entschuldigt, weil er überzeugt ist, dass ich mich beim Plunge, zu dem er mich überredet hat, erkältet habe. Ich will ihn auf keinen Fall anstecken, also bringe ich schweren Herzens ein wenig Abstand zwischen uns und hocke mich auf die Couch. Er setzt sich in einen Sessel und erzählt vom Training, bei dem sich Carl mit ihm anlegen wollte.

»Und? Wie hast du reagiert?«

Er hebt die Schultern und lässt sie wieder fallen. »Gar nicht. Wenn er Ärger mit Coach Wilson will, bitte. Ich will bloß Hockey spielen.«

Die Einstellung gefällt mir. Ich würde ihm gern sagen, wie gut ich das finde, doch es kribbelt in meiner Nase, und ich muss heftig niesen.

»Du Arme!«, murmelt Sam, während ich meine Nase putze. Dann kommt er wieder auf Carl zu sprechen.

»Ich frag mich, was sein Problem ist. Er ist total merkwürdig drauf, guckt mich ständig an, als wüsste er was, was ich nicht weiß. Wie zuletzt, nachdem ihr beide im Hof geredet habt. Worum ging es da überhaupt?«

»Ach …« Ich winke ab und hoffe, er lässt das Thema fallen, doch er bleibt dran.

»Irgendwie hab ich das Gefühl, es ist wegen seiner Ex. Cassidy, deine Freundin.«

Auch meine Ex.

»Ihr seid auch nicht mehr so eng, oder?«, überlegt er weiter, als ich schweige. »Wegen mir?«

Ich habe Hemmungen, das zu bestätigen. So blöd sich Cassidy auch benimmt, ich will Sam nicht sagen, dass sie auf ihn steht.

»Cas und ich haben seit einiger Zeit …« Tja, wie nenn ich das? »Differenzen. Sie ist ja auch meine Cousine, wir sind miteinander aufgewachsen, haben uns aber irgendwie auseinandergelebt. Sie hat ganz andere Interessen als ich.«

»Das sieht sogar ein Blinder. Und genauso gut könnte Carl sehen, dass absolut nichts zwischen mir und Cassidy läuft. Würde ich mich für sie interessieren, wäre ich auf ihre Flirtversuche eingestiegen.«

Sam kann es nicht wissen, aber seine Worte sind für mich mindestens genauso beruhigend, wie sie es für Carl wären.

»Hast du ihm das gesagt?«

»Was? Dass mich seine Ex angräbt und es mir egal ist?« Er stößt ein trockenes Lachen aus. »Carl würde nur den ersten Teil hören und mir seine Faust ins Gesicht drücken.«

Das wäre gut möglich.

»Soll er schauen, wie er sie wieder von sich überzeugt, oder einfach drüber wegkommen. Ich an seiner Stelle würde sie vergessen, aber das will er wahrscheinlich auch nicht hören. Vielleicht muss er noch zehn Mal durch die Scheiße waten, bevor er kapiert, wie Mädchen wie Cassidy ticken.«

Es wird immer besser. »Wie ticken sie denn?«

Sam sieht mich an, als würde er sich wundern, ob ich die Frage ernst meine. Er zieht eine Braue hoch, und sein spöttischer Blick sagt so viel wie: *Wenn es eine wissen muss, dann du.*

»Sie schillern«, hebt er an. »Sie leuchten wie Glühlampen im Dunkeln und locken Jungs wie Motten an.«

Das trifft es zwar in etwa, aber ich finde es ein bisschen übertrieben. »Und dann verbrennen sie sich, die armen Kerle?«

»Manche, besonders dumme Exemplare, ja. Andere kapieren einfach, dass es nur oberflächlich schillert. Darunter ist es ziemlich grau.«

Unweigerlich frage ich mich, wie vielen Mädchen er schon das schillernde Kleidchen ausgezogen hat, um festzustellen, dass sie darunter grau sind. Ich verkneife es mir, doch Sam liest meine Gedanken.

»Braucht wohl die eine oder andere Erfahrung, bis man das kapiert«, gibt er zu.

Er will darüber reden. Okay, na dann!

»Du hattest dich mal in so ein Mädchen verliebt, sie hat dich verletzt, und du hast draus gelernt.«

»Verliebt?« Nachdenklich schüttelt er den Kopf. »Vielleicht war ich verknallt. Allerdings hab ich mich nie so richtig festgelegt. Oder zumindest nicht lange.«

»Weil dir langweilig wurde und schon das nächste schillernde Wesen in Sicht war?«

»Nein, ich glaub nicht. Irgendwann fehlte mir immer die Herausforderung, und damit verkümmerte das Bedürfnis nach gemeinsamer Zeit.«

Dass er dank seines Aussehens und seiner Qualitäten auf dem Eis ein Magnet für Aufmerksamkeit ist, demonstrieren die beiden Monate an der Schule. Wahrscheinlich ist es ihm nie schwergefallen, Mädchen zu erobern. Er schillert auch, doch unter der Oberfläche ist er keineswegs grau. Seine Facetten, nicht nur sein Humor und seine zärtliche Seite, sondern auch sein Groll, seine Traurigkeit und seine Arroganz, machen seinen Charakter so bunt, dass ich wahrscheinlich ein Leben lang draufschauen könnte und immer wieder einen neuen Farbton entdecken würde.

»Dann ist unsere gemeinsame Zeit wohl auch begrenzt«, sage ich schroffer als beabsichtigt. Die Stimmung, in die ich mit seinen Worten geraten bin, hat den Ton bestimmt.

Sam ist verunsichert. Er rutscht tiefer in den Sessel, hebt die Arme über den Kopf und verschränkt die Hände im Nacken. Ein paar Sekunden lang habe ich das Gefühl, er würde gerade am liebsten türmen.

»Das mit dir ...«, sagt er zögerlich, »das wollte ich anfangs nicht.«

»Ich weiß. Zwei Mal hast du mich aus heiterem Himmel geküsst und dann tagelang so getan, als würde ich nicht existieren. Sei dir mal sicher, dass ich das mit dir, vor allem deshalb, genauso wenig wollte.«

Er grinst, wird aber gleich wieder ernst und nimmt die Arme herunter.

»Schon ein paar Monate vor dem Tod meiner Eltern war es anders. Im Internat gab es keine Mädchen, aber ich ging auch kaum aus, um welche kennenzulernen. Diese Beziehungen, meinetwegen auch nur der Sex, gaben mir nichts, also ließ ich es sein. Als meine Eltern tot waren und ich noch in Philly lebte, bin ich nur rausgegangen, um mir was zu essen zu holen.«

Während ich versuche, all das nachzuvollziehen, muss ich an seinen Rauswurf aus dem Internat denken. Auch meine Vermutung fällt mir dabei ein.

»Als du diesen Autounfall hattest, bist du nicht einfach so herumgefahren, oder?«, frage ich vorsichtig und wünschte, ich könnte näher bei Sam sitzen. »Du hattest vom Tod deiner Eltern erfahren und …«

»So war es nicht«, unterbricht er mich und klingt plötzlich so abweisend, dass ich erschrecke. Er merkt es und zögert. »Sie lebten da noch«, fügt er sanfter an. »Na, jedenfalls …« Er weiß nicht weiter, scheint aus dem Konzept geraten zu sein, also bringe ich ihn zurück zu dem Punkt, an dem ich ihn unterbrochen hatte.

»Du hast dich also verkrochen, in Philly.« Um die Trauer zu verarbeiten, füge ich im Stillen hinzu, denn ich bin mir sicher, dass Sam das nicht hören will. »Und dann wurdest du hierherverfrachtet und konntest dich nicht mehr abschotten.«

Mit einem nachdenklichen »Hm« stimmt er zu. »Ich musste zur Schule, wollte endlich auch wieder Eishockey spielen, um den Kopf ein paar Stunden lang freizukriegen. Aber eben nicht mehr.«

»Warum? Hat es dir geholfen, für dich zu sein? Allein?«

Er verzieht den Mund, schüttelt den Kopf und weicht meinem Blick aus, indem er auf seine Knie starrt.

»Ich denke mal, ich konnte mich selbst nicht leiden«, murmelt er. »Und mit diesem Gefühl hatte ich auch keinen Nerv auf andere. Ich wollte nur meine Ruhe haben und irgendwie ... klarkommen, mit mir.«

Ich weiß nicht, was ich dazu sagen soll. Sam sieht auf und mustert mich ein paar Sekunden lang stumm. Dann lächelt er schief, und die Traurigkeit verschwindet aus seinen Augen.

»Ich hab nicht mit dir gerechnet.«

Bei mir hat er also versagt. Er konnte mich nicht auf Distanz halten, sosehr er es auch versucht hat. Mein Herz füllt sich mit Wärme.

»Zuerst hast du mich am Bahnhof aufgesammelt, dann bist du mir vors Auto gelaufen«, erinnert er sich, »dann bist du zum Spiel mitgefahren, schließlich hast du meine Fotos gemacht ...« Er hebt die Schultern und lässt sie mit einem Atemzug wieder fallen. »Irgendwie warst du mehr als nur da, und ziemlich unfreiwillig jedes Mal.«

»Weil du nicht besonders freundlich warst. Anfangs zumindest.«

»Am Pool, da musste ich dich einfach küssen. Und nach dem Eislaufen auch.«

»Und später hast du dich über dich selbst geärgert, oder was?«

»Ja. Einerseits, weil mir diese Nähe – und dass ich

sie wollte – nicht geheuer war. Andererseits hatte ich Hemmungen, weil du kein Mädchen bist, das man einfach so küsst oder ... na ja.«

»Oder vögelt«, sage ich mit verhaltener Stimme, damit meine Mutter es nicht hört – wo auch immer sie herumschleicht.

»Das hast du gesagt«, gibt Sam ebenso leise zurück, entspannt sich aber endlich.

Er beugt sich im Sessel nach vorn, stützt die Ellenbogen auf die Knie und das Kinn auf die Fäuste. Als er grinsen muss, senkt er den Kopf und scheint sich im Stillen etwas zu sagen, dann sieht er wieder auf. Wie um mich vor der Intensität seines Blickes und seinen unausgesprochenen Gedanken zu schützen, verschränke ich die Arme vor der Brust. Dennoch fröstele ich unter dem Gefühl, das mich packt.

Wie Sam da sitzt, mit all seinen Kanten und Fehlern, liebe ich ihn.

ZWANZIG

Der Alpha Ice Complex bläht sich über dem Jubel der Zuschauer, als der Refrain von *Thunder* aus den Lautsprechern dröhnt. Als würden sie vom Bass ausgespuckt, gleiten unsere Spieler in der Reihenfolge ihrer Aufstellung über das Eis, damit Nathan, der wieder am Mikrofon sitzt, sie vorstellen kann. Er und die Dragons-Fans sind inzwischen ein eingespieltes Team. In lässiger Manier sagt Nathan die Vornamen der Spieler ins Mikro und übergibt an das Publikum, das die Nachnamen im Chor schreit.

Die Seneca Valley Eagles, die wir im ersten Spiel der Play-offs zu Gast haben, lassen sich davon allerdings nicht einschüchtern. Von der ersten Spielsekunde an sind sie präsent und schenken den Dragons keinen Meter. Natürlich nicht.

Das erste Drittel vergeht wie im Flug, ohne dass ein Team punkten kann. Ich dokumentiere spektakuläre Szenen auf dem Eis, Zweikämpfe, Angriffe auf das Tor der Eagles, aber ebenso viele gefährliche Aktionen in unserem Drittel, bei denen Felix und die Verteidiger gefragt sind. Carl, Sam und Will sind in Form und eingespielt, trotzdem gelingt ihnen kein Tor. Immerhin kassieren wir auch keins.

Bedauerlicherweise ändert sich das in Runde zwei.

Die Verteidiger der Eagles blockieren einen Pass von Will zu Sam, schnappen sich den Puck und spielen ihn durch die neutrale Zone in unser Drittel, vor unser Tor und nach einigen Pässen an Felix vorbei ins Netz. Der Jubel der anwesenden Eagles-Fans geht im enttäuschten Raunen der Dragons-Anhänger unter.

Müsste ich nicht meine Kamera halten, würde ich wie Resa, die neben mir an der Bande steht, erschrocken die Hände vors Gesicht heben. Als ich sie dabei fotografiere, zieht sie sich die Kapuze ihres Anoraks über den Kopf und schottet sich so vom neugierigen Auge meiner Kamera ab.

In der Pause bleiben wir, wo wir sind. Über die Musik und die Cheers der Cheerleader auf dem Eis hinweg dringt Cassidys Stimme an mein Ohr.

»Das ist so ungerecht«, mault sie. »Dabei sind unsere Jungs so gut.«

Ich tausche einen Blick mit Resa, die eine Braue hochzieht.

»Und Carl ist doch wirklich in Bestform«, hören wir weiter. »Mal ehrlich, so gut war er doch selten.«

Carl?

»Läuft wieder was zwischen den beiden?«, raune ich Resa zu.

Sie nickt, schweigt aber.

»Seit wann?«

»Seit heute«, presst sie hervor und nickt in Richtung Eis. Es geht weiter.

»Bin mal gespannt, wohin Cassidys neues Spielchen führt«, frotzelt Resa, als hätte sie meine Gedanken gelesen.

Die ersten Minuten des zweiten Drittels verpasse ich mehr oder weniger, weil ich von einer Hustenattacke in Schach gehalten werde.

»Gesund klingst du noch nicht«, lautet Resas Kommentar dazu.

Gesund bin ich auch noch nicht. Um hier sein zu dürfen, musste ich betteln und Mom hoch und heilig versprechen, dass ich es ruhig angehen lasse. Leicht ist das nicht gerade, weder bei den Verteidigungsaktionen noch den Angriffen unserer Jungs, wie sie jetzt einen starten.

Sam nimmt einem Eagle den Puck ab und katapultiert die schwarze Scheibe zu Carl. Will empfängt von Carl, rast mit dem Puck ins Drittel der Eagles und befördert das Ding mit einem schnellen Hieb ins Tor. Jubel brandet auf. Resa reißt die Hände hoch, wie es alle anderen Dragons-Fans ringsum in der Halle tun. Als ich die Kamera senke, fällt sie mir um den Hals.

Nathans Stimme tönt ins Mikro: »Tooor für die Taylor Allderdice Steel ...«

»Dragons!«, rufen wir und Hunderte andere im Chor.

»Tolle Leistung von Assistent Samuel ...«

»Collins!«

»Und Assistent Carl ...«

»Thompson!«

»Chapeau an Schütze William ...«

»Ward!«

»Neuer Spielstand. Dragons ...«

»Eins!«

»Eagles auch eins. Danke schön.«

Mit der Motivation des Fan-Supports und des

ausgeglichenen Punktestandes geht das Spiel rasant weiter. Insbesondere, als sich die vierten Reihen, die Prügelknaben der Teams, gegenüberstehen, gehen Schläger zu Bruch und fliegen übers Eis. Trotz harter Kämpfe und guter Züge auf beiden Seiten fällt im zweiten Drittel kein weiteres Tor. Das letzte Drittel erwarten Resa und ich mit Hochspannung. Ich versuche, meine Ohren vor Cassidys Stimme zu verschließen. Leider gelingt es mir nicht, und so ärgere ich mich über jeden ihrer Kommentare.

»Ich frage mich immer wieder, wie du das all die Jahre ausgehalten hast«, brummt Resa, während sie sich Notizen für den Bericht macht.

Ohne zu antworten, werfe ich einen Blick über die Schulter. Cassidy sitzt zwischen Liv und Cheryl, die jetzt auch beide Bikerjacken tragen. Sie redet und redet, zupft an den Spitzen ihrer kurzen blonden Haare, macht eine theatralische Handbewegung und sieht plötzlich zu mir hin. Mit einem strahlenden Lächeln richtet sie sich auf, streckt ihren Arm aus, spreizt Daumen und Zeigefinger zu einem L für Looser. Liv und Cheryl kichern. Ich drehe mich zurück und verbanne sie aus meinem Kopf.

Im letzten Drittel machen die Spieler da weiter, wo sie aufgehört haben: bei harten, zu keinem Punkt führenden Kämpfen.

»Meine Güte, bitte, ein Tor«, fleht Resa. »Nur eins noch. Mehr wollen wir gar nicht.«

Immer aufgeregter stimme ich mit einem »Bloß keine Overtime« in ihr Gebet ein und werfe einen Blick auf die Zeitanzeige. Noch fünf Minuten. Das wird knapp.

Die Spannung steigt, und die Luft im Stadion beginnt zu knistern. Als die Eagles innerhalb weniger Sekunden zwei Angriffe auf Felix' Tor starten, halte ich den Atem an und vergesse sogar, auf den Auslöser zu drücken. Felix hält. Duane bekommt den Puck vor den Schläger und schießt ihn in hohem Bogen ins neutrale Drittel. Carl fängt ihn aus der Luft, balanciert ihn vor sich aufs Eis und sprintet zum Drittel der Eagles. Sobald ihn deren Verteidiger einholen, passt er zu Will, der an Sam abgibt. Mein Herz holpert unerlaubt aufgeregt, und auch ohne Fieber wird mir heiß, als Sam in der dritten Minute vor regulärem Spielende zum Tor der Eagles rast. Die Verteidiger heften sich an seine Fersen, holen ihn aber nicht ein. Sam fackelt nicht lange und schickt den Puck ab.

»Tooooor!«, schallt es um uns herum. Ich lasse die Kamera vor meinen Bauch fallen, gebe Resa zwei Highfives und umarme sie abermals. Während wir noch erfreut herumspringen, macht Nathan seine Ansage. Das Chapeau an den Schützen lautet diesmal: »Samuel …«

»Collins!«

»Der neue Spielstand. Dragons …«

»Zwei.«

»Eagles immer noch eins. Danke schön.«

Die Eagles lassen das natürlich nicht auf sich sitzen. Sie bekommen den Puck vor ihre Schläger und bringen ihn blitzschnell in unser Drittel. Felix macht sich bereit. Ich kann gar nicht hinsehen, muss aber und halte mit der Kamera drauf.

»Scheiße, Scheiße, Scheiße!«, höre ich von Resa.

Felix hält. Einmal. Noch einmal. Und dann kommt es vor seinem Tor zu einem wüsten Gerangel, dessen Auslöser ein rüder Rempler eines Eagles-Verteidigers gegen Felix war. Der Goalie kann sich in seiner massiven Schutzkleidung gerade so bewegen, körperliche Angriffe aber nicht erwidern. Sam tut das an seiner Stelle und rempelt den Verteidiger beiseite. Daraufhin kassiert er einen Schlag gegen das Bein und teilt gleichermaßen aus. Carl mischt sich ein und bringt seinen Schläger ebenfalls unangemessen zum Einsatz, als der Schiedsrichter längst die verschiedenen Fouls gepfiffen und die Zeit gestoppt hat. Mein Blick schießt zu Coach Wilson, der sich das Basecap vom Kopf gerissen hat und flucht. Nützt nichts. Hört hier keiner. Die Rangelei geht weiter. Sam und Carl raufen sich mit zwei Eagles. Sie zerren sich die Helme vom Kopf, reißen sich an den T-Shirts und schleudern sich unter den erschrockenen Rufen des Publikums über das Eis. Als einer der Eagles die Fäuste einsetzt, gehen der Schiedsrichter und seine beiden Assistenten schließlich dazwischen.

Logisch, was hierauf folgt: Zeitstrafen wegen unnötiger Härte. Sowohl die beiden Eagles als auch Sam und Carl verbringen den Rest des Spiels auf der Strafbank. Beide Mannschaften holen je einen anderen Spieler hinzu und spielen in Unterzahl, aber immerhin gleicher Unterzahl, weiter, bis die letzte Sekunde verstrichen ist.

Gewonnen!

Der Jubel ist ohrenbetäubend. Wir sind im Halbfinale!

Die Freude hält an, als die Dragons ihre helmlose Siegerrunde über das Eis drehen. Mein Herz schlägt höher, und die Glühwürmchen … ach, die fahren mal wieder Karussell, als Sam vorbeigleitet und zu mir schaut. Er sieht geschafft, aber glücklich aus und zeigt mit strahlendem Lächeln zuerst auf mich, dann auf sich, dann erneut auf mich. Ich kapiere: Du, ich, bei dir.

***

Dank reichlich Lüftung und Verbannung des Keramikschälchens hat sich der Teebaumölgeruch aus meinem Zimmer vertreiben lassen. Nachdem ich eine Auswahl an Fotos vom Spiel an den *Print* und, wie immer beharrlich, auch an die *Post-Gazette* gemailt habe, krabbele ich auf Sams Schoß. Er sitzt in meinem Sessel und döst vor sich hin. Als ich meine Wange an seine Brust kuschele, umarmt er mich und legt seine Hand auf meinen Kopf, um mir durch die Haare zu kraulen. Das ist so angenehm, dass ich einschlummern würde, dränge durch das geöffnete Fenster aus der Ferne nicht ein anhaltendes Hupkonzert. Die Dragons-Fans feiern den Sieg ihrer Mannschaft und den Einzug ins Halbfinale mit einem Autokorso durch die Straßen von Squirrel Hill. Dass der Polizei das nicht sonderlich gefällt, verraten die Sirenen, die hin und wieder auch ertönen.

Als Sam und ich vorhin hochgegangen sind, saßen Mom und Dad vor dem Fernseher.

»Denk dran, Schätzchen, keine Anstrengung«, hat

Mom mir nachgerufen und Dads Lachen mit einem »Was denn, Rob? Sie soll sich schonen« unterbrochen.

Eltern können wirklich peinlich sein.

Sam hat darüber geschmunzelt, aber inzwischen einige Male geseufzt und mir Dinge ins Ohr geflüstert, die alles in mir zum Schwingen bringen. Wir sollten nicht mal darüber nachdenken. Nicht nur, weil ich ihn noch anstecken könnte, sondern auch weil meine Eltern unten fernsehen und davon ausgehen, dass ich mich schone. Die ganze Zeit schon versuche ich, meine Hüfte ruhig zu halten, was das deutliche Zeichen von Sams Erregung, auf dem ich praktisch sitze, zu einer ziemlichen Herausforderung macht. Als er leise stöhnt und den Kopf zurücklegt, würde ich ihn wahnsinnig gern ausziehen, ihn mich ausziehen lassen und seine warmen Hände auf meiner Haut spüren, mal fest und mal sanft. Ich hebe den Kopf, um ihn einfach nur anzusehen, doch er küsst mich und bringt mich damit halb um den Verstand. Unsere Hände fahren unter die Shirts, streicheln und liebkosen und wollen immer weiter. Erst als Sam unter den Bund meiner Hose will, meldet sich meine Vernunft zurück, und ich unterbreche den Kuss.

»Meine Eltern …«, sage ich mit einem bedauernden Seufzen.

Sams neuerliches Stöhnen klingt ein bisschen verzweifelt, aber er bringt seine Hände wieder an die Oberfläche und zieht mein Shirt glatt.

»Carl schmeißt morgen eine Party«, sagt er nach einer Weile. »Er hat mich eingeladen.«

»Echt? Cool!«

»Ich soll dich mitbringen, wenn ich hingehe.«

»Warum solltest du nicht hingehen?«

»Ich weiß nicht, hab nicht so richtig Lust. Kommst du mit?«

Ich setze mich auf seinem Schoß auf und sehe ihn an. »Wenn's mir morgen besser geht. Ich bin noch ziemlich schlapp, weißt du. Jetzt auch, dabei war ich nur drei Stunden unterwegs und hab bloß fotografiert. Felix und Resa gehen bestimmt, an die kannst du dich doch hängen.«

»Darum geht's nicht.« Er schnaubt halb belustigt, halb frech. »Ich hab keine Hemmung, da allein aufzuschlagen, es wäre nur lustiger, wenn du dabei wärst. Außerdem nerven einfach ein paar der Leute, die da sein werden.«

»Du meinst Cassidy? Carl und sie sind wieder zusammen.«

Noch ein Schnauben. »Das war heute Morgen unschwer zu übersehen. Sie hat an ihm geklebt wie sein siamesischer Zwilling, und er schien der glücklichste Kerl auf dem Planeten zu sein.« Er zieht mich wieder an sich, schlingt die Arme um mich, legt sein Kinn auf meinen Kopf und atmet durch. »Morgen Vormittag und Sonntagnachmittag haben wir Training, da wäre ich Samstagabend eben lieber bei dir als auf Carls Party. Ich hab Lust auf Netflix and Chill und auf Küssen und dann noch auf …«

»Sam!« Ich muss lachen und schlage ihm auf die Brust.

»Was denn? Ich kann nichts dafür. Du bist schuld. Wärst du nicht so sexy, würde ich nicht ständig dran denken.«

»Ich bin nicht sexy …«

»Hast du eine Ahnung.«

Ich gebe ihm einen Kuss auf den Hals, weil ich den gerade am besten erreiche. »Du solltest zu Carls Party gehen. Ist doch ein Friedensangebot, meinst du nicht?«

Zuerst muffelt er irgendetwas Unverständliches vor sich hin, dann sagt er: »Wenn wir es ins Finale schaffen, wird das nächste Wochenende noch härter, was das Training angeht. Wir werden alle platt wie Flundern sein.«

»Weißt du schon, gegen wen ihr nächsten Mittwoch spielt?«

»Mount Lebanon, North Allegheny und Peters Township sind weiter. Wir treten gegen North Allegheny an.«

»Die Tigers. Autsch.« Einer der beiden Angstgegner der Vorrunde. Einmal verloren, einmal gewonnen.

Sam sieht es gelassen. »Wir können sie packen. Haben wir ja schon einmal. Peters Township, die Mount Lebanon garantiert vom Eis fegen werden, sind der echt harte Brocken.«

»Wegen des Goalies.«

»Jepp, Patrick Anderson ist ein Fels. Der macht sein Tor einfach dicht. Selbst wenn wir im Endspiel wären und ein Null-zu-null hielten, spätestens im Penalty Shootout wär's vorbei.«

»Hey, nicht so pessimistisch.« Ich erinnere mich an Nathans Hoffnung, dass sich der Goalie der Indians ein Bein bricht. »Ich sollte Patrick Anderson zu Hause besuchen, ihn bezirzen und mit ihm knutschen. Vielleicht bekommt er meine Seuche und fällt aus.«

»Untersteh dich«, knurrt Sam. »Lieber verliere ich.«
Das ist süß.
Sam ist süß.
Ich kuschele mich wieder fester an ihn.

EINUNDZWANZIG

Ich weiß nicht genau, woher die Unruhe rührt, die mich erfasst, als ich vor der Schule parke. Ob es das Montagsgefühl ist oder die Aussicht, heute mit all dem Unterrichtsstoff überhäuft zu werden, den ich nachholen muss. Vielleicht ist es beides in Verbindung mit der Tatsache, dass Sam nicht da sein wird. Er ist krank. Gestern nach dem Training wollte er vorbeikommen, doch er hat angerufen und gesagt, dass er sich nicht wohlfühlt, wobei er ungewöhnlich kurz angebunden und distanziert klang. Er wollte es nicht zugeben, aber ich kann mir denken, dass ich ihn angesteckt habe. Vorhin kam seine Nachricht, dass er ziemlich erkältet sei und lieber zu Hause bleibt.

Auf dem Weg über den Parkplatz zum Eingang wächst die Beklommenheit in mir. Als mir Basketball-Cheerleader begegnen, mich beäugen und tuscheln, zieht sich mein Magen zu einem eiskalten Klumpen zusammen. Irgendetwas stimmt nicht. Mehr Glotzen und Tuscheln folgt auf dem Flur, dessen Geruch nach Linoleum und Reinigungsmittel in mir plötzlich Übelkeit auslöst. Kaum habe ich meinen Spind geöffnet, steht Resa neben mir.

»Ich muss dir was sagen«, murmelt sie und blickt verstohlen über meine Schulter hinweg. »Bevor du es von jemand anderem erfährst. Was, wenn ich mir die alle so anschaue, jede Sekunde geschehen könnte.«

Erschrocken starre ich Resa an. »Was ist denn?«, stoße ich aus und nehme die Englischunterlagen aus dem Spind.

»Nicht hier. Lass uns aufs Klo verschwinden.«

»Es wird jede Sekunde klingeln. Mrs Turner tickt aus, wenn ich schon wieder zu spät zu Englisch komme.«

Resa schlägt meinen Spind zu und wendet sich zum Gehen. »Glaub mir, du willst nicht ahnungslos in Englisch sitzen.«

Auf gummiweichen Beinen folge ich Resa, den Blick auf einen blinden Punkt fixiert, den Englischkram vor die Brust gepresst. Auf den Toiletten, wo noch ein paar Mädchen vor dem Spiegel stehen, dirigiert mich Resa in eine Kabine und verriegelt sie.

Ich lehne mich gegen eine Wand und fröstele. Resas besorgter Blick macht mir Angst.

»Es ist irgendwas mit Sam, richtig?«, flüstere ich, damit es die draußen vorm Spiegel nicht hören.

Resa holt ihr Handy hervor. »Ich zeige dir jetzt was, aber bitte! Bitte …« Sie schaut mich kurz an, konzentriert sich dann wieder auf das Telefon. »… raste nicht aus. Nicht überreagieren, in Ordnung?«

Auf mein Okay wartend, mustert sie mich. Ich nicke, kann aber nichts sagen. Meine Kehle ist wie zugeschnürt. Kein Wort, nicht mal ein Ton kommt heraus. Ich beobachte, wie Resa kurz zögernd auf ihr Display schaut, dann durchatmet und mir den Grund für all das Tuscheln und Glotzen zeigt.

Mein Herz verkrampft sich, als würde es in einer Faust gequetscht. Mein Nasenrücken kribbelt, als Tränen aufsteigen, doch ich blinzele sie weg, denn mit dem prompten Schmerz steigt auch eine Wut in mir auf, wie ich sie noch nie, nie in meinem ganzen Leben, gespürt habe. Ein von beiden Emotionen gefärbter Laut, der irgendwo zwischen Schluchzen und Knurren liegt, kommt aus meiner Kehle. Ich wende den Blick ab, doch das Bild ist wie in mein Sichtfeld gebrannt.

Sam und Cassidy ... der Film sehr kurz, vom billigen Handyzoom und schlechter Nachtlicht-Einstellung leicht verpixelt. Dennoch ist klar zu erkennen ... wie sie sich küssen. In einer Straße, vor Sams Auto.

Ich nehme Resa das Handy ab und starte den Film noch einmal, weil ich es eigentlich nicht glauben kann. Beim zweiten Mal Anschauen tut es noch mehr weh. Ihre Münder aufeinander, Cassidys Augen geschlossen, Sams leicht geöffnet. Ihre Hände liegen auf seinem Hintern, seine auf ihren Schultern.

Eine zornige Träne kribbelt auf meiner Wange. Ich wische sie weg, da bahnt sich schon eine neue ihren Weg. Weil meine Beine immer weicher werden und ich zu zittern beginne, setze ich mich auf den Klodeckel. Resa hockt sich vor mich, nimmt mir das Handy ab und sucht meinen Blick, doch ich sehe sie nur ein paar Sekunden lang, dann verschwimmt das Bild vor meinen Augen wieder zu der Szene aus dem grauenvollen Video. Resa nimmt meine Hand und drückt sie.

»Harley«, raunt sie, »du solltest mit Sam sprechen. Wer weiß, was da passiert ist ...«

Ich blinzele zweimal und sehe ihr ins Gesicht. Resa

schaut ehrlich verzweifelt aus. Fast so verzweifelt, wie ich mich fühle.

»Sprich mit ihm«, wiederholt sie.

Sie hat recht. Genau das werde ich jetzt tun.

Meine Hände beben, als ich mein Telefon aus der Jackentasche fummele und Sams Nummer wähle. Mein Herz wummert, und der Puls dröhnt in meinen Ohren, während ich auf den Klingelton warte und dann das Letzte höre, was ich gerade hören will.

»Mailbox«, knurre ich, beende die Verbindung und widerstehe dem plötzlichen, übermächtigen Drang, mein Handy gegen die Kabinentür zu pfeffern.

»Klar, er sitzt doch in Englisch«, sagt Resa. »Aber in der Pause …«

»Er ist nicht in der Schule. Wird heute auch nicht kommen.«

Sie kräuselt die Stirn. »Nicht?«

»Er ist krank.« Das letzte Wort kommt mit einer gehörigen Portion Verachtung über meine Lippen.

»Oh, das ist …« Resa lässt das Ende des Satzes in der Luft hängen.

»Merkwürdig. Sag es ruhig. In Verbindung mit diesen Neuigkeiten ist es merkwürdig. Er ist zu feige, hier aufzutauchen, deshalb behauptet er, dass er krank ist. Und ich dumme Nuss hab mir Sorgen gemacht, dass ich ihn angesteckt habe.«

Einen Moment lang überlegt sie. Ich kann ihre wirren Gedanken praktisch spüren.

»Vielleicht ist es das Beste, wenn du heute auch nicht hier bist. Du könntest ohne Weiteres sagen, dass du dich doch noch nicht wohlfühlst und …«

»Nicht im Traum. Irgendwann muss ich mich diesen Geiern da draußen sowieso stellen. Besser gleich.«

Resa nickt. »Also gut.« Sie atmet durch und erzählt mir, was sie weiß:

Sam kam gegen acht zu Carls Party. Sie und Felix waren eine halbe Stunde vorher eingetroffen. Die meiste Zeit war Sam bei ihnen. Hin und wieder quatschte er mit anderen Spielern, einmal auch mit Carl, wobei sie sich gut zu verstehen schienen. Gegen dreiundzwanzig Uhr kam Sam zu ihr, um sich zu verabschieden. Kurz danach fiel ihr Carl auf, der herumging und Leute fragte, ob sie Cassidy gesehen hätten. Von Liv und Cheryl erfuhr er, dass sie vor einer Weile verschwunden war, und rief sie auf ihrem Handy an, erreichte sie aber nicht.

Die komplette Geschichte erzählt Resa, weil es zu diesem Video, das, inzwischen über hundert Mal kommentiert, im Internet zu finden ist, offenbar noch Fotos gibt, die Cassidy von sich und Sam gemacht hat. Angeblich haben sich Sam und Cassidy nicht nur geküsst, sie hat wohl auch die Nacht bei ihm zu Hause verbracht, was diese Bilder dokumentieren sollen. Resa selbst hat sie nicht gesehen, sondern nur gehört, dass Cassidy sie gepostet, aber inzwischen wieder gelöscht hat.

***

Der Tag ist schrecklich. Ich komme zwanzig Minuten zu spät zu Englisch und fange mir einen neuen Anranzer von Mrs Turner ein. Im Unterricht sitze ich, ohne wirklich da zu sein. Die Mittagspause verbringe ich bei Resa im Auto. Sie redet weiter auf mich ein und warnt mich, vor einem Gespräch mit Sam endgültige Schlüsse zu ziehen. Ich weiß, dass sie recht hat, aber es ist so verdammt schwer. Eigentlich unmöglich, schließlich kenne ich Cassidy – sie bekommt immer, was sie will. Und je länger ich Resa zuhöre, je länger Sam weder zurückruft noch eine Nachricht schickt, desto mehr bezweifele ich, dass sie die Geschichte nicht doch auch glaubt. Ganz davon abgesehen, spricht Cassidys Verhalten Bände.

Ich hatte erwartet, dass sie die Konfrontation mit mir sucht, sich lustig macht, aber sie geht mir regelrecht aus dem Weg und scheint sich in ihrer Rolle der Gewinnerin nicht sonderlich wohlzufühlen. Zwischen ihr und Carl ist die Eiszeit ausgebrochen. In der Mittagspause hat er mich gesucht, um mit mir zu reden – aber mir ist so gar nicht danach, im Duo der gebrochenen Herzen herumzuheulen. Ich will nichts von ihm hören, auch nicht von Nathan, der ebenfalls mit mir sprechen wollte.

Noch drei Mal versuche ich, Sam zu erreichen. Immer meldet sich die Mailbox. In der Hoffnung, die ganze Sache widerlegen zu können, gehe ich seine letzten Nachrichten durch, doch leider spricht gar nichts für ihn. Um dreiundzwanzig Uhr zweiunddreißig hat er mir am Samstag eine gute Nacht gewünscht und dazu geschrieben, dass Carls Party langweilig war. Die Vorstellung, was er nach dieser Nachricht getan hat, macht mich halb wahnsinnig, lässt mich aber nicht los. Immer wieder habe ich es vorm geistigen Auge und kann es nicht abwarten, aus dieser verdammten Schule zu kommen.

Nach der sechsten Stunde steht eigentlich Arbeit an der Märzausgabe des *Forward* an, doch die skippe ich.

Nagender Kummer und lodernde Wut bringen mich auf der Fahrt zur Bennington Avenue abwechselnd aus der Fassung. Wahrscheinlich sollte ich gerade kein Auto steuern, aber ich werde einen Teufel tun und noch eine Stunde verstreichen lassen. Schief und krumm parke ich vor dem Eisentor, steige aus und klingele. Nichts rührt sich, auch nicht nach einem weiteren Klingeln. Dass Sam da ist, beweist sein Auto, das vor dem Haus parkt – also bewege ich mich nicht vom Fleck. Und wenn ich hier Wurzeln schlage. Ich werde so lange bleiben, bis er aufmacht oder seine verflixte Tante mich reinlässt ... und wenn sie erst um Mitternacht hier aufschlägt. Nach einem weiteren Versuch am Telefon klingele ich so lange, bis mir der Finger wehtut. Da, endlich, rauscht es kurz in der Sprechanlage, dann ertönt Sams Stimme.

»Lass mich sofort rein!«, fauche ich.

»Harley?« Er klingt verwundert.

»Ja. Oder erwartest du jemand anderen?«

Darauf antwortet er nicht, sondern betätigt den Summer. Die Flügel des Tors surren zurück, ich stapfe zum Auto, steige wieder ein und presche über den Weg bis vors Haus.

Barfuß, in ein simples weißes, zerknittertes T-Shirt und eine graue Jogginghose gekleidet, wartet Sam in der offenen Tür. Er sieht müde aus, blass und bekommt die Augen kaum auf. Seine Locken sind wirr, als käme er gerade aus dem Bett.

»Ist irgendwas passiert?«, fragt er, als ich an ihm vorbeistürme. Ich kann kaum an mich halten, so sehr widert mich seine perfekt gespielte Ahnungslosigkeit an.

»Für wie bescheuert hältst du mich?«, schreie ich, weil ich nicht anders kann, und möchte ihm am liebsten einen Stoß geben, als er mich nur verwundert ansieht. Noch nie war ich so aufgebracht.

Sam hebt die Hand, wie um mich zu beschwichtigen. »Harley, ruhig …«, murmelt er. Und das ist genau die falsche Ansage. Nach ruhig ist mir überhaupt nicht zumute, schon gar nicht nach einem Tag wie diesem. Wie ein Wasserfall sprudelt alles, was ich am Vormittag von Resa erfahren habe, aus mir heraus. Währenddessen rutscht Sam an der geschlossenen Haustür entlang auf den Boden. Er zieht die Beine an, presst die Handballen gegen seine Schläfen und verkrallt die Finger in seinen Haaren. Er ist einfach nur jämmerlich anzuschauen.

»Unsinn«, sagt er, als ich fertig bin, ohne mich anzusehen.

»Unsinn, ach so! Dann sag mir, wie dieses Video entstanden ist.«

Er hebt den Kopf, begegnet meinem Blick. »Sicherlich, indem jemand es gemacht hat.«

»Also ist es passiert.«

»Der Kuss? Ja. Dieser Film?« Er zuckt mit den Schultern. »Keine Ahnung.«

»Du kannst dich nicht erinnern?«

»Cassidy war nicht bei mir. Nicht Samstagnacht und auch sonst nicht. Aber sie hat mich geküsst. Verstehst du? Sie mich, nicht ich sie.«

»Und das macht einen Unterschied? Wenn sie dich damit überrascht hat, du es nicht wolltest, warum hast du es mir nicht erzählt? Ich wäre auf diesen ganzen Mist vorbereitet gewesen und nicht wie ein ahnungsloses Schaf zur Schule gegangen. Ich hätte ...«

»Harley, bitte!«, unterbricht er mich erneut mit ausgestreckter, beschwichtigender Hand. »Ich wusste nicht, dass jemand filmt.«

»Du dachtest, ich erfahre es nicht, und darum ist es okay?«

Er hebt den Kopf, sieht mich an und wirkt mit einem Mal sauer.

»Das dachte ich, ja. Du musstest es nicht wissen, denn es war belanglos. Absolut belanglos.« Mehr und mehr Ärger schwingt in seiner kräftiger werdenden Stimme mit. »Ich habe überlegt, es dir zu sagen, aber nicht per SMS, und als ich am Sonntag angerufen habe, ging es mir schon nicht gut, wie du weißt. Ich konnte kaum gerade denken und wollte nur ins Bett.«

Das glaube ich ihm. Er sieht wirklich krank aus, blass und so erledigt, wie ich mich letzte Woche gefühlt habe. Mit dem Mitleid, das in mir aufkeimt, erwacht plötzlich auch leiser Zweifel an dieser ganzen Geschichte, da rappelt sich Sam auf.

»Und ins Bett würde ich jetzt gern auch wieder.« Er öffnet die Tür. »Auf solche Krankenbesuche kann ich verzichten.«

Was soll das? Von Sam gleitet mein Blick zur offenen Tür, dann wieder zu ihm. Er macht eine Kopfbewegung nach draußen hin.

»Verschwinde jetzt! Glaub, was du willst.«

Er schmeißt mich raus? Er sagt gar nichts weiter zu allem? Gibt sich keine Mühe, es glaubhaft zu entkräften? Erkältung hin oder her, ich an seiner Stelle würde mich, wenn das alles nicht wahr ist, eher hier einsperren, mich beruhigen und mir erzählen, wie es zu diesem Kuss gekommen ist … statt mich vor die Tür zu setzen.

Aber okay. Das lass ich mir kein zweites Mal sagen. Und ich werde auch nicht um seine Wahrheit betteln. Mit ein paar Schritten bin ich aus dem Haus und zucke nicht einmal zusammen, als Sam die Tür hinter mir zuknallt.

Taub und fassungslos fahre ich vom Grundstück und nach Hause.

***

»Meine Güte, was ist passiert?«, höre ich von Mom, als ich die Treppe hochschleichen will.

Ich habe extra leise gemacht, aber sie hat wohl auf mich gewartet.

»Alles okay«, gebe ich zurück, obwohl ich mich fühle, als würde ich jeden Moment umkippen.

»Das glaube ich nicht.« Sie kommt mir nach. »Du bist kreidebleich. Geht's dir wieder schlechter?«

»Nein, Mom, bitte …« *Lass mich einfach!*

Als ich Tränen in meinen Augen spüre, wende ich mich ab und gehe weiter. Aber es sind zu viele, und sie drängen zu sehr, als dass ich sie zurückhalten könnte. Heulend stürme ich zu meinem Zimmer, doch Mom bleibt an mir dran.

»Harley?«, höre ich sie besorgt rufen.

Sie reißt meine Zimmertür, die ich gerade zugeschlagen, aber noch nicht abgeschlossen habe, wieder auf.

»Harley, was ist denn passiert?«

Ich kann nicht antworten, will es auch nicht, heule und schluchze nur, weil ich den Schmerz, der sich anfühlt, als würde er mich innerlich zerreißen, nicht aushalte. Szenen der vergangenen Wochen und des heutigen Tages spulen sich wie ein Film durch meinen Kopf und machen alles noch unerträglicher. Sams Küsse, Sams Berührungen, Sams Lächeln. Und dann, mit voller Wucht – wie eine Bombe in unserer Traumblase – Cassidy.

Als Mom mich umarmt, klammere ich mich an sie und verliere zumindest das Gefühl, total allein mit mir und diesem grässlichen Kummer zu sein. Von beständigem Weinen geschüttelt, heule ich ihre Bluse nass. Um mich zu beruhigen, streicht sie mir über den Rücken, über den Kopf; sie wiegt mich, macht immer wieder »Schhh«, und irgendwann wirkt das zumindest insoweit, dass ich sprechen kann. Stockend zuerst, dann immer hastiger und manchmal ohne Zusammenhang erzähle ich ihr, was passiert ist. Sie hört zu, führt mich irgendwann zum Bett und setzt sich mit mir auf den Rand.

»Cassidy mal ganz außer Acht gelassen«, sagt sie und schüttelt den Kopf: »Ich kann mir nicht vorstellen, dass Sam so etwas tut. Dad und ich kennen ihn sicher nicht so gut wie du, aber er schien glücklich mit dir zu sein, um dich bemüht.« Ihr Blick bekommt etwas Eindringliches. »Er hat sich wohlgefühlt, bei uns, aber vor allem bei dir.«

In ihre Gedanken vertieft, schweigt sie einen Moment. »So ist das mit der Liebe«, murmelt sie. »Manchmal tut sie auch weh. Das gehört leider dazu.«

Damit sorgt sie dafür, dass meine Tränendrüsen erneut arbeiten. Schluchzend finde ich mich gleich wieder in ihren Armen.

»Ach, mein Schatz …«, höre ich sie seufzen. »Bestimmt wird es wieder gut zwischen dir und Sam.«

Ich wünschte, es wäre so. Aber wenn der Kuss geschehen ist, wie das Video ja beweist, und wenn Cassidy die Nacht mit Sam verbracht hat, kann es nicht wieder gut werden.

Mom kennt nur Sams freundliche Seite. Nicht seine andere. Sie hat sich nie eine gleichgültige Abfuhr von ihm eingefangen. Sie war nicht dabei, eben, als er mich aus dem Haus geworfen und gesagt hat, dass ihm egal ist, was oder wem ich glaube.

ZWEIUNDZWANZIG

Vernünftig gedacht, könnte man sagen, dass nun alles wieder ist, wie es mal war. Vor Sam. Mein Leben war in Ordnung. Ohne Sam. Ich war zufrieden, sorglos, hatte keine besonderen Pläne, keine mich zerfressenden Sehnsüchte, und mein größter Wunsch war die einzige Sache, die ich nicht selbst beeinflussen konnte: eine Veröffentlichung meiner Fotos in der *Post-Gazette*.

Es gibt kein Sam-und-Harley mehr. Es gibt nur Harley. Wie vorher. Der Normalzustand.

»Ich wünschte nur, das Wir und das Uns wäre nicht zwischendurch Realität gewesen«, sage ich Resa am nächsten Morgen, einem beschissenen Dienstag, vor Beginn der ersten Stunde, als ich Englisch aus meinem Spind hole, meine Tasche und die Kamera hineinklatsche.

Ich bin mehr als pünktlich, denn ich konnte die ganze Nacht nicht schlafen. Ich bin am Ende.

Resa sieht mich mitleidig an. »Es ist besser, geliebt und verloren als nie geliebt zu haben«, sagt sie dann.

»Behauptet wer?«

»Alfred Lord Tennyson.«

»Ah.« Ein längst toter, englischer Dichter. Mir doch egal!

Alles ist egal. Englisch, Politik, Spanisch – egal. Die Play-offs – egal. Ich habe nicht mal Lust zu fotografieren. Nichts ist wie vor Sam. Absolut gar nichts.

Das Gemurmel rundherum verstummt plötzlich. Auf dem Linoleum ist ein einzelnes Paar Schritte zu hören. Ich werfe einen Blick über die Schulter und sehe, wie Sam den Gang entlangkommt, den Blick stur geradeaus auf einen blinden Fleck geheftet. Auf dem Weg zu seinem Spind geht er an mir und Resa vorbei, ohne Notiz von uns zu nehmen. Ich drehe den Kopf, schaue zur anderen Seite. Mein Atem stockt, als ich Carl entdecke. Er steht bei Will und Felix und sieht Sam entgegen. Will raunt ihm etwas zu und legt ihm die Hand an den Arm. Felix stellt sich vor ihn, damit er ihn ansieht, nicht Sam, doch Carl schiebt beide zur Seite und stürzt sich auf Sam. Der versucht ihn am ausgestreckten Arm von sich zu halten und redet auf ihn ein, doch Carl ist dadurch nicht zu beruhigen. Es kracht, als er Sam gegen die Spinde drückt. Ein paar Mädchen quieken vor Schreck.

Voller Entsetzen beobachte ich, wie Sam seinen Rucksack fallen lässt, Carl packt und ihn zurückdrängt. Um die beiden herum bildet sich ein Pulk aus Zuschauern. Einige zücken ihre Handys, um die Prügelei aufzunehmen, andere feuern sie bloß an. Ich wende mich ab.

»Oh, oh«, raunt Resa. »Da sind Coach Wilson, Mr Hobs und Mr Cusniak. Die gehen dazwischen. Ganz schön mutig bei diesen beiden Ochsen.«

Drei Lehrer braucht es, um die zwei auseinanderzubringen – wie auf dem Eis drei Schiedsrichter. Fluchend und schwer atmend, stieren Sam und Carl sich an, während die Lehrer sie mit einiger Mühe auseinanderhalten und die glotzenden Schüler auffordern, die Handys wegzustecken und zum Unterricht zu gehen.

Bis zur Mittagspause hat die Neuigkeit, dass Sam und Carl für heute und morgen vom Unterricht suspendiert wurden, die Runde gemacht. Ich muss an das Training denken, das am Nachmittag in Vorbereitung auf das nächste Play-off-Spiel morgen angesetzt ist. Das kann nicht ohne die beiden stattfinden. Coach Wilson wird sich bestimmt irgendetwas einfallen lassen.

Was?

Ist mir egal!

***

Mittwoch. Immer noch alles egal.

Ich wünschte, ich wäre auch vom Unterricht suspendiert. Ich könnte schwänzen, einfach nicht hingehen. Das habe ich noch nie gemacht. Ist die Erfahrung vielleicht mal wert.

»Harley, atención! La clase es acá adentro. No al frente de la ventana!«

Träge wende ich den Kopf und sehe Miss Garcia an. Ich weiß, dass der Unterricht hier drinnen stattfindet, nicht vor dem Fenster. Aber es ist mir egal. Nachdem ich eine Frage zu ihrer Zufriedenheit beantwortet habe, lässt sie mich in Ruhe. Wie die ersten vier vergeht diese fünfte Unterrichtsstunde, und endlich auch die letzte. Ich will nur raus aus der Schule, weg von allem und allen.

Viertel nach drei bin ich zu Hause. Mit einer Tasse Kaffee in der Hand kommt Dad aus der Küche. Mittwochnachmittags arbeitet er nicht.

»Wie war die Schule?«, fragt er und klingt abschreckend gut gelaunt – versucht aufmunternd, genau genommen. Klar, dass ihm Mom alles erzählt hat. Abends bestimmt, als sie nebeneinander im Bett lagen. Ich kann sie praktisch hören: *Ich mach mir Sorgen um Harley. Sam hat Cassidy geküsst, angeblich mit ihr geschlafen. Vielleicht kannst du sie ein bisschen aufmuntern ...*

Es ist peinlich. Allein die Vorstellung von diesem Gespräch und den Gedanken, die Dad jetzt umtreiben.

»Wie immer.« ... wünschte ich.

»Und? Bist du schon aufgeregt? Wegen des Halbfinales nachher?«

»Ich geh nicht hin.«

Damit will ich die Treppe hoch. In mein Zimmer. Mich aufs Bett legen. An die Decke starren.

»Wie? Du gehst nicht hin?«

»Keine Lust. Hab einen anderen Fotografen beauftragt.«

»Du lässt dir das Halbfinale entgehen?« Er klingt ehrlich fassungslos.

»Jepp.«

Auf halber Treppe bin ich schon, gleich geschafft.

»Okay ...«, höre ich von Dad. »Dann hast du Zeit heute Nachmittag?«

»Wieso?«

»Es ist mild draußen. Elf Grad. Ich wollte eine Runde drehen, aber deine Mom ist zu beschäftigt. Bis heute Abend muss sie eine Übersetzung abgeben und verbarrikadiert sich im Büro. Würdest du mitkommen?«

Er ist so leicht zu durchschauen. Als würde er nicht genauso gut und gern allein auf dem Chopper durch die Gegend knattern. Er will mich ablenken.

»Elf Grad sind mir immer noch zu kalt.«

»Ach Quatsch. Wir sind schon bei ganz anderen Temperaturen gefahren. Zieh dir was Dickes über, dann geht's bestimmt.«

Über die Schulter werfe ich einen Blick aus dem Fenster über der Treppe. Tatsächlich ist ganz passables Bikerwetter. Dass sogar die Sonne scheint, fällt mir erst jetzt auf. Und ganz vernünftig gedacht, wäre eine Tour mit Dad auf der Harley ein Schritt zurück in mein Leben, wie es früher war.

***

Auf dem Highway fahren wir Richtung Osten und durchqueren ein paar der äußeren Suburbs von Pittsburgh – Vorgärten, Häuser, Einkaufscenter fliegen vorbei, ohne dass ich sie wirklich wahrnehme. Ich sehe Sam durch die große, stille Villa tigern, sich etwas zu trinken aus dem Kühlschrank nehmen, weitertigern.

Nach etwa zwanzig Minuten biegt Dad nach Norden auf eine Straße, die Meile um Meile durch Waldgebiet führt. An abgehenden, ungeteerten Wegen weisen nur Schilder darauf hin, dass tief zwischen den Bäumen Wohnhäuser stehen.

Ich sehe Sam ins Auto steigen und den Weg zum Tor entlangfahren.

Wir erreichen einen Golfplatz, dessen Hügel und Flächen sich links und rechts des Highways erstrecken, und überqueren schließlich eine über den Allegheny River führende Brücke.

Ich sehe, wie Sam den Coach begrüßt und sich einen Platz im Bus zwischen den anderen Spielern und Cheerleadern sucht.

Auf der Freeport Road geht es immer am Fluss entlang wieder Richtung Downtown Pittsburgh. Dicht an dicht stehen die Häuser inzwischen wieder, und alle hundert Meter kreuzt eine Straße. Wir stoppen an Ampeln, passieren Tankstellen, Supermärkte, Banken und die Restaurants der Fast Food Alley.

Ich sehe Sam auf der Busfahrt zur Eishalle von North Allegheny, wie er aus dem Fenster schaut, Kopfhörer auf den Ohren.

Am Flussdelta fährt Dad nicht Richtung Zentrum, sondern ein Stück am Ohio River entlang. Über die West End Bridge erreichen wir Mount Washington und schließlich den auf einem steil ansteigenden Hügel liegenden Aussichtspunkt.

Ich sehe, wie der Bus vor dem Baierl Ice Complex parkt, wie Sam als Letzter aussteigt und zum Laderaum geht, um seine Ausrüstung herauszuholen.

Dad parkt am Straßenrand. Wir steigen ab, ziehen die Helme vom Kopf, die Tücher von den Nasen und öffnen die Reißverschlüsse der Jackenkragen. Dad schiebt seine Sonnenbrille in die Haare, ich lasse meine auf. Die runde Aussichtsplattform haben wir heute beinahe für uns; am Geländer steht nur eine Gruppe Japaner mit dem immer präsenten Smartphone an der Teleskopstange.

»Ist dir aufgefallen, dass es inzwischen wieder bis neunzehn Uhr hell bleibt?« Dad atmet tief ein. »Und es riecht auch schon nach Frühling.«

Er legt den Arm auf meine Schultern und zieht mich an sich. »Sooft ich auch herkomme«, murmelt er, »dieser Blick ist immer wieder so genial, als würde ich zum ersten Mal hier stehen.«

So fühle ich mich auch, als würde ich zum ersten Mal hier stehen. Allerdings sehe ich die Stadt unter uns mit anderen Augen.

Links von uns sehe ich die Stufen vorm Steelers Stadion, wo der Polar Plunge stattgefunden hat. Etwas weiter rechts träumt der Brunnen im Point State Park vor sich hin. Direkt gegenüber recken sich die Türme von Pittsburgh in den Himmel. Das Wasser der vielen Flüsse glitzert im Sonnenlicht. Auf dem Parkway flitzen Autos Richtung Schenley Park, dessen Bäume ich rechts erkenne. Squirrel Hill versteckt sich dahinter.

Überall ist Sam.

Dads Frage tönt in meine Gedanken.

»Wann geht das Spiel los?«

»Wie spät ist es?«, antworte ich und finde, dass ich mich nicht nach mir selbst anhöre. Rau und belegt klingt meine Stimme.

»Siebzehn dreißig.«

»In anderthalb Stunden.«

Er scheint nachzudenken und zieht mich dabei noch ein wenig fester an sich, drückt meine Schulter wie zur Aufmunterung.

»Ich könnte dich hinbringen. In einer halben Stunde wären wir da, und du würdest sogar noch das Warm-up mitbekommen.«

Ich will nicht hinter der Bande stehen wie ein sabbernder Groupie. Sam hätte sich melden können, gestern oder heute. Er hätte schreiben oder anrufen können, mitten in der Nacht meinetwegen; ich hätte ihn getroffen oder am Telefon mit ihm gesprochen. Er hätte mir erklären können, was passiert ist. So, dass ich ihm glaube. Hat er aber nicht. Nichts von allem.

Als wäre ich ihm tatsächlich egal.

***

Kurz nach einundzwanzig Uhr ruft Resa an.

»Finaaaaaale!«, brüllt sie ins Telefon.

Um meine Ohren zu schonen, schalte ich auf Lautsprecher und lege das Handy vor mir auf den Schreibtisch.

»Wir haben sie plattgemacht, absolut platt. Dreiundvierzig Angriffe auf das Tor der Tigers. Vier sind reingegangen.«

Das weiß ich schon. Drei Tore habe ich live erlebt, denn ich war da. Nach Dads Angebot ließ mich der Gedanke an Sam auf dem Eis und das Halbfinale nicht mehr los. Ich habe versucht, mich abzulenken, doch als Dad und ich in einem Diner saßen, wurde ich so nervös, dass ich sein Angebot zwar etwas verspätet, aber dann doch annahm. Kurz nach dem Anpfiff war ich in der Halle, aber nicht bei Resa. Sie wäre mir bestimmt böse, wenn sie wüsste, dass ich mich unter den gegnerischen Fans versteckt habe, um zumindest einen Teil des Spiels anzuschauen. Also stelle ich mich ahnungslos.

»Wie viele haben wir kassiert?«

»Drei. Fünfzehn Mal hat Felix gehalten. Ja, und diese Treffer …«

»… hätte kein Mensch verhindern können«, beende ich Resas Satz und muss schmunzeln.

Nun spielen wir also um den Penguins Cup. Ich kann mir vorstellen, in welcher Stimmung alle sind. In spätestens einer halben Stunde, wenn die Fans zurück sind, wird Squirrel Hill wieder von Hupkonzerten und Polizeisirenen erfüllt sein. Auch Resas Euphorie ist greifbar. Ich beneide sie um die ungetrübte Freude, die sie mit Felix teilen kann.

»Das willst du vielleicht nicht hören«, erzählt sie. »Aber Sam war grandios.«

»Tatsächlich? Wie viele Tore gehen auf sein Konto?«

»Zwei. Will und einem Spieler aus der zweiten Reihe haben wir die anderen beiden zu verdanken, im Endeffekt hat natürlich das perfekte Zuspiel Wirkung gezeigt. Aber Sam war …« Ich höre, wie sie Luft auspustet. Dann plappert sie wie ein Wasserfall weiter. »Meine Güte, so aggressiv habe ich ihn nie spielen sehen. Er war ein einziges unbarmherziges, konzentriertes Kraftpaket auf Kufen. Nicht ein Mal ist er auf der Bank gelandet. Carl und Will schon, beide zwei Minuten wegen Stockschlag. Will ausgerechnet im letzten Drittel, vier Minuten vor Schluss. Harley, ich sag dir, das war so spannend. Ich hab die Luft angehalten, bis mir schwindelig wurde, und dann, in Unterzahl, als die Tigers überhaupt nicht damit rechneten, macht Sam das vierte Ding rein.«

Scheint, als wär es noch ordentlich rundgegangen, nachdem ich verschwunden bin.

Ich sehe Sam über das Eis gleiten, den Puck vor dem Schläger, das gegnerische Tor im Visier.

»Wie lief es zwischen Sam und Carl?«

»Ganz gut. Coach Wilson hat ihnen vorher noch irgendeine Ansage gemacht.«

Sie pausiert kurz, schöpft neuen Atem, dann geht's weiter.

»Die halbe Schule war da, sogar ein paar Lehrer. Mr Hobs und Mrs Turner standen links hinter mir. Cassidy leider auch.« Sie lässt ein Knurren hören. »Total nervig, diese Frau, mit ihren Sam!-Sam!-Rufen.«

»Das will ich wirklich nicht hören.« Das am allerwenigsten.

»Oh, ich hätt ihr so gern das Maul gestopft. Einfach ihren blöden Schal genommen, zwischen die Zähne gewürgt und Klebeband mehrmals fest um den Kopf gewickelt.«

»Resa …«

»Schon gut. Sorry. Ich hör ja auf. Du, ich muss auch gleich Schluss machen. Die Jungs kommen gerade, ich muss einsteigen. Mal schauen, während der Fahrt bekomme ich sicher ein paar gute O-Töne für den Artikel.«

Sogar um die Busfahrt beneide ich sie. Wahrscheinlich wird *Thunder* bis Squirrel Hill in Dauerschleife auf Überlautstärke laufen.

»Hast du einen Blick auf Antons Bilder werfen können?«, frage ich, um die Vorstellung von der Party im Bus aufzulösen. Anton, ein Fotograf aus dem Junior-Jahrgang, hat mich vertreten.

»Ja, hab ich. Er hat das ganz gut gemacht.«

»Fein. Dann kann er ja auch das Endspiel fotografieren.«

»Nein, kann er nicht«, widerspricht Resa mit Nachdruck. »Zum Endspiel schwingst du gefälligst deinen Hintern in den Bus. Ich will, dass du dabei bist.«

Das klingt, als hätte ich keine Wahl, und für eine Diskussion bin ich ohnehin zu deprimiert. Müde verabschiede ich mich von Resa und wünsche ihr einen schönen restlichen Abend. Den wird sie haben.

Eine kleine Weile sitze ich nach dem Telefonat noch am Schreibtisch und starre aus dem Fenster auf die Straße. Als das erste Hupen ertönt, lasse ich die Jalousien herunter.

DREIUNDZWANZIG

Die Euphorie über den Sieg der Dragons hat über Nacht angehalten. Als ich die Highschool am nächsten Morgen betrete, bin ich die Einzige, die nicht davon spricht, nicht deshalb strahlt, nicht damit prahlt, nicht behauptet, es nicht fassen zu können. Ich bin eine total unaufgeregte Außenseiterin, die vor ihrem Spind steht und grade begreift, dass ihr die Englischhausaufgaben fehlen. Wir sollten ein Gedicht von Emily Dickinson hinsichtlich Ton und Stimmung analysieren.

Meine Nackenhaare stellen sich auf, als rundherum Stimmen laut werden, die verraten, wer den Flur entlangkommt.

»Hey, Sam, gut gemacht«, zwitschert irgendeine und löst damit einen Chor von Lobeshymnen aus vor allem weiblichem Mund aus.

»Klasse gespielt.«

»Du warst großartig.«

»Ich bin ein Fan von dir.«

Bla, bla!

Wütend schlage ich meinen Spind zu, stürme zu Englisch und warte auf das Klingelzeichen, damit der Tag endlich losgehen und bitte, bitte bald zu Ende sein kann.

Mrs Turner kontrolliert die Hausaufgaben nicht einmal. Weil viele sie wegen des nun ganze zehn Minuten lang diskutierten Spiels nicht gemacht haben, lässt sie Nachsicht walten und gibt die Analyse für morgen noch einmal auf. Den Rest der Stunde beschäftigen wir uns mit einem Gedicht von Robert Frost. In zugegeben großartigen, bildgewaltigen Worten erzählt *Nothing Gold Can Stay* vom Verfall alles Schönen, sei es wegen des Ausbruchs eines Krieges oder der Vergänglichkeit von Kindheit und Unschuld. Cassidy, die sich eigentlich nicht für Literatur interessiert, diskutiert mit, als ginge es um ihr Leben, und schildert, wie ein Paar goldener Ohrringe mit der Zeit schwarz wurde, weil sie nicht aus echtem Gold waren. Das bringt sie mit einiger Entrüstung heraus und fängt sich dafür Lacher ein, die Mrs Turner sofort überspielt. Wahrscheinlich ist sie froh, dass sich Cassidy überhaupt einmal freiwillig beteiligt.

Mrs Turner bittet mich dann, die Verse noch einmal und mit guter Betonung vorzulesen. Mit einem leisen Atemzug festige ich meine Stimme, damit sie nicht vibriert, beuge mich über den Ausdruck und lese.

Jede Silbe schmerzt. Jedes Wort erinnert mich an Sam, der zwei Reihen vor mir sitzt.

Mrs Turner bedankt sich, schaut sich in der Klasse um und wendet sich an Sam, ausgerechnet an ihn, für seine Meinung. Ich kann sein Gesicht nicht sehen, doch seine Stimme verrät, wie wenig begeistert er sowohl vom Gedicht als auch von Mrs Turners Erwartung ist.

»Vielleicht beschreibt Frost eine Beziehung«, sagt

er. »Ihr Beginn, die sich entwickelnde Liebe meinetwegen, sind die erwähnten Blüten. Die Morgendämmerung steht für einen Anfang. Das goldene Licht könnte auch blenden.« Er zuckt mit den Schultern, verschränkt die Arme. »Na ja, und irgendwann sind der Glanz und die Schönheit halt weg. Die Beziehung geht zu Ende. Wie alles irgendwann zu Ende geht. Nichts Goldenes bleibt.«

Mit halb gesenktem Kopf lausche ich. Aus den Augenwinkeln sehe ich, dass einige Mitschüler zwischen Sam und mir hin- und herschauen, sicher auch Cassidy nicht aus der Betrachtung lassen. Den Gefallen, hier eine Regung zu zeigen, tue ich ihnen nicht – auch wenn alles in mir nach Losheulen schreit.

Mrs Turner ist zufrieden und bedankt sich, was zum Teil im Klingeln zum Stundenende untergeht.

Vor den meisten anderen bin ich aus dem Raum und tausche am Spind Englisch gegen die Unterlagen für Journalismus. Auf dem Weg in die Redaktion holt Resa mich ein.

»Sag mal, hat Nathan versucht, mit dir zu sprechen?«, fragt sie leise.

»Jepp. Am Montag, glaube ich, war das.« Klar war es an diesem verflixten Montag. Und am Dienstag auch. »Wieso?«

»Hättest du ihm besser mal zugehört.«

Und noch einmal: »Wieso?«

Resa nickt zur Tür der Redaktion hin, wo Nathan wartet. Sein Blick ist so ernst, dass mir prompt übel wird.

»Rede mit ihm«, sagt sie und geht in den Raum.

»Hast du eine Minute?«, fragt Nathan.

»Sorry, dass ich dich die letzten Tage so abgewürgt habe.« Unschlüssig sehe ich Resa nach. »Mir ging's nicht so gut.«

Dann wende ich mich ihm wieder zu und hoffe inständig, er gesteht mir jetzt nicht seine tiefe, verzweifelte, hoffnungslose Liebe. Bitte nicht das!

»Ist wegen Sam Collins«, grummelt er, als hätte er meine Gedanken erraten.

Es klingelt zum Unterrichtsbeginn, und Mr Hobs will die Tür von innen schließen.

»Was ist mit euch zweien?« Er schiebt sich die Brille auf der Nase hoch. »Wichtige Unterredung, oder kann es bis zur nächsten Pause warten?«

»Drei Minuten, Mr Hobs«, sagt Nathan und bekommt dic Bitte mit einem Nicken gewährt. Die Tür schließt sich wie alle anderen rundherum; es wird still im Flur. Wir sind allein. Nathan legt los.

»Letzten Samstag auf Carls Party ... so gegen dreiundzwanzig Uhr war ich im Büro von Carls Dad, weil ich telefoniert habe und es draußen zu laut war. Ich hatte die Tür nur angelehnt, nicht geschlossen, war gerade fertig und wollte zurück. Na ja, aber dann habe ich von draußen ein paar Wortfetzen aufgeschnappt und bin geblieben.«

Eine Unterhaltung? Zwischen Sam und Cassidy? Ihren Plan, gemeinsam zu verschwinden?

Nathan fährt fort: »Cassidy stand da mit Liv und Cheryl. Sie war aufgeregt, weil Sam gehen wollte und sich reihum verabschiedete. Liv meinte, dass Cas es jetzt oder nie tun solle, Cheryl versprach, wie geplant zu filmen. Cas hatte vor, Sam am Auto abzupassen. Liv und Cheryl freuten sich schon über die Reaktionen auf das Video ...«

Ich bin so schockiert, dass ich gar nichts sagen kann. Wie hypnotisiert hänge ich an Nathans Lippen und versuche zu begreifen, was ich gerade höre. Cassidy hat Sam hereingelegt ... und ich bin wie eine Furie bei ihm aufgeschlagen.

»Du seist die letzte Person auf Erden, die Sam haben soll, wenn sie ihn nicht haben kann«, erzählt Nathan weiter, »das waren Cas' Worte, bevor sie Sam nach draußen gefolgt ist. Ich hatte das Licht im Zimmer nicht eingeschaltet und habe die Szene auf der Straße durch das Fenster beobachtet.«

»Was ist ...«, stottere ich. Mir wird schwindelig. »Was hast du gesehen?«

Nathan schüttelt den Kopf. »Dieses Video, das gepostet wurde, zeigt nur einen Bruchteil, nur die zwei Sekunden, auf die Cas es wohl angelegt hat.«

»Und der Rest?«

»Sam war schon an seinem Auto, da trat Cassidy hinter ihn. Sie hat ihm eine Hand auf den Rücken gelegt, irgendwas gesagt. Er hat sich umgedreht, wirkte ziemlich verwundert, und ehe er sichs versah, hat Cassidy sich an ihn geschmiegt und ihn geküsst. Sam hat sie bei den Schultern gepackt und sie so hart weggestoßen, dass sie rückwärts gestolpert ist und sich beinahe auf den Hintern gesetzt hätte.« Nathan zuckt mit den Schultern. Ein bedauernder Ausdruck liegt in seinem Blick. »Das wurde halt alles weggeschnitten.«

Einerseits bin ich unendlich erleichtert, andererseits zutiefst verschämt. Mit einer Umarmung danke ich Nathan, dann leisten wir Mr Hobs und den anderen drinnen in Journalismus Gesellschaft.

***

In Politik und Kunst kann ich vor lauter Nervosität kaum still sitzen. Mit jedem Blick auf Sam kocht die Erinnerung an die Szene hoch, die ich ihm gemacht habe, und irgendwann knurre ich mich innerlich nur noch an wie ein tollwütiger Hund. Natürlich, ich war verletzt und irritiert, total wütend. Ich hatte mich überhaupt nicht unter Kontrolle. Ob ich ihm geglaubt hätte, ohne von Nathans Beobachtung zu wissen? Ich weiß es nicht. Aber jetzt muss ich versuchen, es wiedergutzumachen.

Es braucht einigen Mut, doch sobald es zur Mittagspause klingelt, gehe ich zu Sam und bitte ihn um ein Gespräch. Viel zu kurz, als könne er mich nicht ansehen, erwidert er meinen Blick. Dann, ohne etwas gesagt zu haben, fasst er seine Unterlagen zu einem Stapel zusammen. Mein Herz krampft, als er mich abermals anschaut, länger diesmal, forschend. Schließlich nickt er.

Seite an Seite gehen wir über den Flur. Auf diesen paar Schritten sind wir uns näher als die ganzen letzten Tage und dennoch distanziert wie Fremde. Sam öffnet die Tür, die zum Innenhof führt, und hält sie mir auf. Wir treten ins Freie und schlendern zu einer Bank, die bis eben im Licht der Sonne stand. Gerade haben sich die Wolken wieder verdichtet, und so liegt alles rundherum in einem schattigen, nicht sehr ermunternden Grau. Ich steige auf die Bank, setze mich auf die Lehne. Sam bleibt stehen und mustert mich abwartend. Also dann! Je schneller ich es hinter mich bringe, desto schneller können wir damit beginnen, uns zu versöhnen.

Nach einer Entschuldigung für meinen Auftritt bei ihm und meine Anschuldigung sage ich ihm, was ich von Nathan erfahren habe. Ich erwarte nicht, dass er mir um den Hals fällt und alles wieder gut ist. Ich hoffe lediglich auf irgendeine Reaktion, die mir sagt, dass wir zurück auf den Weg gelangen können, auf dem wir letzte Woche noch unterwegs waren. Womit ich nicht rechne, ist ein von Schulterzucken begleitetes »Okay?«.

»Okay?«

»Ja. Okay.« Er klingt gereizt. »Was willst du hören? Dass ich mich wahnsinnig freue, dass du mir glaubst?«

»Sam, ich …«, … weiß nicht weiter.

Er schüttelt den Kopf. »Ich find's gut, dass es einen Beweis gibt. Ich selbst hätte es ja ganz offenbar nicht widerlegen können, mit bloßen Worten.«

»Du hast dich auch nicht sonderlich bemüht«, verteidige ich mich, hilflos und jetzt auch ein bisschen verärgert. »Und dabei bleibe ich, du hättest es mir sofort sagen sollen.«

»Noch einmal, Harley: Ich wollte nicht. Weil ich dich nicht beunruhigen wollte, so spät am Abend, und weil ich nicht dachte, dass so eine Riesensache draus gemacht wird. Später, nach dem Training und am Montag …«

Jaja … »Wurdest du krank und konntest nicht reden.«

»Mir ging's echt mies, weißt du. Ich bin von deinem Klingeln wach geworden und kaum aus dem Bett gekommen. Gerade hatte ich die Tür aufgemacht, da polterst du rein, schreist mich an.«

»Wie gesagt, es tut mir leid. Sehr sogar.«

»Ja …« So ratlos, wie ich mich fühle, guckt er mich an. Wir kommen keinen Schritt voran.

»Ich hab dir erzählt, wie das früher war mit Mädchen und mir«, sagt Sam dann und klingt ruhiger, aber lange nicht versöhnlich. »Ich hab dir vertraut, weil ich glaubte, dass du mir auch vertraust, und ich dachte, mit alldem zeig ich dir, wie viel du mir bedeutest.«

Den Schluss, den er zieht, braucht er nicht zu formulieren. Ich denke ihn mir auch so: Wo er sich mir so weit geöffnet hat, wie konnte ich diese Geschichte nur eine Sekunde glauben? Dass seine Geständnisse und die Art und Weise, wie er reagiert hat, meiner Skepsis tatsächlich aber Nährstoffe geliefert haben, behalte ich für mich. Es ist eine Sache, sich etwas von der Seele zu reden, und eine andere, mit bestimmten Erkenntnissen umzugehen und das Vertrauen, das sich gerade erst entwickelt, davor zu schützen.

»Wenn du mich für so ein gefühlloses Arschloch hältst, warum warst du überhaupt mit mir zusammen?«, fragt er dann doch und trifft mich damit wirklich.

»Ich halte dich nicht für ein Arschloch«, bringe ich hervor und merke, wie Tränen in meine Augen schießen.

»Nein? Wofür dann? Wer bin ich für dich?«

Das ist keine rhetorische Frage. Er will eine Antwort.

»Mit einem oder zwei Worten kann ich das nicht sagen«, antworte ich zögerlich.

»Zu schade, denn ich könnte dir sofort sagen, wer du für mich bist ... oder warst. Der Grund, aus dem ich gern hier bin. Ich wollte nicht nach Pittsburgh, und in Philly wollte ich auch nicht bleiben. Ich wollte nirgends sein, nichts tun, mit niemandem zu tun haben, über nichts nachdenken, nichts empfinden.«

Er pausiert und schließt den Mund zu einem harten Strich. Nachdenklich ist sein Blick jetzt, hält meinem aber nicht länger stand. Er sieht zu Boden, beginnt hin und her zu gehen und spricht dabei weiter.

»Du hast das alles aufhören lassen. Ich hab nicht mehr ständig darüber nachgedacht ... was meinen Eltern passiert ist. Wegen mir.«

Wegen ihm? Gibt er sich die Schuld am Tod seiner Eltern?

»Wegen dir?«

»Ich war froh über den Rauswurf aus dem Internat, wollte auf der Stelle von dort verschwinden«, erzählt er und sieht mich immer noch nicht an. »Ohne Auto und mit eingegipstem Arm nicht möglich. Nicht mal einen Bahnhof gab's in dem Kaff. Also habe ich meine Eltern angerufen.«

Ich weiß nicht, was ich gleich zu hören bekomme. Ich bin mir nur sicher, dass es schrecklich sein wird, und verschränke die Arme, weil mich fröstelt.

Sam bleibt stehen und schiebt die Hände in die Taschen. »Ich hatte sie auf dem Rückflug von den Keys erwischt«, sagt er mit stockender Stimme. »Ein paar Tage waren sie da in ihrem Ferienhaus. Sie wollten am nächsten Tag kommen, aber ich habe darauf bestanden, dass sie den kleinen Flugplatz in der Nähe des Internats anfliegen.«

»Sie waren in einem eigenen Flugzeug unterwegs?«

»Im Privatjet, ja. Mein Vater verlangte, dass ich mich gedulden soll, weil für den Mittag und Nachmittag starke Gewitter angekündigt worden waren.«

Abermals bricht Sams Stimme ab. Ich komme aus dem Frösteln nicht mehr raus und zwinge meine nächsten Worte hervor.

»Aber du wolltest unbedingt weg.«

»Ich hab damit gedroht, nach Philly zu trampen, wenn sie mich nicht holen. Ich wusste, dass meine Mutter das nicht zulassen würde. So war es dann auch.«

Sams Brustkorb bebt unter vielen flachen Atemzügen. Endlich hebt er den Kopf und sieht mich an. Der Schmerz in seinem Blick ist beinahe schwerer zu ertragen als seine Geschichte.

»Über Honesdale geriet der Jet in eine Gewitterwolke. Die baute sich schnell auf, bildete Sturm und Hagel in sich. Der Jet hatte keine Chance. Und meine Eltern auch nicht. Das Flugzeug ist abgestürzt, beide waren sofort tot.«

Oh. Mein. Gott!

Ich sortiere mich noch, da schüttelt Sam den Kopf. »Du musst nichts dazu sagen. Ich weiß nicht mal, wieso ich dir das überhaupt erzähle.« Er verzieht den

Mund. »Vielleicht, damit es dein Bild von mir perfekt macht.«

»Nein, Sam …«

»Was?«

»Dir ist eine Sicherung durchgeknallt«, bringe ich endlich heraus und greife dann auch die anderen Anfänge meiner Gedankenfäden auf. »Der Unfall, deine Verletzung, der Verweis. Viele hätten in deiner Situation ähnlich reagiert. Nur hätten die wenigsten Eltern gerade in einem Flugzeug gesessen. Es war ein Unfall! Dafür kannst du nichts.«

So gern würde ich ihn umarmen, ihn fest an mich drücken, doch Kummer und Stolz umgeben ihn wie eine Mauer. Also sage ich nur: »Diese Vorwürfe solltest du dir nicht machen. Das bringt sie nicht zurück. Sie hätten außerdem nicht kommen müssen. Sie hätten dich warten lassen können.«

Eine Weile lang betrachtet er mich stumm und scheint tief in Gedanken versunken. Das Flackern in seinen Augen verrät den Moment, in dem er auftaucht.

»Dann warst du da«, sagt er, und sein Ton ist ein anderer, sanfter. »*Das Letzte, was ich jetzt noch brauche*, dachte ich anfangs. Aber je mehr ich mir verbot, an dich zu denken, desto mehr tat ich es. Ich habe mich so wohl bei dir gefühlt und es endlich wieder ausgehalten in meiner Haut.«

Meine Kehle ist wie zugeschnürt. Abermals kribbeln Tränen in meiner Nase. Diesmal steigen sie auf und verklären meinen Blick. Ich drehe den Kopf weg, damit Sam es nicht sieht, und starre auf den kahlen Baum in der Mitte des Hofes. Mein Herz schlägt schneller, als Sam die paar Schritte zur Bank kommt und sich neben mich auf die Lehne setzt.

»Ich höre deine Stimme, wenn ich aufwache«, höre ich ihn sagen, als die erste Träne über meine Wange rollt. »Dein Lachen, wenn ich zur Schule fahre. Ich finde es süß, wie du manchmal die Nase rümpfst, wenn du dich über etwas wunderst – weißt du überhaupt, dass du das machst?«

Er wartet nicht auf eine Antwort, sondern gibt mir mehr wunderbare Worte.

»Du bekommst rote Wangen, wenn du dich ärgerst, und wenn du grübelst, kneifst du den Mund irgendwie komisch zusammen. Du riechst nach Mandelmilch ... hat gedauert, bis ich wusste, was es ist. Melissa hatte so ein Tetrapack im Kühlschrank, das ich mit richtiger Milch verwechselt und geöffnet habe.«

»Das ist meine Bodylotion«, gebe ich leise zu. Sam ahnt nicht, dass er mir in diesem Moment wieder eine neue Seite von sich zeigt – die ich nicht ohne Weiteres beschreiben könnte.

»Hab ich mir gedacht. Auf jeden Fall hab ich, seit ich dich kenne, Mandelduft in der Nase, wenn ich schlafen gehe, und seit ich dich zum ersten Mal geküsst habe, ist dein Geschmack auf meinen Lippen. Ich bin ...«

Jetzt stockt er und scheint zu warten, dass ich ihn ansehe. Verstohlen wische ich mir mit dem Handrücken über die Wangen und drehe ihm dann das Gesicht zu. Nachdenklich betrachtet er mich ... und gibt mir den Rest.

»Ich hab das Gefühl, ich kenn dich in- und auswendig. Und du, du glaubst mir nicht.«

Ich möchte nichts mehr als ihm sagen, dass er unrecht hat. Aber das würde nicht stimmen. Ich habe ihm nicht geglaubt.

»Aber jetzt glaube ich dir«, bringe ich statt einer neuen, dummen Entschuldigung hervor und hoffe, dass er mir verzeiht. »Wir können es wiedergutmachen. Zusammen.«

»Ich weiß gerade nicht, was ich denken und glauben soll.« Er steht auf, geht rückwärts einen Schritt nach dem anderen zur Tür. »Nie hab ich mich weniger über einen Sieg gefreut als gestern, und so zu grübeln macht mich einfach ...« Er führt den Satz nicht zu Ende, sondern sieht auf die Uhr. »Wie auch immer. Ich würde jetzt gern noch mal über Physik schauen. Ich muss einen Test nachholen.«

Ich nicke und murmele: »Viel Erfolg.«

»Lass uns nach dem Endspiel noch einmal reden, okay?«

Und bis dahin Funkstille ... das heißt sein Vorschlag auch. Aber eine Wahl habe ich nicht. Also nicke ich. Sam zieht die Tür auf und geht nach drinnen. Ich bleibe im Innenhof und starre von der Lehne der Bank aus Löcher in die Gehwegplatten, bis es zur fünften Stunde klingelt.

***

Nach Schulschluss treffe ich mich mit Resa in der Redaktion. Sie ist so sauer auf Cassidy und über ihren neuerlichen Erfolg, in eine Beziehung zu funken, dass sie in der nächsten Ausgabe des *Forward* mit ihr abrechnen will. Obwohl Resa im Umgang mit Worten nie das Niveau verliert, rate ich ihr, eine solche Aktion lieber zu lassen. Dass der auf Video zu sehende Kuss inszeniert wurde, um Sam und mir zu schaden, wird in der Schule seit der Mittagspause heftig diskutiert, und Cassidy kommt keineswegs gut dabei weg. Nach meiner Entschuldigung hat Sam eine weitere von Carl bekommen. Auch die hat ihn nicht sichtlich aufgemuntert.

Immer wieder leise schimpfend, schreibt Resa den Spielbericht, während ich die vorliegenden Fotos sichte. Die drei, die wir verwenden werden, habe ich bald im entsprechenden Ordner abgelegt und sortiere jetzt gedankenverloren Bilder, die ich auf einem Stick gespeichert habe. Sam, Sam und noch einmal Sam. Ein zuerst verschlossener, dann wütender Sam in der Umkleide. Ein emotional wie körperlich starker, ehrgeiziger Sam auf dem Eis. Ein unbeholfener, unsicherer Sam in Cassidys Garten. Ein den Vortrag des Ernährungsexperten verschlafender Sam. Ein lachender Sam vor der Nachtsilhouette von Pittsburgh. Ein mit Harley Händchen haltender, liebevoller Sam kurz vor dem Polar Plunge und ein glücklicher, pitschnasser Sam unmittelbar danach. Ein von Selbstvorwürfen geplagter Sam in dem Haus, das ihm kein Zuhause ist. Ein schlummernder Sam auf einer Liege vor der Sauna.

Resa sitzt inzwischen neben mir und betrachtet die Fotos ebenfalls. Als die Bilder, die Sam am Brunnen des State Point Park von mir geknipst hat, an der Reihe sind, prustet sie los.

»Oh Gott, das bist du. Wer hat die denn gemacht? Sam etwa?«

»Natürlich. Wer sonst?«

»Die sind schrecklich.«

So schlimm finde ich sie gar nicht. Ein bisschen verwackelt, mit zu viel oder zu wenig Zoom aufgenommen, aber sie sind echt.

»Er ist wirklich kein Fotograf«, amüsiert sich Resa.

»Deshalb spielt er auch Eishockey.«

»Ja. Es ist wirklich besser, wenn er sich auf die Dinge konzentriert, die er kann. Wohingegen …« Sie schnalzt mit der Zunge. »Als Motiv ist er nicht zu verachten. Liegt natürlich auch an deinen Fähigkeiten, mit der Kamera umzugehen. Kennt Sam diese Bilder?«

»Die meisten.«

Grüblerisch klopft Resa mit dem Finger gegen ihren Mund. »Zeig sie ihm«, beschließt sie dann. »Mach eine Story draus.«

Eine Story aus Fotos?

Wie ferngesteuert driftet mein Blick ab und wird wohl so leer, dass ich komisch gucke.

»Was?«, tönt Resas Stimme in meine Gedanken. »Miese Idee?«

Ich blinzele mich ins Jetzt zurück. »Nein, eine sehr gute Idee«, antworte ich ihr, fahre den Rechner herunter und schnappe meinen Kram.

Sam will Funkstille. Die bekommt er, aber noch vor dem Spiel wird er, unter Einhaltung der Funkstille, von mir erfahren, wer er für mich ist.

»Ich muss los.«

»Was?« Resa ist perplex. »Wohin denn?«

Mit einem freudigen »Einkaufen!« zische ich aus dem Raum.

VIERUNDZWANZIG

Hellgraue, eis- und graublaue Tonpappe verwende ich als Basis für das Scrapbook, Metallfolie und Schneeflocken aus weißem Kunstleder für die Deko der Inhaltsseiten und des Covers. Mit den zwischen die Coverschichten geklebten Enden eines alten weißen Gürtels wird das Buch an der Seite verschlossen.

Natürlich bin ich kein Profi darin – ich habe so etwas noch nie gemacht und arbeite mit dem Support eines YouTube-Tutorials. Den ganzen Freitagnachmittag und das Wochenende bin ich damit beschäftigt und bastele die Seiten. Mithilfe von unter dem Material versteckten Magneten lässt sich die eine nach unten ausklappen, eine andere nach oben, wieder andere öffnen sich nach links oder rechts zur Seite.

Am Montag nach der Schule hole ich die ausgewählten Fotos ab, die ich zur Entwicklung auf mattes, dickes Papier gegeben habe. Die meisten habe ich in Photoshop noch etwas bearbeitet, einige sind farbig geblieben, manche schwarz-weiß geworden. Sie kommen auf eine Art Kalenderblätter, die ich im Format der verschiedenen Seiten entworfen habe, wobei manche Tage viel Platz eingeräumt bekommen und andere nicht mehr als eine mit Datum und Notizen versehene Zeile sind.

Am vierundzwanzigsten Dezember habe ich Sam kennengelernt. Sein Handy in der Hand, wartete er auf der Bank des Bahnsteigs, die Reisetasche neben ihm, der Koffer vor ihm, während die Züge ein- und abfuhren, Passagiere vorbeihuschten, Weihnachtslieder aus den Boxen dudelten und die Dunkelheit kam. Der Geist von Weihnachten, der die meisten Menschen und auch mich verzaubert hatte, ging ihm am Arsch vorbei. Damals wusste ich noch nicht, was ihn so bedrückte – und ich dachte nicht im Traum, dass ich es jemals erfahren würde. Ein Foto von Sam an diesem Tag habe ich nicht, aber der vierundzwanzigste Dezember, und wie ich ihn da gesehen habe, ist wichtig. Also skizziere ich die Bahnhofsszene mit Sam und seinem Gepäck, so gut ich kann, auf die quadratische Fläche des Tages. Dazu kommt ein Zitat von Albert Einstein: »Gott würfelt nicht.«

In chronologischer Reihenfolge klebe ich alle weiteren Fotos an die dafür vorgesehenen Stellen auf den weiteren Seiten. Zu jeder Emotion, die Sam mir und meiner Kamera gezeigt hat, schreib ich einen der Aphorismen, die ich im Web gesucht und gefunden habe: Ablehnung, Zorn, Stärke, Ehrgeiz, Unsicherheit, Skepsis, Hunger, Freude, Zufriedenheit, Glück, Hilflosigkeit, Zerstreutheit, Ruhe – all das ist Sam.

Das letzte Foto, das ich von ihm habe, ist bei mir zu Hause nach dem ersten Play-off-Spiel entstanden. Ich habe es schwarz-weiß eingefärbt, um seinem schiefen Grinsen und der Lust in seinem Blick mehr Ausdruck zu verleihen. Ein Zitat von William Harvey macht die Seite perfekt. Auf diese letzte, fertige

Doppelseite folgen mehrere leere, die Sam hoffentlich so versteht, wie sie gemeint sind. Ein abgewandeltes, auf die erste leere Doppelseite gebrachtes Zitat von Robert Frost wird dabei helfen: »*Everything Gold Can Stay.*«

Ich möchte mehr von Sam und mit ihm erleben, mehr Seiten mit Fotos füllen können. Es soll weitergehen mit uns.

***

Dienstagabend war ich fertig und wollte Sam das Buch am Mittwochvormittag, vor dem am Abend stattfindenden Endspiel geben. In einem günstigen Moment, wenn niemand dabei ist, wollte ich ihn dafür zur Seite nehmen.

Dumm nur, dass sich kein günstiger Moment ergab. Nicht ich kam zu spät zur ersten Stunde, sondern Sam, und in jeder kleinen Pause wurde er von anderen Hockeyspielern in Beschlag genommen. Alle wirkten ziemlich angespannt, daher hatte ich kein gutes Gefühl, mich einfach einzuklinken und ihn um ein paar Minuten seiner Zeit zu bitten.

Mehr als ein Jahrzehnt haben die Hockey-Dragons nicht in den Play-offs gespielt, vom Endspiel ganz zu schweigen. Peters Township ist keine kleine Hausnummer, doch mit jedem bisher gewonnenen Spiel steigt natürlich die Erwartung an die Spieler. Obwohl es eine Ehre bedeutet, im Finale übers Eis zu rauschen, ist sicher keine Niederlage so schlimm wie die mit dem undankbaren zweiten Platz einhergehende.

In der Mittagspause waren Sam und die anderen Spieler nicht in der Cafeteria. Coach Wilson hatte alle zu einem Gespräch in die Turnhalle gebeten. So sah ich nur noch eine letzte Chance und stürmte nach Spanisch auf den Parkplatz, doch Sams Auto stand schon nicht mehr da. Von Carl, der gerade mit mir im Unterricht gesessen hatte, erfuhr ich, dass er mit Sam, Will, Felix und ein paar anderen im Commonhouse zum Essen verabredet war. Also bin ich heimgefahren und habe darauf gewartet, dass die Zeit vergeht und Sam vom Essen kommt.

Inzwischen bin ich ziemlich nervös, denn es ist schon nach vier. In fünfundvierzig Minuten startet der Mannschaftsbus von der Highschool zur Paints Arena, die an der Fifth Avenue liegt. Eigentlich wollte ich einen Besuch bei Sam zu Hause vermeiden, vor allem wegen meines letzten Auftritts dort. Aber wenn ich ihm das Scrapbook nicht vor allen anderen im Bus geben will, muss ich wohl in den sauren Apfel beißen. Blöd, aber immer noch besser als gar nicht vor dem Spiel.

Positiv denken!, sage ich mir, als ich in die Bennington Avenue einbiege. Mein Mut verlässt mich jedoch, weil statt Sams Auto das weiße von Melissa vor dem Haus parkt. In der Hoffnung, dass Sam doch da ist, klingele ich. Seine Tante meldet sich über die Freisprechanlage. Sie klingt irritiert, als sie mich hört, öffnet aber. Um nicht aufdringlich zu wirken, lasse ich mein Auto am Straßenrand stehen und eile den Weg zur Villa entlang. Melissa Collins erwartet mich in der Tür.

»Er ist noch nicht aus der Schule zurück.«

Wieder einmal mustert sie mich. Offenbar habe ich etwas an mir, das ihr überhaupt nicht gefällt.

»Okay«, sage ich mehr zu mir selbst als zu ihr. »Dann kommt er nicht mehr her, bevor sie losfahren.« Und das ist echt Mist!

Sie zieht die Brauen hoch, als hätte sie keine Ahnung, wovon ich spreche.

»Das Endspiel«, erkläre ich also. »Um den Penguins Cup. Sie kommen doch sicher, oder?«

Das würde mich wundern. Aber sie kann ruhig wissen, dass sie ein wichtiges Event, an dem ihr Neffe maßgeblich beteiligt ist, verpasst. Sogar meine Eltern werden da sein, um ihn spielen zu sehen.

Wie erwartet schüttelt sie den Kopf und zieht die Brauen noch höher. »Ich kann mich nicht sonderlich für Eishockey begeistern.«

»Na ja, spielt doch keine Rolle, oder?«

»Was spielt keine Rolle?«

»Dass es nicht Ihr Sport ist. In erster Linie geht es doch um Sam. Für Ihren Neffen begeistern Sie sich doch bestimmt.«

Vor lauter Überraschung klappt sie den Mund zu, öffnet ihn aber gleich wieder, um mich zurechtzuweisen.

»Hör mal, Fräulein …«

»Harley«, falle ich ihr, zugegeben frech, ins Wort. »Harley Walker.«

»Also dann.« Sie nickt in Richtung des Scrapbooks in meiner Hand. »Ist das da für Sam? Lassen Sie es einfach da, ich geb es ihm dann.«

Kommt nicht infrage! »Das muss ich selbst machen. Vor dem Spiel.«

»Meinetwegen. Nun denn, Miss Walker, wenn ich sonst nichts für Sie tun kann, entschuldigen Sie mich bitte.«

Schon will sie zurück ins Haus und mir die Tür vor der Nase zuschlagen, da fällt mir etwas ein.

»Ah, da ist doch noch was.«

Sie hält inne und schnaubt genervt.

»Ist nicht für mich. Ist für Sam. Kommen Sie heute Abend. Das Spiel findet um neunzehn Uhr in der Paints Arena auf der Fifth Avenue statt.«

Bevor sie etwas erwidern kann, drehe ich mich um und spurte den Weg entlang zurück zum Tor.

Noch fünfunddreißig Minuten bleiben mir, als ich mich hinters Steuer setze. In zehn Minuten sollte ich an der Highschool sein. Wenn ich rechtzeitig da bin, kann ich Sam abpassen, bevor wir in den Bus steigen. Und ihm das Scrapbook geben.

Alles ganz easy, Harley, sage ich mir beim Abbiegen von der Bennington Avenue auf die Northumberland Street, doch mein Herz holpert trotzdem vor Aufregung. Die färbt scheinbar auf mein Auto ab, denn es beginnt plötzlich zu husten und zu ruckeln. An der Kreuzung Northumberland, Shady Avenue hat es sich ausgehustet und bleibt einfach stehen. Inzwischen leicht panisch, versuche ich die Zündung wieder und wieder zu starten, doch der Motor röchelt nur.

Na klasse! Was nun?

Ein Blick auf die Uhr genügt für einen heftigen Adrenalinschub: noch dreißig Minuten bis zur Abfahrt. Ich reiße die Tür auf, steige aus und sehe die Shady Avenue entlang, die sich auf einer Meile Länge immer hügelaufwärts spannt. Am Ende dieser Strecke liegt, von hier aus noch nicht sichtbar, die Highschool ... der Bus parkt sicher schon davor. In dreißig Minuten schaffe ich es zu Fuß nicht dort hinauf. Aber in fünfen bin ich zu Hause, kann mir Moms und Dads Wagen leihen und gerade noch rechtzeitig bei der Schule sein.

Gesagt, getan. Ich hole das Scrapbook aus dem Auto, spurte los und poltere kurze Zeit später ins Haus.

»Mom? Dad?«, rufe ich, doch niemand antwortet mir. Dabei ist Mittwoch, und somit hat Dad seinen freien Nachmittag. Als ich die Tür zu Moms Büro öffne, fällt es mir wie Schuppen von den Augen. Die beiden haben ihren Vorsorge-Check im Krankenhaus. Sie sind nicht da. Und ihr Auto auch nicht.

Ich werd irre!

Meine Hände zittern, als ich mein Handy hervorhole und Resas Nummer wähle. Es klingelt und klingelt und klingelt ... doch sie geht nicht ran. Was tut sie, verdammt? Felix knutschen? Das kann sie nach dem Spiel noch lange genug tun. Jetzt brauche ich sie.

Noch zwanzig Minuten bis zur Abfahrt.

Drei weitere Male versuche ich, Resa zu erreichen, immer mit demselben Ergebnis.

Ein Taxi! Hoffnung flackert mit dieser Idee auf, doch sie verglimmt gleich wieder mit der Vermutung, dass es in frühestens fünf Minuten hier sein könnte.

Keine Chance, dass ich damit pünktlich an der Highschool bin.

Ahhhh, verdammt. Sam muss das Buch vor dem Spiel haben. Unbedingt.

Verzweifelt stürme ich aus dem Haus, drehe mich um meine eigene Achse und überlege, irgendeinen Nachbarn um seinen Wagen anzubetteln, da bleibt mein Blick an der Garage hängen. Moms und Dads Wagen steht nicht drin, das ist klar. Aber ein anderes Gefährt.

Rein theoretisch darf ich es noch nicht ohne Begleitung fahren, aber ganz praktisch gesehen bin ich dazu in der Lage. Und das hier ist ein absoluter Notfall.

Nur eine Meile, nur den Hügel rauf bis zur Highschool. Lange bevor Mom und Dad zurück sind, bin ich wieder hier. Zehn Minuten bleiben mir noch, und je länger ich rumstehe und Pro gegen Kontra abwäge, desto wahrscheinlicher wird das Scheitern meines Plans.

Bevor meine Vernunft die Oberhand gewinnen kann, hole ich meinen Helm aus dem Haus, stecke das Scrapbook in eine kleine Tasche und hänge sie mir um. In der Diele schnappe ich mir den Schlüssel der Harley-Davidson. In Windeseile geht es zur Garage, ich öffne das Tor, setze mich auf die Maschine und starte sie. Eine Gänsehaut rauscht meine Arme entlang, als der Motor kraftvoll aufröhrt.

Einatmen. Ausatmen. Und los geht's.

Ich kann nicht glauben, dass ich das tue. Aber ich tue es. Und es fühlt sich saugut an.

Mein Herz schlägt wie wild vor Freude, als das Bike die Spitze des Hügels erklimmt und ich den Mannschaftsbus vor der Highschool sehe. Unglücklicherweise setzt er sich in diesem Moment in Bewegung.

Nein! Das darf nicht wahr sein!

Von der Shady Avenue fährt der Bus auf den zuerst einspurigen, in nur eine Richtung führenden Zubringer zum Highway. Unwillig, jetzt aufzugeben, hänge ich mich an ihn dran. Sobald die Straße zweispurig wird, fahre ich neben den Bus und halte nach Sam Ausschau. Wie auch immer ich das bewerkstelligen will ... der Bus muss vor dem Highway anhalten.

Mein Herz holpert, als ich ihn hinter der Scheibe sehe. Wie gewohnt hat er seine Kopfhörer auf den Ohren und schaut nach draußen. Perfekt! Ich beschleunige etwas, bis ich auf Sams Höhe bin, wende dann kurz den Kopf und sehe zu ihm hoch. Er nimmt keine Notiz von mir, starrt vor sich hin.

Okay, dann winken!

Als ich noch einmal hochschaue und eine Hand zum Winken vom Lenker nehme, runzelt Sam die Stirn. Er setzt sich auf, zieht sich die Kopfhörer von den Ohren und hat mich nun fest im ohne Zweifel konsternierten Blick. Dann steht er auf. Ich lasse das Motorrad wieder hinter den Bus zurückfallen. In der letzten Bucht vor der Auffahrt auf den Highway hält er. Ich parke dahinter, klappe das Visier des Helms auf und öffne den Verschluss der Tasche. Mein Atem stockt, als ich Sam auf mich zujoggen sehe. Er stoppt vor dem Chopper, klappt den Mund auf und vor lauter Fassungslosigkeit wieder zu.

»Harley ...«, sagt er dann nur.

»Mein Auto ist gerade kaputtgegangen«, gebe ich zurück und reiche ihm das Scrapbook.

Er nimmt es, betrachtet es ein paar Sekunden lang ziemlich irritiert und schaut mich wieder an.

»Wir hatten extra gewartet, aber du kamst nicht und ...«

»Schon gut. Ich bringe nur schnell das Bike zurück und komme nach.« Irgendwie. Mit Mom und Dad wahrscheinlich.

Mit einem Nicken, und weil ich ja Funkstille halten soll, gebe ich ihm zu verstehen, dass er wieder einsteigen soll. Schritt für Schritt geht er zunächst rückwärts zum Bus, dreht sich dann um und läuft. Bevor er einsteigt, wendet er sich noch einmal um und schaut mich an. Als er grinst, spielen die Glühwürmchen in meinem Bauch völlig verrückt.

Mission accomplished.

***

Gut drei Viertel der knapp zwanzigtausend Plätze in der PPG Paints Arena sind besetzt. Zwar wird heute immer noch nur Highschool-Eishockey gespielt, allerdings auf dem Eis, das sonst für die NHL Penguins reserviert ist. Das interessiert nicht nur Eltern, Lehrer und Mitschüler beider Teams, sondern Eishockeyfans aus ganz Pittsburgh. Als Host des Cups überlassen die Penguins uns und Peters Township heute die heilige Spielfläche. Es sind sogar einige der Spieler anwesend, und Coach Wilson hat mich eben auf Talent-Scouts aufmerksam gemacht, die nach zukünftigen Profis Ausschau halten und mit Stipendien an Universitäten locken.

Zum Sound von elektronischer Musik zeigen die Dragons-Cheerleader vor uns auf dem Eis, was sie können. Mit ihren Cheers und Chants versuchen sie die Cheerleader der Indians, die im anderen Drittel herumhopsen, zu übertönen. Sobald die Spieler auf das Eis kommen, dürfen sie auf den Stufen zwischen den Blocks tanzen.

Mit Resa und Nathan, der seinen Moderatorenjob heute schweren Herzens dem Kommentator der Penguins überlassen muss, stehe ich an der Bande bei unserer Spielerbank. Hinter uns, am Ende des Unterrangs, sitzen meine Eltern, die vom zwischenzeitlichen Gebrauch ihres Choppers nichts ahnen. Nachdem Dad mein Auto abgeschleppt hat, bin ich mit ihnen zusammen hergefahren. Der Großteil der Lehrer lässt sich das Spektakel auch nicht entgehen, ebenso wenig die Schüler der Taylor Allderdice Highschool. Der Senior-Jahrgang dürfte fast komplett sein. Nur Cassidy, Liv und Cheryl entdecke ich nirgends. Auch Melissa Collins, nach der ich sporadisch Ausschau halte, finde ich bis zum Spielbeginn nicht auf den Rängen.

Die zweiundzwanzig Indians von Peters Township gleiten zuerst aufs Eis und werden vom Kommentator namentlich vorgestellt. Ihr offenbar ganz frischer Teamsong, *The Sky is a Neighborhood* von den Foo Fighters, kann sich hier durchaus hören lassen. Der Rhythmus verleitet die Indians-Anhänger dazu, im

Takt zu klatschen. Das klingt schon sehr nach einer Ansage, aber die Dragons haben die richtige Antwort darauf.

Zu den inzwischen lieb gewonnenen Tönen von *Thunder* geben sich unsere Spieler der Reihe nach die Ehre. Angeführt von Carl, rauschen Sam, Will, Felix, Duane, Jacob und alle anderen auf das Eis. Bei der Vorstellung zieht der nicht mit unserem Ritual vertraute Kommentator natürlich sein Ding durch, doch alle Dragons-Fans übertönen ihn einige Male, indem sie das Wort »Thunder« im Chor mitbrüllen und mit dem darauffolgenden Paukenschlag dreimal auf der Stelle trampeln, was tatsächlich fast wie ein ordentliches Gewitter klingt. Gänsehaut pur.

»Mir graut vor Patrick Anderson«, raunt Resa neben mir, als die Starting Six beider Mannschaften ihre Positionen beziehen und sich der berühmt-berüchtigte Goalie der Indians in seinem Tor breitmacht.

Ich tausche einen Blick mit Nathan, dessen Wunsch nach einem gebrochenen Bein für Anderson leider nicht in Erfüllung gegangen ist. Nein, Patrick Anderson ist verdammt fit. Mit leicht bedauernder Miene wendet sich Nathan wieder der Eisfläche zu. Ich tue das auch und hebe meine Kamera vors Gesicht. Das Spiel wird angepfiffen, der Puck eingeworfen. Die Indians bekommen ihn sogleich vor ihre Schläger und machen sich in rasantem Tempo zu unserem Tor auf. Felix hält, doch er wird in den kommenden Minuten in einem fort beschäftigt. Unsere Defense ist gefragt wie selten, während die Offense kaum in Puckbesitz kommt. Es ist frustrierend.

In der siebzehnten Spielminute fällt schließlich das erste Tor, das die eine Seite des Stadions jubeln und die unsere entsetzt stöhnen lässt.

»Das darf nicht wahr sein«, grummelt Resa.

»War doch klar, dass sie erst mal auf Angriff spielen«, entgegnet Nathan. »Sie wollen Anderson schonen.«

Bis zum Ende des ersten Drittels atme ich nur flach und hole erst wieder tiefer Luft, als Pause ist. Doch eine Viertelstunde später geht der Nervenkitzel weiter. Natürlich hat Coach Wilson versucht, seine Dragons zu motivieren, doch das zeigt bisher wenig Wirkung. Nur drei Mal kommt die Offense der verschiedenen Reihen zum Tor der Indians durch. Kurz vor dem Ende des zweiten Drittels starten Carl, Sam und Will einen vierten Versuch, aber auch der endet erfolglos. Immerhin hat Felix, dessen Tor beinahe zwanzig Mal angegriffen wurde, ebenfalls immer gehalten.

»Mein armer Goalie«, jammert Resa in der Pause.

»Er macht das schon«, tröste ich sie – und mich auch. Ich hoffe wirklich, dass er der Aggression der Indians weiter Paroli bieten kann.

Mit dem Beginn des letzten Drittels kommen Dragons auf das Eis, die ihrem Namen deutlich mehr Ehre machen und ordentlich Feuer mitbringen. Sie holen sich den Puck und lassen ihn sich auch nicht mehr abnehmen. Einmal werden die Reihen durchgewechselt, dann ist es wieder an den Starting Six. Die Anfeuerungsrufe und der angespannte Jubel um uns herum werden lauter, als Will an Sam passt. Der ist auf keiner günstigen Position und gibt an Carl weiter.

Carl rauscht mit dem Puck nach vorn, täuscht einen Schuss an, umkreist das Tor aber und spielt wieder zu Will. Der donnert die Scheibe am Goalie der Indians vorbei ins Netz.

Endlich! Ausgleich in der neunundvierzigsten Spielminute!

Nun sind es die Dragons-Fans, die aufspringen, lautstark triumphieren und sich umarmen. Resa, Nathan und ich tauschen Highfives. Als der Moderator Sams, Carls und Wills Namen sagt, jubeln wir wie alle anderen.

Jetzt bloß keinen Fehler machen! Den Puck behalten und noch ein Tor reinhauen.

Wäre es doch nur so leicht. Dass es das nicht ist, beweist der abermalige Puckverlust der dritten Reihe. Weder die vierte Reihe noch die Starting Six bekommen das Ding zurück, und so laufen weitere Krimis vor Felix' Tor ab. Ganz bewusst spielen die Gegner ihn und unsere Verteidigung regelrecht kaputt. Mit dem Gleichstand wird der Umgang untereinander härter. Ständig krachen um den Puck kämpfende Rivalen gegen die Bande, und einige Schläger gehen zu Bruch. Einer unserer Verteidiger verliert die Nerven und landet für ein Foul auf der Bank – acht Minuten vor Spielende.

Mit der Kamera vorm Gesicht fluche ich vor mich hin und höre auch Resa schimpfen. Dann die Katastrophe: Tor für die Indians.

»Die restlichen sechs Minuten verbringe ich besser draußen«, krächzt Resa. »Ich glaube, ich kann das nicht mit ansehen. Ich werde irre.«

Mir geht es ähnlich, trotzdem denke ich nicht daran, jetzt rauszugehen. Letzten Endes bleibt Resa zwar an meiner und Nathans Seite, aber sie hält sich die Augen zu. Immer wieder linst sie wohl zwischen den Fingern durch, denn aus dem Augenwinkel sehe ich sie den Kopf schütteln.

»Das wird nichts mehr«, zischt sie in der achtundfünfzigsten Spielminute. »Ahhh, was machen die denn nur, verdammt?«

Carl übernimmt von Duane aus dem Verteidigungsdrittel und prescht in Richtung Tor. Kurz davor passt er zu Sam, der keine Chance hat und den Puck an Will gibt. Will täuscht einen Schuss an, schießt aber zu Carl – mein Puls rast, als der erneut Sam zuspielt. Und wie der Blitz vor dem Donner macht der das Ding rein. Das Netz spannt sich unter der Wucht des Pucks.

Ich lasse die Kamera am Band vor meine Brust fallen, reiße die Hände hoch, hüpfe und kreische und stürze in Resas Umarmung. Nathan umschlingt uns beide und springt mit uns herum.

Während der Durchsage beruhigen wir uns wieder etwas. Damit kehren jedoch auch das Bangen und die Nervosität zurück. In den verbleibenden neunzig Sekunden muss ein Tor fallen, sonst geht es in die Verlängerung.

Die Sekunden verstreichen torlos. Nach einer weiteren, kürzeren Pause verringern der Trainer der Indians und Coach Wilson die Zahl ihrer Feldspieler von fünf auf vier, wie es in der Overtime Pflicht ist. Drei Tore werden in fünf Minuten verhindert, allerdings erzielen die Dragons auch keins, und nach einer weiteren Pause beginnt mit dem Penalty Shootout die echte Zitterpartie.

Carl, Will und Sam sollen es für die Dragons richten. Am besten gleich in der ersten Runde, in der jedes Team drei Mal einen Angriff auf das gegnerische Tor fährt. Wird hier kein Vorsprung erzielt, kann es mit Einzelversuchen ewig weitergehen, so lange, bis eine Mannschaft ein Tor macht, während das der anderen eben nicht gelingt. Ich habe schon zwanzig Runden andauernde Penalty Shootouts erlebt und hoffe inständig, dass wir heute nicht so lange bangen müssen. Inzwischen bin ich längst nicht mehr so gelassen wie Nathan, sondern beinahe genau so ein Nervenbündel wie Resa. Meine Kamera kann ich kaum noch halten, weil mir die Arme hin und wieder vor Aufregung zittern, mein Puls rast, und mir ist heiß. Die Jacke habe ich schon ausgezogen. Im Stillen rede ich mit den vier Jungs, insbesondere mit Felix und Sam, bitte sie, flehe sie an, wünsche ihnen Kraft und allerhöchste Konzentration.

Als es losgeht, halte ich den Atem an. Von seinem Drittel aus startet der erste Indian und greift den Puck in der Mitte des Spielfeldes auf. Nur Sekunden später ist er vor Felix' Tor, täuscht eine Seite an, fährt auf die andere und haut die Scheibe ins Netz.

Jubel auf der einen Seite. Entsetztes Stöhnen auf der anderen. Weiter geht es mit Carl.

Start aus unserem Drittel, Puck mitnehmen, ran ans Tor. Scheinbar eiskalt hält er auf Patrick Anderson zu, als wolle er ihn rammen. Der duckt sich und hält sich für jede Richtung bereit. Blitzschnell hebt Carl den Puck auf die Spitze seines Schlägers und wirft ihn über die Schulter des Goalies ins Netz.

Jetzt jubeln wir. Eins zu eins. Der nächste Indian hat so viel Pech wie Will, der zu schnell startet und den Angriff nicht gut vorbereitet. Der Goalie geht in die Grätsche und blockt den Puck mit seinen massiven Schienbeinschützern. Es bleibt beim Eins zu Eins.

Mit neuer Spannung beobachte ich, wie sich der dritte Indian mit Leichtigkeit über die Eisfläche bewegt und den Puck vor sich herschiebt. Auf den letzten Metern gleitet er, ohne neu Schwung zu nehmen, auf Felix zu. Dann holt er aus, haut zu, und die schwarze Scheibe fliegt zum Tor. Felix hält mit seiner Schulter.

»Ich kann nicht mehr«, keucht Resa nach einem erleichterten Aufatmen, das wie eine Welle über die Ränge hinter uns geflossen und schließlich über sie geschwappt ist.

»Bitte, Sam«, fleht sie und hebt die Hände an die Wangen. »Mach das Ding jetzt zu.«

»Klar macht er das«, lautet Nathans Kommentar.

Im Geiste wiederhole ich die Worte der beiden und lauere mit dem Auge am Sucherfenster meiner Kamera auf Sams Start.

Gemächlich, wie beim Eislaufen im Park, gleitet Sam los. Im neutralen Drittel holt er den Puck vor seinen Schläger und läuft damit ähnlich leicht, beinahe ein bisschen tänzelnd, weiter. Es herrscht absolute Stille, als er vor das Tor der Indians kommt. In einer merkwürdig aussehenden Bewegung schiebt er den Puck nach links und entlockt allen Zuschauern damit ein erschrockenes Keuchen. Dabei hat er nicht vor, den Puck links reinzumachen. Im Vergleich zu seinem bisherigen Manöver unerwartet flink, dreht er sich jetzt um die eigene Achse und nimmt die Scheibe mit. Auf der rechten Seite, die der Goalie eben frei gemacht hat, haut er den Puck ins Netz.

Meine Freude tanzt zum Sound von ohrenbetäubendem Jubel und dem Refrain von *Thunder*, der nun nicht mehr nach einer Kampfansage, sondern nach Siegesgebrüll klingt. Der Moderator dreht die Lautstärke der Musik kurz runter, um den Triumph der Dragons zu verkünden, aber man hört ihn kaum. Bald stellt er den Song wieder laut und lässt die Spieler ihre Siegerrunde drehen. Ohne Helme gleiten sie Runde um Runde vorbei, manche strahlen, andere grinsen von einem Ohr zum anderen, einige recken den Schläger in der Hand.

Sie haben gewonnen. Sie sind die Highschool-Hockey-Champions von Western Pennsylvania. Und ich war dabei, habe es erlebt.

Ich bin so stolz auf die Dragons und ganz besonders stolz auf Sam, der sich jetzt in die Schlange seiner Teamkollegen einreiht, um den Indians Mann für Mann zu begegnen und sich mit einem Handschlag von jedem zu verabschieden. Wenig später schwirren die Verlierer vom Eis.

Bei der anschließenden Siegerehrung und der Übergabe des silbernen Pokals bin ich so gerührt, dass ich kurz vergesse zu fotografieren. Wie gebannt schaue ich zu und verbeiße mir die Tränen.

Plötzlich geht ein neues Raunen durch die Reihen, Beifall und begeisterte Pfiffe ertönen. Resa stößt mich in die Seite.

»Harley, schau da hoch!«, ruft sie über den Lärm hinweg. »Oh mein Gott, ist das süß!«

Als ich den über der Eisfläche hängenden Würfel ins Visier nehme, auf dessen vier Bildschirmen während des Spiels der Stand und in den Pausen Videoaufnahmen aus dem Publikum oder Grußbotschaften gesendet werden, bleibt mein Herz stehen.

Vor einem Schwarz-Weiß-Foto, das ich von Sam während eines früheren Spiels gemacht habe, steht in knallroten Buchstaben: *Harley, ich liebe dich.*

Ich habe es gelesen, aber noch nicht so ganz erfasst, da donnert Nummer Dreizehn gegen die Bande vor mir. Die blonden Locken kringeln sich um sein verschwitztes Gesicht. In seinen blauen Augen liegt ein Glitzern, das verrät, wie glücklich er ist.

Sam lässt den Schläger fallen, zieht auch die Handschuhe aus und legt seine Hände an die Bande und formt damit ein Herz, was uns beiden noch mehr begeisterte Zurufe, Pfiffe und Applaus einbringt. Ich kann mich nicht rühren, starre ihn beseelt an und spüre kaum, wie Resa den Arm um mich legt.

Dann stößt er sich von der Bande ab und gleitet rückwärts von mir weg. Er zeigt auf mich, dann auf sich, dann noch einmal auf sich.

Du, ich, bei mir.

FÜNFUNDZWANZIG

Am Freitagmorgen rausche ich in die Küche, um mein Frühstück in verspätungsbedingter Windeseile zusammenzuwürfeln. Mom und Dad sitzen mit ihren Kaffees am Tresen und grinsen wie zwei Honigkuchenpferde. Dad hebt die *Post-Gazette* hoch, wedelt damit und sagt: »Hätten sich gewisse Mitglieder unserer Regierung nicht ausgerechnet gestern Nachmittag mit hämischem Getwitter gegenseitig runtergeputzt, hättest du es garantiert auf den Titel geschafft.«

Ich stürze mich auf die in ganz Pennsylvania gelesene Tageszeitung. Beim Anblick meiner vier Fotos auf der ersten Seite der Sportrubrik bekomme ich zuerst Schnappatmung, springe dann durch die Küche, falle zwischendurch Mom und Dad um den Hals und versinke schließlich in der eingehenden, fassungslosen Betrachtung.

Das Hauptbild des Artikels unter dem Titel *Steel Dragons zeigen Mighty Indians, wo der Tomahawk hängt* ist das Foto unseres Siegerteams. Darauf reckt Carl den Pokal in die Höhe; der Rest der Starting Six hat entweder die Hände dran oder Carl im Schwitzkasten. Die anderen Spieler, Coach Wilson und der Co-Trainer triumphieren als glückliche Schar dahinter. Drei weitere Bilder zeigen einen Kampf zwischen

Will und einem Indian, Felix' Grätsche im Tor und Sams Pirouette vor dem Shootout-Goal. Und mein Name, Harley Walker, steht unter jedem Foto.

Versteht sich von selbst, dass ich zu spät zu Englisch komme. Glücklicherweise ist Mrs Turner, wie fast alle in der Schule, im Triumphrausch. Statt eines bissigen Kommentars zieht sie bloß eine Braue hoch und fordert mich mit einer Kopfbewegung auf, gefälligst Platz zu nehmen.

In einer Antwort auf meine noch am Abend nach dem Spiel gemailte Fotosendung, die ich später am Tag gelesen habe, hat sich die Redaktion der *Post-Gazette* bedankt und mich aufgefordert, gern Serien anderer, kommender Sportevents einzusenden. Die würden sie dann wieder hinsichtlich der Möglichkeit einer Verwendung sichten. Um meine Bankverbindung haben sie in der Mail ebenfalls gebeten. Einhundertvierzig Dollar bekomme ich für die Veröffentlichung; fünfzig für das Titelbild und jeweils dreißig für die anderen. Zusammen mit den dreißig Dollar, die mir der *Print* für drei Bilder zahlen wird, ist das eine schöne Ausbeute.

Auf meinem Sparkonto landet dieses Geld ausnahmsweise nicht. Es wird nicht irgendwann für Kamerazubehör ausgegeben, sondern am Samstagvormittag investiert.

In Squirrel Hill gibt es nur eine Boutique, und deren Sortiment trifft weder meinen noch Resas Kleidungsgeschmack. Also fahren wir auf die andere Flussseite zur Carson Street, wo mit Highway Robbery ein Secondhand-Vintage-Store wartet, in dem keine von uns je enttäuscht wurde. Dort will ich das erste Kleid finden, das ich mir selbst kaufe, das erste Kleid überhaupt, das ich nach vielen Jahren in Hosen trage.

Seit zwei Wochen schon laufen an der Highschool die Vorbereitungen für den Eishockey-Homecoming-Ball, der wie gewohnt in der Sporthalle stattfinden wird. Stimmungsbedingt, und weil es mich auch sonst nie sonderlich interessiert hat, ist das an mir vorbeigegangen. Auf den aktuellen Stand gebracht habe ich mich, nachdem Sam mich gefragt hat, ob wir hingehen.

»Was meinst du?«, hat Sam gefragt, als wir nach dem Spiel in seinem Bett kuschelten. »Lassen wir uns auf dem Homecoming sehen, oder schauen wir einen Film im Kino?«

»Ohne dich hätten die Dragons den Titel vielleicht nicht geholt. Wär irgendwie blöd, wenn du nicht hingingest«, hab ich nach kurzem Grübeln geantwortet.

»Wär blöd, wenn ich ohne dich hinginge«, meinte er dazu, und damit war es beschlossen.

Auf dem Ball wird es einen DJ geben, Punsch und die Wahl von Homecoming-Queen und -King. Alle Hockey-Cheerleader hibbelten gestern aufgeregt über den Flur und warben für sich. Debby hat wohl ziemlich gute Chancen. Irgendein Witzbold hat meinen Namen auf die Liste setzen lassen, weil ich als Fotografin praktisch zum Team gehöre, aber ich habe mich schnell wieder gestrichen. Ich wäre die unerfreuteste und undankbarste Homecoming-Queen aller Zeiten. Sam, der ebenfalls vorgeschlagen wurde, hat dasselbe getan, nachdem er damit fertig war, allen, die ihn in langen Reden davon abhalten wollten, einen Vogel zu zeigen und mit seiner Abwesenheit zu drohen. Carl oder Felix werden das Rennen machen.

Allein bei der Vorstellung ihres gekrönten Freundes, der eben noch der gepanzerte Bulle im Tor der Dragons war, kichert Resa, bis sie Seitenstechen hat.

»Falls es Felix wird, werde ich mich zusammenreißen«, sagt sie, als wir in der Umkleide des Highway Robbery verschiedene Teile anprobieren.

»Das solltest du unbedingt«, gebe ich zurück und schlüpfe in ein graues Kleid, das mir bisher am besten gefällt. »Wäre nicht die feine Art, wenn du vom Lachkrampf geschüttelt durch die Halle torkelst und dabei versehentlich Punsch auf die eine oder andere Robe kippst.«

Sogar dieses gedankliche Bild amüsiert Resa wieder so sehr, dass ich nicht anders kann, als mitzulachen.

»Nein, ich werde ganz ernst sein«, beschließt sie, als sie sich beruhigt hat. »Schließlich schreibe ich auch den Bericht. Also werde ich brav applaudieren … wem auch immer die Ehre am Ende zukommt. Hey, wie sieht es bei dir aus?«

»Och …« Ich betrachte mich im hohen Spiegel der Kabine. »Ganz gut.«

Genau genommen sitzt das graue Kleid, als wäre es für mich gemacht worden. Ich muss nicht zupfen, nichts richten, obwohl das Top schulterfrei ist. Das trägerlose Oberteil schmiegt sich an meine Haut und bringt meine Brüste irgendwie hübsch zur Geltung. Bis zur Taille liegt das Kleid eng an, doch der Rock, der aus mehreren Schichten Chiffon gemacht wurde – die obere hat eine zarte, florale Optik –, fließt weit und herrlich locker bis auf den Boden. Wenn ich mich bewege, schwingt der Stoff um meine Beine. Nicht zu vergessen: Ich kann meine Lederjacke dazu tragen. Wenn ich die Ärmel ein bisschen nach oben schiebe, sieht es am besten aus.

Um einhundertzehn Dollar schmälert das Kleid mein Budget, doch damit bleiben noch genug für passenden Schmuck, eine Kette und ein Armband vielleicht, und vor allem für die Schuhe aus grauem Velours, die ich vorhin schon entdeckt habe.

Während ich sie zum Kleid anprobiere, kommt Resa aus ihrer Kabine und sieht in ihrem moosgrünen Cocktailkleid, das wunderbar mit ihren roten Haaren harmoniert, aus wie Tinkerbell. Unsere Outfits sind gefunden.

***

Man könnte meinen, ich würde das Ganze gelassen angehen, aber ab siebzehn Uhr bin ich so aufgeregt, dass ich Mom aus meinem Zimmer komplimentiere, weil ich mich mit dem Make-up, das sie mir gerade ins Gesicht gepinselt hat, nicht wiedererkenne und es abwaschen muss. Nervös bin ich weniger wegen der Party, sondern vor allem, weil Sam in zwei Stunden hier sein und mich abholen wird. Gestern ist er mit Melissa nach Philadelphia geflogen, um seine Unterschrift unter den Hausverkauf zu setzen. Einerseits bin ich angespannt, weil ich seine daraus resultierende Stimmung nicht einschätzen kann, andererseits freue ich mich wie eine Schneekönigin, ein Schnitzel und Bolle zusammen, ihn gleich zu sehen.

Gerade komme ich aus dem Bad und will wieder in mein Zimmer, da ruft Mom von unten: »Harley, Sam ist hier. Was mache ich mit ihm?«

Jetzt schon? Die Türklingel hatte ich unter dem Rauschen des Wassers zwar gehört, dabei aber nicht an Sam gedacht. Sofort springt mein Sorgenmotor an: Hoffentlich ist nichts passiert. Nicht dass ihm die Zeit in Philly mit seiner Tante die Laune so verhagelt hat, dass er mir für heute Abend absagt. Das wäre keine Katastrophe, aber nun doch irgendwie ... schade.

»Harley?« Mom wartet.

»Ähm, ja?«

»Ich setz ihn ins Wohnzimmer, okay?«

Bloß nicht. Nachher hockt sie sich dazu und plaudert wieder aus dem Harley-Nähkästchen oder hält ihm vor, dass ich nach Cassidys Kussattacke total neben der Spur war.

»Nein, schick ihn hoch.«

»Bist du angezogen?«

»Natürlich.«

Tzz! Was denkt sie? Dass ich Sam nackig in Empfang nehme? Natürlich bin ich angezogen, zwar noch nicht für die Party, aber das Shirt und die Pluderhose gehören ohne Frage in die Kategorie Kleidung.

Ich warte im Korridor vor meiner Tür, lausche seinen Schritten auf der Treppe. Als er die oberste Stufe erreicht und über den Gang auf mich zukommt, starre ich ihm mehr und mehr verdattert entgehen. Um das lossausende Glühwürmchen-Karussell etwas zu bremsen, verschränke ich die Arme vor der Brust. Es nützt wenig bis nichts.

Klapp den Mund zu, du Nuss, und lass das Sabbern!, höre ich von meinem Verstand, doch mein Herz bringt ihn durch eifriges, unbeirrtes Klopfen zum Schweigen. Vernünftig sein, bei dem Anblick? Unmöglich!

Sam trägt einen graublauen, schmal geschnittenen Anzug, darunter ein dunkelblaues Hemd, dessen obere zwei Knöpfe er offen gelassen hat. Er wirkt noch größer und schlanker als sonst, kräftiger und sehniger aber auch. Seine schicken Schuhe erzeugen ungewohnte klackende Geräusche auf den Bodenfliesen.

»Was machst du denn schon hier?«, stottere ich, weil mir nichts anderes einfällt. Statt zu antworten, grinst er schief, legt seinen Mund auf meinen und seine Hand auf meine Taille. Schritt um Schritt küsst er mich in mein Zimmer. Ohne von mir abzulassen, gibt er der Tür einen Stups und drückt sie mit dem Rücken zu.

So sanft, aber bestimmend sein Kuss eben begann, so drängend und tief wird er jetzt. Für einen Moment vergesse ich, dass wir so nicht ohne Weiteres voneinander loskommen, und schmiege mich an ihn, schlinge die Arme fester um ihn und seufze, als ich am Bauch spüre, was das mit ihm anstellt. Als sich Sams Vernunft zu melden scheint, blinzelt auch meine durch den dichten Nebel des Verlangens. Er unterbricht den Kuss, lacht leise und sieht mir in die Augen. Dann beantwortet er meine vor einer gefühlten Ewigkeit gestellte Frage.

»Ich war schon fertig und wollte nicht zu Hause herumsitzen, sondern dich sehen.«

»Oh! Und jetzt kann ich gar nicht im Kleid die Treppe herunterwandeln, während du von unten voller Bewunderung zu mir hochschaust.«

Er schnalzt mit der Zunge. »So ein Jammer! Soll ich noch mal gehen und um Punkt neunzehn Uhr Aufstellung vor der Treppe beziehen?«

Ich muss lachen und lockere unsere Umarmung ein wenig. »Quatsch.«

Er schaut an mir herab und tritt, um das noch eingehender tun zu können, einen Schritt zurück. Sein Grinsen wird breiter.

»Bleib doch einfach, wie du bist. Du siehst wirklich bezaubernd aus ... und so authentisch. Vor allem in diesem Shirt.«

Besagtes Shirt hat mir Dad vermacht, nachdem er enttäuscht festgestellt hat, dass er – beziehungsweise sein von Steaks und Bier verwöhnter Bauch – herausgewachsen ist. Es ist schwarz, ärmellos und protzt mit einem Frontprint des Weißkopfseeadlers vor den Stars and Stripes. Der Slogan *Be all you can be, ride Harley-Davidson* macht es perfekt.

Sam setzt sich an meinem Schreibtisch auf den Drehstuhl. Ich lehne mich gegen den Schrank.

»Wie war es in Philly?«

Er holt etwas tiefer Luft. »Okay«, stößt er dann mit dem Atem aus. »So okay, wie so etwas eben laufen kann. Ich hab den Vertrag unterschrieben und bin aus dem Haus, ohne noch einmal nach links oder rechts zu gucken. Ist gut, dass ich es jetzt hinter mir habe, glaube ich.«

Das glaube ich auch.

»Und Melissa? Wie war sie drauf?«

»Recht gefasst.« Sein Blick verliert die Schwere von eben und bekommt etwas Forschendes. »Ungewohnt nett sogar. Du hast nicht zufällig etwas zu ihr gesagt?«

»Ich?« Ich doch nicht! »Was sollte ich ihr denn zu sagen haben?«

»Weiß nicht. Schon seit Freitag nach dem Spiel ist sie irgendwie anders drauf. Hat gemeint, dass sie ja gern dabei gewesen wäre, aber leider zu einem Termin musste.«

Na, schau an!

»Ich wusste nicht, dass sie überhaupt weiß, dass ich Eishockey spiele.« Sam kneift die Augen ein bisschen zu, als würde das seine Sicht auf mich schärfen. Dazu schmunzelt er. »Was genau hast du zu ihr gesagt, als du das Buch vorbeibringen wolltest?«

»Nein danke, ich gebe es ihm selbst.« Genau das. Es ist die direkte und eine vollkommen ehrliche Antwort auf seine Frage. Ich muss dennoch lachen, erst recht bei Sams resignierendem Blick.

»Was auch immer es außerdem war ... Du hast sie jedenfalls irgendwie beeindruckt. Ich glaube, sie kann dich leiden. Sie wollte sogar dein Buch sehen.«

»Nicht meins. Deins.«

»Natürlich.« Er steht auf und kommt zu mir, nimmt meine Hände und verschränkt seine Finger mit meinen. »Das ist das schönste Geschenk, das ich je bekommen habe, und die Übergabe war verdammt filmreif«, murmelt er an meinem Ohr und schmiegt seinen Kopf an meinen wie ein verschmuster, schläfriger Kater. »Du machst nicht nur fantastische Fotos, sondern kannst auch noch gut zeichnen.«

»Das ist nur eine Skizze«, gebe ich zurück und schließe die Augen, weil seine kleinen, zarten Küsse so guttun. »Dieser Tag konnte nicht ohne ein Bild sein.«

»Es ist echt cool geworden. Ich glaube, mit dem Studiengang, den du dir ausgesucht hast, machst du alles richtig.«

Mehr und mehr Küsse gibt er mir. Auf die Stirn, auf die Schläfen, die Wange. Sein Atem rauscht warm über meine Haut und lässt mich frösteln. Wenn er so weitermacht, bekommen wir gleich wieder ein Problem.

»Ich sollte mich langsam anziehen.«

»Du solltest dich langsam ausziehen? Okay, ich kann dir dabei helfen.«

Prompt lässt Sam meine Hände los und schiebt seine unter mein Shirt. Kichernd mache ich mich von ihm los und bringe wieder etwas Abstand zwischen uns. Er quittiert das mit einem schon qualvoll klingenden Schnauben, dann trottet er zurück zum Stuhl. Währenddessen nehme ich das Kleid vom Bügel. Mit dem Rücken zu ihm stehend, lasse ich die Hose fallen und schlüpfe aus dem Shirt. Sein Schnurren ignoriere ich geflissentlich und ziehe das Kleid über. Beim Reißverschluss am Rücken darf er mir helfen.

»Zumachen, bitte. Zu bedeutet im Übrigen, nach oben.«

»Hm!«, schnurrt er. »Du trägst keinen BH drunter. Das ist praktisch.«

»Tatsächlich? Und warum?«

»Na ja ...« Ganz gemächlich zieht er den Reißverschluss nach oben. »Dann muss ich mich nachher nicht damit abmühen. Die Dinger gehen nicht so leicht auf.«

»Nachher?« Kopfkino aus!

»Jetzt kein Sex, damit hab ich mich abgefunden. Aber nachher ... nachher garantiert.«

Es ist nicht leicht, so zu tun, als hätte ich das gerade nicht gehört, als würden meine Sinne nicht darauf reagieren. Ich stelle mir die Schuhe zurecht, steige zuerst in den rechten, dann in den linken. Sobald ich das silberne Armband mit den hellblauen Steinen um mein Handgelenk gelegt und die passende Kette umgehängt habe, drehe ich mich zu Sam um und strecke die Arme zu einer präsentierenden Geste aus, um meine plötzliche Unsicherheit zu überspielen.

»Tadaaa.«

Sams Lächeln und das leise »Wow!« lassen das Unbehagen wie mit einem Fingerschnippen verschwinden. Ich strecke die Hand nach ihm aus. Er steht auf und nimmt sie.

»Lass uns zu meinen Eltern runtergehen. Die sind schon sehr gespannt.«

***

Dad hat darauf bestanden, ein Foto von Sam und mir zu machen. Mom hat sich auf seine Seite geschlagen und behauptet, ein Foto gehöre zum Homecoming wie die Captain America zu *Easy Rider*. Was will ich dagegen sagen? Ich brauche es nicht einmal zu versuchen, aber immerhin kann ich Einfluss nehmen und verhindern, dass Sam und ich vor der Wohnzimmertapete mit Retromuster, neben einer extra herangerückten Bodenvase mit nur zum Zweck des Fotos hineingestellten Blumen, erstarren und ein steifkiefriges Perlweiß-Lächeln zeigen müssen. Ohne Widerworte zu dulden, nehme ich Dad die Kamera aus der Hand und ändere die Einstellungen, sodass es für nächtliche Außenaufnahmen einigermaßen passt. Dad soll uns fotografieren, wenn wir gehen, nicht anders. Immerhin zeigen er und auch Mom sich einsichtig, dass das wahrscheinlich viel echter aussieht.

Sam öffnet mir die Tür, nachdem ich die Lederjacke übergezogen und ihre Ärmel über die Ellenbogen geschoben habe. Hinter mir verlässt er das Haus und nimmt meine Hand. Die vom Licht des Mondes und der Laterne illuminierte Dunkelheit empfängt uns. Zarte Schneeflocken, vielleicht die letzten des Jahres – Anfang April, es wird Zeit! – rieseln auf uns, schmelzen aber gleich.

»Wusstet ihr, dass Mom vorhin die Treppe hochgeschlichen ist und an der Tür gelauscht hat?«, ruft Dad uns nach.

So überrascht wie erschrocken drehen Sam und ich uns um, da drückt Dad den Auslöser und zuckt nicht mal, als Mom ihn mit einem »Erzähl nicht solchen Blödsinn!« in die Seite boxt.

Sobald Sam und ich lachen, schießt er weitere Bilder. Als es genug ist, laufe ich zurück, um die Kamera von ihm entgegenzunehmen, schließlich ist mein Talent nachher auf dem Ball noch das eine oder andere Mal gefragt.

Auf dem kurzen Weg zu Sams Auto amüsieren wir uns noch über Dads blöden Witz, da jagt ein roter Wagen vorbei. Sekunden später fauchen Bremsen, dann kommt das Gefährt im Rückwärtsgang bis auf Höhe des Hauses und stoppt. Erst jetzt erkenne ich, dass es Cassidy ist. Sie starrt zu mir und Sam, gibt dann wieder Vollgas und brettert in Richtung ihres Elternhauses.

»Was war das denn?«, wundert sich Sam.

Eigentlich will ich gar nichts sagen, aber dann fällt mir doch etwas ein: »Jemand, der sich selbst alles gründlich versaut hat.«

»Und es sich nicht eingesteht.«

»Natürlich nicht.«

»Sie sah nicht gerade aus, als würde sie gleich feiern wollen.«

»Wird sie wohl nicht.« Nachdenklich und mit einem nur winzigen Stich des Bedauerns in der Brust, sehe ich in die Richtung, in die Cassidy verschwunden ist. »Hab gehört, sie kommt nicht. Nicht mal Carl hat sie um Begleitung gebeten.«

»Ich weiß.« Sam hält mir die Beifahrertür auf. Ich steige ein. »Hab ihm ins Gewissen geredet, diese Tussi abzuhaken. Jetzt hat er Debby gefragt.«

Sein Glück, dass sie ihn noch will. Scheinbar waren meine Worte nicht bestärkend genug für eine solche Entscheidung. Oder es hat ganz einfach einen respektablen Kerl gebraucht. Sam schließt die Tür, kommt ums Auto herum und steigt selbst ein.

»Ich frag mich, wer nachher mit der Krone herumlaufen muss«, schmunzele ich, als er den Motor startet, und muss grinsen, weil er mir einen belustigten Blick schickt, der seine Augen funkeln lässt. Dann fährt er los.

Mir wird klar, wie glücklich ich darüber bin, dass er hier, in Pittsburgh, an der Schule und Teil meines Lebens ist. Das Vorher ohne Sam ... es fühlt sich jetzt wie ein anderes Leben an. Das kommt niemals mehr zurück – und das ist gut so, denn mit Sam sind die schönen Momente noch schöner, während die nicht so tollen wahrscheinlich ganz erträglich sind. Wie Homecoming in einer Turnhalle. Aber vielleicht wird es sogar besser als erträglich. Vielleicht wird es richtig gut, eine echte Party. Grund zum Feiern gibt es schließlich genug.

Und hey, ich habe ein Kleid angezogen und meine Füße in hohe Schuhe gesteckt.

Davon abgesehen, wird Harley Walker gewiss keine komischen Sachen anfangen, bei einem Flashmob zum rauf- und runtergespielten *Thunder* mitmachen oder sonst irgendwie tanzen. Noch viel sicherer wird sie kein Krönchen aufsetzen. Aber so wahr sie zu Sam Collins gehört und es versteht zu feiern ... sie wird feiern.

Leseprobe aus

H♥RTBEAT

More than a kiss

von Ira Severin

Oetinger Taschenbuch
336 Seiten
ISBN:978-3-8415-0513-2

EINS

»Zweihundertfünfunddreißig Dollar?« Entsetzt starre ich die Frau am Schalter an, die ungerührt meinen Blick erwidert.

»Ist 'ne weite Strecke«, sagt sie, als ich mich nach einer Weile immer noch nicht rühre. »Und wir haben kostenloses Wi-Fi in jedem Bus.«

Na toll! In meinem Portemonnaie stecken fast genau hundertachtzig Dollar. Unterwegs muss ich mir Proviant kaufen, und ein paar Dollar für Notfälle brauche ich auch.

»Wie weit komme ich auf der Strecke von New York nach Los Angeles mit hundertfünfzig Dollar?«, erkundige ich mich.

Die Fahrkartenverkäuferin runzelt die Stirn, während sie auf ihren Monitor sieht. »Bis nach Kansas City.«

»Dann bitte ein Ticket nach Kansas City.« Ich gebe ihr die hundertfünfzig Dollar und bekomme noch ein bisschen Kleingeld zurück. Irgendwie werde ich von Kansas City aus schon weiterkommen. Notfalls muss ich Mom bitten, für die restliche Strecke aus der Ferne mit ihrer Kreditkarte zu bezahlen.

Während mir die Ticketdame den Fahrschein hinschiebt, erklärt sie, dass ich mein Gepäck schon aufgeben kann, obwohl mein Bus erst in ein paar Stunden fährt.

Das erledige ich dann auch gleich. Meine Reisetasche ist zwar nicht sonderlich schwer, aber es ist viel bequemer, wenn ich nicht ständig auf sie aufpassen muss.

Bevor ich zu Hause losgefahren bin, habe ich mich in die Küche geschlichen und ein Joghurt und eine Banane gegessen. Trotzdem knurrt mir schon wieder der Magen. Blöd, dass ich keine Sandwiches mitgenommen habe. Ich dachte, hundertachtzig Dollar seien eine Menge Geld und würden locker für das Ticket und die Verpflegung unterwegs reichen.

Ich setze mich auf einen der gepolsterten Sitze in einer ruhigen Ecke und beschließe, noch mindestens zwei Stunden durchzuhalten, bis ich mir ein Frühstück kaufe. Je später ich esse, umso länger bleibe ich satt. Das spart Geld.

Ob Dad schon gemerkt hat, dass ich nicht da bin? Ich ziehe mein Handy aus der Tasche und zögere, auf das Display zu schauen. Wenn ich an meinen Vater denke, spüre ich immer noch die Wut und die Enttäuschung in meinem Bauch. Eigentlich geschähe es ihm nur recht, ein bisschen Angst um mich auszustehen. Aber ich weiß nur zu genau, was passieren würde, sobald er feststellt, dass ich verschwunden bin. Also ist es besser, ich schreibe ihm ein paar Worte, bevor er die Polizei, die Seenotrettung, das FBI und jeden Fernsehsender im Land informiert.

Hastig tippe ich: *Musste mal raus. Alles okay. Harp.*

Die Nachricht soll klingen, als wäre ich nur kurz an den Strand gegangen. Wenn ich Dad verrate, dass ich auf dem Weg zu Mom bin, kommt er noch drauf, wo ich momentan gerade rumhänge. Denn dass er mich sucht, wenn er nur die leiseste Ahnung hat, wo ich sein könnte, ist klar. Vor allem weil er mir nicht zutraut, von New York nach L.A. zu fahren, ohne unterwegs einem Meuchelmörder in die Hände zu fallen. Schätzungsweise braucht Dad noch fünf bis zehn Jahre, um zu begreifen, dass ich ohne seine Zustimmung sogar nach Timbuktu auswandern kann, wenn ich Lust dazu habe.

Mom werde ich erst schreiben, dass ich auf dem Weg zu ihr bin, wenn ich im Bus sitze. Sie würde Dad sofort anrufen, und schon wäre er unterwegs zur nächsten Greyhound-Station.

Um mir die Zeit zu vertreiben, scrolle ich ein bisschen durch Instagram. Bei meinen Freunden gibt es nichts Neues. Natürlich nicht. Die schlafen wahrscheinlich noch alle. Und wo sie gestern Abend waren, weiß ich natürlich auch: bei meiner Geburtstagsparty am Strand.

Ich darf gar nicht daran denken, dass ich meine Freunde vielleicht erst in den nächsten Ferien wiedersehe. Falls wir dann vollzählig sind, was ich eigentlich nicht glaube. Trotzdem überlege ich keine Sekunde, wieder nach White Harbor zurückzufahren. Das mit Dad und mir funktioniert einfach nicht. Die Sache an meinem Geburtstag war nur der Punkt, an dem ich endgültig festgestellt habe, dass ich nicht mehr bei ihm wohnen will.

Momentan finde ich es sogar richtig gut, dass Mom so weit weg lebt, wie es nur eben geht, ohne das Land zu verlassen. Das bedeutet nämlich auch, zwischen Dad und mir liegen mehr als zweitausendfünfhundert Meilen, wenn ich bei Mom ankomme. Zu Semesterbeginn wäre ich sowieso nach Kalifornien gezogen. Zum Glück habe ich einen Platz am Santa Monica College bekommen – weit weg von White Harbor und meinem Dad.

Gegen halb neun fange ich an zu überlegen, was ich zum Frühstück essen möchte. Eigentlich habe ich mir ja vorgenommen, mindestens noch eine halbe Stunde zu warten. Aber mir ist schon ganz schlecht vor Hunger.

Die Zeit kriecht wie eine Schnecke dahin. Fast alle anderen Wartenden in meiner abgelegenen Nische haben mittlerweile schon gewechselt. Die Frau, die seit einigen Minuten schräg gegenüber sitzt, guckt mich jedes Mal ganz mitleidig an, wenn mein Magen Geräusche wie ein Bär auf der Jagd macht.

Plötzlich lässt sich jemand auf den freien Platz neben mir fallen. Ich nehme die Bewegung aus dem Augenwinkel wahr, wende aber nicht den Kopf, weil mein Magen sich gerade wieder lautstark meldet. Krampfhaft senke ich den Blick auf mein Handy und tue, als hätte ich mit den seltsamen Geräuschen nichts zu tun. »Unser Frühstück. Greif zu!«

Erstaunt starre ich das Tablett an, das auf der Armlehne neben mir aufgetaucht ist. Darauf stehen zwei große Becher Kaffee, eine Auswahl Bagels mit Schinken, Ei und Käse und zwei Plastikschälchen mit Obstsalat.

Ich hebe den Kopf und sehe den Typen an, der das Essen offenbar herbeigeschleppt hat. Ein Schreck durchzuckt mich. Nein, eher so was wie ein brennender Pfeil, der meinen Bauch auf eine ganz andere Art zum Rumoren bringt. Ich kenne ihn nicht, aber er sieht aus, als würden eine Menge Mädchen ihn gerne kennen. Dunkle Haare, Augen wie geschmolzene Zartbitterschokolade und die Art von Wangenknochen, mit denen es ein Typ in Hollywood weit bringen kann.

»Der eine Kaffee ist mit Milch, der andere ohne. Welchen möchtest du?« Der Klang seiner Stimmer verstärkt das Rumoren in meinem Bauch.

»Äh. Ich ... Wir kennen uns nicht. Ich bin nicht die, die du meinst«, stoße ich hervor. Peinlicherweise begleitet mein Magen diese Worte mit einem unüberhörbaren Knurren.

»Wer sagt denn so was? Ich meine genau dich.« Er grinst mich breit an. »Wie es aussieht, komme ich gerade rechtzeitig, um dich vor dem Hungertod zu retten.«

»Nein. Das ist ... Das macht mein Magen immer, wenn ich nervös bin.« Jetzt werde ich rot. Wieso muss ich so was Blödes sagen? Nun denkt er garantiert, ich bin seinetwegen nervös, was ja doch etwas peinlich ist. Ich finde Dreitagebärte toll und meinen neuen Sitznachbar ziemlich heiß, aber ich gebe mir große Mühe, ihm nicht zu zeigen, dass er mir gefällt.

»Essen hilft.« Er schiebt den Plastikteller mit den Bagels in meine Richtung und deutet auf die Becher. »Mit Milch oder ohne?«

»Ohne«, rutscht es mir heraus, obwohl ich den Kaffee gar nicht will.

»Passt doch. Ich trinke ihn auch am liebsten schwarz.«

Verdutzt starre ich den Pappbecher an, den er mir in die Hand gedrückt hat. »Dann musst du ja den mit Milch trinken.«

»Dafür weiß ich jetzt, dass wir denselben Geschmack haben.« Er nimmt einen großen Schluck aus dem zweiten Becher, grinst mich an und stellt ihn zurück aufs Tablett.

Ich nippe auch an meinem Kaffee. Und weil ich schließlich dazu aufgefordert worden bin, nehme ich mir einen Bagel und beiße herzhaft hinein.

»Machst du das immer?«, erkundige ich mich, nachdem ich geschluckt habe.

»Was meinst du?« Er beugt sich so weit zu mir herüber, dass ich jede einzelne seiner dunklen Bartstoppeln erkennen kann.

»Fremden Mädchen in Busbahnhöfen Frühstück spendieren.« Weil mich seine Nähe unruhig macht, rutsche ich unauffällig zur Seite. Prompt beugt er sich noch weiter vor, als würde ich ihm an einem heißen Tag Schatten spenden.

Weil ich in Richtung Boden starre, kann ich nicht umhin, die langen Beine in ausgewaschenen Jeans zu sehen, die sich neben mir ausstrecken. Die grünen Sneakers sind riesengroß und ziemlich angesagt. Mit teuren Markenklamotten bin ich aber nicht zu beeindrucken. Meistens haben Mommy und Daddy die Klamotten für die Typen bezahlt, die damit angeben.

»Das ist das erste Mal.« Beim Lächeln entblößt er strahlend weiße Zähne. Ich könnte wetten, dass er sich für seine ebenmäßige Zahnreihe nicht wie ich jahrelang mit einer Spange herumplagen musste. Typen wie er bekommen erfahrungsgemäß im Leben fast alles geschenkt. Das sehe ich schon daran, wie er sich zurücklehnt, während er mit mir redet. Total selbstbewusst. Trotzdem wirkt er merkwürdig angespannt, was irgendwie nicht zu seinem Selbstbewusstsein passt.

Wie auf Kommando schnellt sein Oberkörper wieder nach vorn. Unsere Gesichter sind jetzt so dicht beieinander, dass ich seinen Atem spüre, auf meinen Wangen, meinem Kinn und meinen Lippen. Ich kann ihn noch so forschend anstarren, seine dunklen Augen verraten mir nicht, was hier los ist. Sie mustern mich nur interessiert. Als würde er sich fragen, was hinter meiner Stirn vorgeht. Dabei bin ich nicht diejenige, die wildfremde Leute zum Frühstück einlädt!

Im nächsten Moment zuckt sein Blick weg von mir und gleitet suchend durch den großen Raum. Dann taucht er mit seinem Kopf wieder in meinen nicht vorhandenen Schatten.

»Ich habe eine große Bitte an dich.« Seine Stimme passt perfekt zu seinen Augen. Sie klingt wie dunkler Samt. Im selben Moment, in dem mir das durch den Kopf geht, befehle ich mir, damit aufzuhören, so alberne Dinge zu denken. Ich reiße mich also zusammen und mustere ihn kühl.

»Ja?« Jetzt bin ich aber mal gespannt!

»Darf ich dich küssen?«